水手服与白球鞋

吕天逸 /著

中国·广州

图书在版编目（CIP）数据

水手服与白球鞋 / 吕天逸著 . — 广州：广东旅游出版社，2024.2
ISBN 978-7-5570-3151-0

Ⅰ. ①水… Ⅱ. ①吕… Ⅲ. ①长篇小说—中国—当代 Ⅳ. ① I247.5

中国国家版本馆 CIP 数据核字 (2023) 第 184736 号

水手服与白球鞋
SHUISHOUFU YU BAIQIUXIE

著　者	吕天逸
出版人	刘志松
责任编辑	李　丽
责任技编	冼志良
责任校对	李瑞苑

广东旅游出版社出版发行

地　址	广东省广州市荔湾区沙面北街 71 号首、二层
邮　编	510130
电　话	020-87347732（总编室）020-87348887（销售热线）
投稿邮箱	2026542779@qq.com
印　刷	北京盛通印刷股份有限公司
	（地址：北京市大兴区亦庄经济技术开发区经海三路 18 号）
开　本	880 毫米 ×1230 毫米 1/32
印　张	8.5
字　数	193 千
版　次	2024 年 2 月第 1 版
印　次	2024 年 2 月第 1 次印刷
定　价	42.80 元

本书若有倒装、缺页影响阅读，请与承印厂联系调换，联系电话 010-57735441

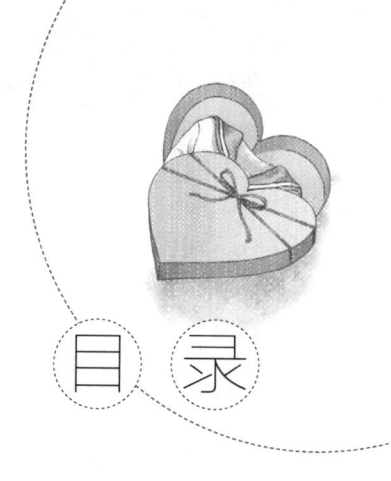

目录

第一章
行侠仗义 001

第二章
步步为营 014

第三章
翻车现场 046

第四章
泳池训练 078

第五章
大快人心 090

第六章
改善环境 110

第七章
别叫我爸 168

第八章
绝不简单 208

番外
相亲 232

李澜风唇角一翘，仍是皮笑肉不笑道："叫哥哥。"

"呃……"王小溪的表情霎地僵住了，红着脸道："哥，我备注都改了，你就……别让我叫出声了吧。"

"怎么？"李澜风眉梢一挑，聚精会神地欣赏王小溪的窘迫。

王小溪憋得五官都缩到一起去了："我一个男的，管另一个男的叫哥哥，多奇怪啊，我亲哥我也只是叫哥。"

李澜风不为所动："哦，你现在想起来自己是男的了？"

王小溪："……"

王小溪声如蚊蚋："哥哥。"

第一章

行侠仗义

晚高峰时段的地铁车厢。

空气窒闷，乘客拥挤，汗酸味与廉价香水味捉对厮杀，难分高下。

一个穿着高中校服的女生似是被这糟糕的环境惹得心浮气躁，眉头紧锁着往门口挪了一步，身体牢牢贴在门上，仿佛想立刻逃离这节车厢。

过了几秒钟，女生的身体猛然一颤，脸蛋瞬间涨得通红。

女生身后立着一个男人。

那男人神色猥琐，打过蜡般光亮稀疏的头发徒劳地驻守着正在寸寸沦陷的头皮，整个人油腻得宛如烤肠，矮胖的身体紧紧贴在女生身上，规律地摩擦着。

两人之间发生了什么可以说是一目了然，可周围的人都装没看见。

这时，原本站在车门三米开外的一个女生力排众人，拎着大包小裹生生挤出一条血路，站到文静女生身边。

这个新挤过来的漂亮女生外形相当惹眼。她穿得仙气飘飘，广袖长袍，五官出众，巴掌大的脸盘就像一片白里透粉的莲瓣。

漂亮女生出现的一瞬间，周遭窒闷的空气中似乎漾开一阵雨后森林般清新的气味。

她身材高挑，比男人高出小半头。

她对盯着自己发怔的男人露出一个堪称甜美的笑容，随即微微一躬

第一章 >> 行侠仗义

身，轻轻攥住男人的一根手指。

男人笑了一声，正想说点儿什么，漂亮女生便抢先张口道："哥们儿，耍流氓啊？"

声音是清朗的少年音，带着满满的嘲弄。

"啊……"男人的眼珠几乎瞪出眼眶。

他正发蒙，那乍一看像个女孩子的少年忽然将胸前的假发往脑后一撩，扬起下巴露出无法作假的喉结。

男人的表情惊恐得仿佛被非礼："你男的女的？！"

"废话。"男生手腕猛地一翻，掰着男人粗短的中指向后弯起一个夸张的角度。

男人疼得双腿一软，五官扭曲跪倒在地，冷汗涓涓淌下。

"以后还敢欺负小姑娘了不？"男生问。

男人疼得面孔紫胀，唾沫横飞："不敢不敢！松手，快松手！要断了！"

男生放轻力道，却没松手，只简短地命令道："向她道歉。"

男人疼痛稍减，找回了语言能力，忙向一旁手足无措的女生道歉："对不起，不好意思啊……"

男生扭头看那女生，征求意见："想报警吗？我可以作证。"

女生抱着书包瑟瑟地缩了一下，小声道："不用了……谢谢你。"

这时，地铁到站，门开了。

男生侧步让出通道，裙角一撩，扬腿便是重重一脚踹在那男人的屁股上，冷声道："滚。"

男人屁滚尿流地跑了。

此时满车厢的人都在盯着这气质张扬的少年看，那些目光中有赞赏的、嫌恶的、好奇的、漠然的……男生身处视线中心，却是一副浑不在意的样子，望向女生的一双眼睛透着少年独有的、天真而不失锐气的光。女生此时仍不自在地红涨着脸，见男生看向自己，急忙又道了遍谢。男生唇角一扬，露出一个友善中透着狡黠的笑容，抬起一手按住自己头顶，五指微屈抓住假发抬了抬，行了一个脱发版的绅士脱帽礼，语气轻快道："不客气。"

女生先是愣住，随即噗嗤笑出声，被男人非礼的不快霎时一扫而空。

车厢要关门了，男生扣回及腰假发，拎起方才放在脚边的几个购物袋，匆匆跃出车门。

这位见义勇为的少年名叫王小溪。

去年夏天，他以一分的优势幸运地被本市唯一的大学S大录取，目前在念大一。

王小溪这名字，乍一听就感觉这人的父母仿佛在起名一事上不怎么上心，而事实上……这对父母的确就是没怎么上心。他们给孩子起名的原则是顺口就行，大儿子顺口叫了王大海，小儿子就叫王小溪了，一听就感觉这兄弟俩仿佛五行缺水。

今天，王大侠也成功地维护了这座城市的正义！

王小溪拎着大包小包的购物袋腹诽着，昂首挺胸，健步如风，连长袍的衣角都骄傲得飘飞了起来，一路上斩获无数路人的好奇目光。

王小溪身上穿的并不是女装，事实上，那是一件Cosplay（角色扮演）服饰。他刚从"漫展"回来，因为这次扮演的是一位古风动漫角色，他穿了一身月白色的广袖长袍，还戴了一顶假发。王小溪身高一米

第一章 >> 行侠仗义

七四,在这座北方城市,一米七以上的妹子并不少见,加上王小溪面容秀气且身材清瘦,这么一打扮,乍看上去确实有些雌雄莫辨。

王小溪大一时加入了学校里的Cosplay社团,某天社团活动时被一位"恶趣味"的学姐撺掇着换上了一套动漫角色的服饰,还配上假发化了点儿妆。

因为实在太好看,活动室里当场就炸锅了。

王小溪觉得他们的反应好玩儿,就在学姐的再次撺掇下正式扮演了一次那个角色,当时他的那组照片还在网上小火了一把。

于是,王小溪面前的新世界大门轰然打开。

放飞自我后,短短半年不到,王小溪的微博号就积累了十万粉丝,算是小有名气,而王小溪也随之越陷越深,每个月哥哥打来的生活费大部分都被他拿去买各种动漫的人物服饰了。

王小溪吹着口哨回到寝室,路过宿管大爷的小屋时大爷探出半个脑袋,警惕地问:"谁?小溪啊?"

显然是已经习惯有这么个人了。

王小溪便又冲大爷行了个脱发礼,嘿嘿一笑道:"是我。"

宿管大爷摆摆手,王小溪便在过路男生惊艳又飞速幻灭的目光中唰地一扬袍角,两步两步跨着楼梯,旋风似的刮上五楼。

进了寝室,王小溪放好大包小包的购物袋,掏出手机点开变声器应用,设置好参数,随即打开微信给一个备注名为"傻子"的人发语音。

"师父在干吗呀?我逛街刚回寝室,好累。"

发送完毕,王小溪点开语音检查,一个经过变声器处理的萝莉音响起,娇滴滴的。

"师父在干吗呀?我逛街刚回寝室,好累。"

"傻子"秒回："副本组织开团呢，来吗？"

看起来傻子显然并不知道自己被备注成了"傻子"。

王小溪捏着嗓子软绵绵地撒娇："等我五分钟，我换衣服。"

"傻子"："嗯，慢慢换，不着急。"

王小溪放下手机，窃笑着脱掉有点儿箍身子的服饰，光着膀子放飞了自我。

王小溪在网上假装萌妹子骗人，骗的就是这位不幸被备注为"傻子"的倒霉蛋。

不过，王小溪不是为了好玩儿，他这么做纯粹是为了报复。

而事情的原委，要回溯到大约半个月前。

当时正是大一上学期结束后的寒假，假期最后几天，林星何去王小溪家里玩。

林星何是王小溪初一时的同桌。

初中同桌三年后，两人考进了同一所高中的不同班级。

当了三年高中校友后，两人又被同一所大学录取，念了不同的专业。

两人看似很有缘分，然而实际上这并不完全是因为巧合——王小溪与林星何两人成绩都不错，还都不想离家太远，中考、高考时自然是奔着A市排名第一的高中与A市唯一的一所大学去的，两人能一直当校友，也算是一定程度上的必然。

那天，他们两个一人抱着一台笔记本电脑，在书房分头玩一款大型古风网游。

玩着玩着，王小溪就发现蜷缩在小沙发里的林星何不对劲——他红涨着脸，目不转睛地盯着屏幕，搭在键盘上的十根手指微微发抖，似乎

第一章 >> 行侠仗义

是在生气。

"怎么了？"王小溪凑过去看。

"……没事。"林星何轻声回了句便低头打字。

电脑屏幕上，林星何的游戏角色倒在地上，装备一片泛红，而复活倒计时有十几分钟。

这个复活倒计时，是随着一段时间内角色的死亡次数增加而增加的，能累积出十几分钟，显然是因为林星何的角色在短时间内被杀了很多次。

游戏的聊天窗口中，一个ID名为"倚剑醉千觞"的账号正在疯狂"私聊"林星何。

倚剑醉千觞："菜鸟，地上凉不凉？"

倚剑醉千觞："手脑都不行吧，哈哈哈哈。"

王小溪扫了两眼就气得跳脚，叫道："骂他！回击他！"

林星何气得红着脸僵在小沙发上，整个人活像一尊被烧至红热的铁艺雕塑，直到王小溪骂骂咧咧地伸手抢他的键盘，他才回过神来护住键盘，不太利索地敲字回击："你能不能有点素质？"

和王小溪一样，林星何也是美少年的类型，不过两人的风格气质完全不同。

王小溪眼睛偏圆，神情明亮灵动，似乎全身上下每个细胞都灌注了元气，平时显得可爱，发火时也不输气势。

至于林星何，他打眼看起来活像一只没断奶的幼猫，天生的笑唇总是软软地翘着，又容易脸红，生气时毫无威慑力可言。

倚剑醉千觞又骂了三条，王少侠古道热肠，在旁边帮林星何想回击的话，一句赛一句的精彩。

007

可林星何却不骂，只一板一眼地敲字："你骂我就算了，不要骂别的。"

倚剑醉千觞闻言，果断接着骂了。

"你别回了，等我收拾他！"王小溪蹬蹬跑回书桌前，以雷霆万钧之势一屁股坐在转椅上，打开游戏烧了一张传送符把自己传到林星何的地图，准备支援软萌被欺的好友。

林星何气得胸脯一鼓一鼓的，颤抖着手敲字，据理力争："我没有想打你，我只是打野怪，群攻技能不小心波及到你，而且我第一时间就向你道歉了，我现在也需要你向我道歉。"

然而，倚剑醉千觞已经开始"问候"更多人了。

林星何怒从心头起，恶向胆边生，气呼呼地把键盘一推，用于他而言最具攻击性的语言发泄怒火道："这个人好像有病。"

"你就不能骂句狠点儿的！"王小溪气得一蹬腿儿，在转椅上转了三圈！

王小溪的角色是一名刀客，他前几天刚好在副本里拍了件稀有的紫色武器，正想找人练练。刚到林星何身边后，王小溪二话不说便操纵角色朝"喷子"袭去。

然而十秒钟后，王小溪和林星何的角色双双躺在地上，执手相看泪眼，书房一片寂静。

王小溪尴尬地清了清嗓子，道："……大意了，人家从头到脚全是橙装。"

橙装，也就是游戏里品级最高的装备，比王小溪的紫装属性好出不少，这一套打造下来正经要花不少钱。

第一章 >> 行侠仗义

倚剑醉千觞穿着一身金光闪闪的装备，踩在王小溪角色的尸体上，发了个嘲讽的表情，并大肆发表了一番无耻言论。

王小溪："哟，嘲讽我没钱？"

林星何："小溪你别理他……"

王小溪："他知道我衣柜里的道具和服饰多贵吗？"

王小溪并不是没钱，作为一个大学生，他每个月的生活费简直多到令人发指，可王小溪大部分的生活费都用来买Cosplay的相应服饰道具了，游戏他只是花个点卡钱，装备只是普通水准，不过他操作还算厉害，所以玩得也挺开心。

王小溪被嘲讽得气急，在好友频道寻求支援，不过晚饭时间在线的人不多，林星何又是个刚满级的新手，游戏里除了王小溪压根儿没朋友。王小溪那三两个闻讯陆续赶来的好友一个接一个被干翻在地，王小溪等大家的复活时间都到了，又组织了一次群攻，但这人不只装备极好，操作也相当无赖，没一会儿就把这几个人全耗死了。

由于这次对方属于险胜，所以清场后对方也不敢久留，使出一张传送符溜之大吉。

王小溪见人跑了，就点了对方的聊天框。王小溪平时待人接物都很有礼貌，可碰上这种人王小溪就只好以其人之道还治其人之身。"喷子"在骂人这方面倒是不尿，两人呛了好一会儿，忽然一盒热气腾腾的鸡腿饭与一杯奶盖绿茶从天而降落到王小溪手边，林星何满怀歉意的声音小心翼翼地从王小溪身后传来："小溪，不好意思，害得你也心情不好了……我刚去楼下那家快餐店买的，你先吃饭。"

"没事儿，骂'喷子'我心情好，让他自个儿先骂一会儿，我吃饱了再收拾他。"王小溪扣上笔记本盖，掀开饭盒盖一看，里面摆着两个油汪汪的大鸡腿。

林星何眉眼弯弯地一笑:"给你加鸡腿儿了。"

王小溪抄起鸡腿美滋滋地啃,边啃边道:"他居然说要把我们打退服,太嚣张了。"

"小溪,我们还是别理他了。"林星何殷勤地给王小溪的饮料插管,声音软软地提议道,"那个,过几天开学就不自由了,待会儿我请客,我们出去放松放松,你想唱歌还是打台球?要不我陪你逛逛街,买几件服装?"

林星何对Cosplay没有了解,见过王小溪扮演了几次动漫角色,并表示尊重理解,完全没给王小溪解释的空间,而王小溪也"恶趣味"地顺水推舟,以观摩林星何"不太能理解,但出于尊重朋友的角度强迫自己不要大惊小怪,并假装接受度良好"的小模样为乐。

王小溪冷静道:"行啊,我就跟店员说是给你买的。"

林星何噎了一下,犹豫了好一会儿,才忍辱负重地小声道:"……好,反正我们身材差不多,我帮你试。"

王小溪笑得差点儿仰过去:"哈哈哈哈,我逗你玩儿呢!"

林星何好脾气地笑笑,动作文雅地掀开自己那份饭盒的盖子,道:"那说好了,吃完饭出去玩。"

"不去。"王小溪摇摇头,硬是把话题扯回去了,"刚才那人趁我落单击杀我好几次,怕我叫人还杀完就跑,你见过这么不要脸的人吗?"

林小白兔急忙附和友人,摇头几乎摇出残影:"没见过,真是不要脸。"

王小溪又埋头吃鸡腿:"这不就结了,必须给他点儿教训。"

第一章 >> 行侠仗义

说起来，王小溪这个爱管闲事的性格纯粹是随了他哥王大海。

王大海比王小溪大十岁，小时候《水浒传》看多了，平生最爱路见不平一声吼。上可爬树送小鸟归巢，下可跳河救溺水儿童，进可公交车上擒扒手，退可单元门洞斗流氓，因为好人好事上过两次当地小报，放在古代一准儿是个锄强扶弱的王大侠。

除了受《水浒传》影响，王小溪感觉王大海这么热心肠可能还有一个原因。

王小溪还有过一个叫王小河的二哥，比他大两岁，可惜六岁时出了意外不幸去世了，当时王小溪才四岁，记得的事情有限，对二哥的印象不深，可王大海那时已经十四岁了，因为弟弟出意外这件事消沉了很长一段时间，之后就养成了遇事就有"要是我弟出事时有人路过，有人能帮一把……"的思维模式，潜意识中将全天下人都视为自己的弟弟。

王小溪从小耳濡目染，性格受了他哥影响，不过他哥个头儿一米八八又练了一身结实的腱子肉，颇有见义勇为的资本，而王小溪这假扮小姑娘都毫不违和的小身板，见义勇为全靠一身正气。

至于林星何，他是书香世家出身，父母都是老师，家教相当严格，而且他上头还有个十足强势的姐姐，多方面因素造就了林星何温软得连个脏字都说不出口的性格。

林星何与一般男生玩不到一起去，因为男生们和林星何相处时总有种在和女孩子相处的错觉，勾肩搭背都放不开手脚，不过不知为何，王小溪倒是与林星何颇合得来，这游戏也是他撺掇林星何来玩的，就是想让林星何能和其他同学有点儿共同语言，别总被人当成异类。

王小溪吃饱喝足，唰地掀开电脑盖，这会儿已经快八点了，他的好友列表在线人数多了不少。王小溪摩拳擦掌，准备再集结人马去群攻，可他点开仇杀列表却发现对方已下线，而他自己的头上正顶着一个大大的悬赏标记。

玩家可以用灵石——也就是游戏币，对其他玩家发布悬赏，谁击杀了被悬赏的玩家谁就可以得到悬赏金，所以被悬赏的玩家往往会成为众矢之的。

如果对方真有钱，那他完全可以没完没了地悬赏王小溪，让王小溪没法好好玩游戏。

"星何你快杀我一下把我悬赏领了……哎，我……"王小溪还没来得及找个安全地方躲起来，就被两个过路的陌生玩家逮住击杀了。

王小溪操纵复活后的角色起身，目光像两枚小锥子一样死死钉在仇杀列表中"倚剑醉千觞"这个名字上，恨得直磨牙。

林星何自觉捅了个大娄子，绞尽脑汁想哄王小溪开心。

于是他打开微博，点进一个搞笑博主的主页，想搜罗几条有意思的段子给王小溪讲讲，分散他的注意力。

过了一会儿，林星何找到一条好玩儿的，急忙献宝似的把手机递到王小溪眼前："小溪你看这个，逗死我了。"

林星何的手机屏幕上是一张照片，照片中是一件硅胶制作的背心。

这件背心的颜色与人体肤色高度相似，若是眯着眼离远看，这件背心完全就是女性的上半身，仿制得惟妙惟肖。

王小溪瞥向手机屏幕上仿真度极高的背心，随即眼珠一转，露出一个恍然大悟式的笑容，那喜气洋洋的眼角眉梢皆透着几分狐狸样的狡黠。

"小溪你……"林星何咕咚一声咽下口水，心头掠过一丝不妙的预感，"在想什么？"

第一章 >> 行侠仗义

王小溪两手一左一右拼命往中间推自己单薄的胸肌："我在想，我以后有胸了。"

"你别，我、我不是想让你买啊，我就是让你看看好不好笑。"林星何结结巴巴地解释着，隐约觉得自己仿佛捅了一个更大的娄子。

王小溪哼哼冷笑两声，盯着仇杀列表的名字，道："小样儿的，还要把我们杀退服？"

林星何："……"

王小溪一叉腰，一挺胸，翘起兰花指，捏着嗓子骂道："让他以后看见这个游戏就想吐！"

林星何无比悔恨地捂着脸，蜷缩成了一只小乌龟。

王小溪本来就有个没满级的女号，练的是一个女医仙，外形唯美又能治疗，深受广大男玩家欢迎。本来这个号王小溪只是用来去风景好的地方跑一跑，没怎么正经玩，但这次可是派上用场了。

林星何额头直冒虚汗："别，你别买这东西……"

王小溪一乐："不行，我不仅要买，还要买最大码。"

林星何脸蛋皱成苦瓜，急得就差给王小溪跪下。

王小溪逗他逗得够本了，"恶趣味"得到充分满足，这才幽幽道："本来也没想买啊。"

林星何默然半晌："那你刚才……"

王小溪："这个东西只是给我提供了一条思路。"

林星何："……"

第二章

步步为营

第二章 >> 步步为营

林星何有心阻止事情闹大，成日像唐僧一样在王小溪身边叨叨咕咕，试图劝他"放下仇恨，立地成佛"。

王小溪本来都快被林星何哄好了，奈何"喷子"不配合——从那天开始，倚剑醉千觞就接连不断地用灵石悬赏王小溪和王小溪的亲友，搞得他们根本没办法正常玩游戏，这下王小溪想"立地成佛"都不行了。

王小溪调试着变声器，恨恨道："这都是他逼我的，树欲静而风不止，这事儿怨不得我。"

开学前一天，王小溪的女医仙小号满级了，王小溪花三十块钱改了个名，踌躇满志地加了倚剑醉千觞的好友，穿着一身漂亮的商城时装，发了两个卖萌的表情过去。

倚楼空画扇："卖萌（图片）卖萌（图片）。"

倚剑醉千觞："嗯？"

王小溪忍着恶心敲字："我们的名字有点像哎，第一个字都是'倚'。"

倚剑醉千觞："喔，这样。"

王小溪："你收徒弟吗？"

倚剑醉千觞："不好意思，不收。"

这个嘴臭的人居然还会说"不好意思"这四个字？

王小溪一个白眼翻破天，问："为什么啊？"

倚剑醉千觞礼貌地回复："因为我可能没有太多时间带你。"

王小溪嘴一撇，心说你可不就是没时间吗，天天忙着骂人和给我挂悬赏，手上却打字道："我不用带，我已经满级了，也加了公会，师父只要有空的时候陪我聊聊天就行啦。"

倚剑醉千觞发了一串高冷的省略号。

王小溪："好不好啊？我刚满级，一个亲友都没有。"

倚剑醉千觞勉为其难："……好吧。"

一个组队提示弹出，王小溪点了确认，两分钟后，倚剑醉千觞传送到王小溪的女医仙身边。

王小溪乖巧地叫了一句"师父"。

还很有心机地加了一个弯弯的波浪线！

倚剑醉千觞又发了个高冷的省略号，随即点开王小溪交易，交易框中有一套品级不错的新手装备，各种加buff（增益）的食物与药，还有十万颗灵石。

这游戏的灵石可以用人民币买，十万颗灵石换算成人民币，对于两个刚认识还不到五分钟的人来说，可以算是一份大礼了。

倚剑醉千觞言简意赅："见面礼。"

王小溪果断点了取消："不用啦，师父，我买了很多灵石的。"

哼，我又不想坑你的钱，我的目的就是让你痛哭流涕！十分记仇的王小溪恨恨地想。

倚剑醉千觞不依不饶地又发来一个交易请求，放进交易框十万灵石，道："收着吧，不能让你白叫我师父。"

王小溪往交易框里放了二十万灵石。

第二章 >> 步步为营

倚剑醉千觞:"……"

王小溪:"我这真的有,以后不够了再问师父要吧。"

倚剑醉千觞取消了交易,站在原地,一言不发,一动不动,像截试炼木桩。

尴尬的沉默持续了一会儿,王小溪戳他:"师父,你在发呆吗?"

倚剑醉千觞:"在挂悬赏。"

又在悬赏我呢?王小溪心里骂着,嘴上却道:"师父挂谁的悬赏呀?"

倚剑醉千觞:"几个'喷子'。"

果然是在悬赏我和我亲友啊!王小溪在心中咆哮,嘴上却问:"他们为什么骂你?"你自己心里就没点儿数吗?

倚剑醉千觞:"闲的吧。"

闲你个头!明明是你先骂我们的,我们喷回去属于正当防卫!王小溪恨得直磨牙,为了亲友不被没完没了挂悬赏,很有心机地劝道:"师父别和他们一般见识啦,悬赏还浪费灵石,多不值啊。你今天的日常做了吗?不然陪我一起的日常吧!可怜(图片)卖萌(图片)。"

倚剑醉千觞沉默片刻,道:"嗯,都拉黑了。"

在妹子面前装得人五人六挺有素质,遇见男玩家就可劲儿欺负,这人可真是……王小溪翻了个巨大的白眼,连脑袋都跟着眼球晃了一圈。

倚剑醉千觞开始烧传送符,道:"走,带你做日常,先回主城领任务。"

王小溪忙道:"好的。对了,师父你有玩语音聊天软件吗?账号多少?我加你。"

倚剑醉千觞发来一串数字。

王小溪打开软件,登上自己专门为报复"喷子"准备的小号,而小号的头像就是王小溪的一张Cosplay照片，因为只露了下半张脸，所以如果先入为主认为王小溪是女性的话，就会自然而然地觉得这张照片里的人也是个女孩子。

拍照时，王小溪很有心机地用牙齿轻轻咬住了一点下唇，让嘴唇成为这张自拍构图的焦点。

他的嘴唇生得好看，丰盈不失肉感，却也不会显得太厚，小巧的唇珠使两瓣嘴唇颇具立体感，上镜效果很好，下颚线条也清晰干净，无论男女，这样的唇形和下颌都是"颜值"加分项。

由于拍得太好看，王小溪怕对方以为自己是在网上随便找的图，便特意用美图软件在头像的边边角角加了些卡通小装饰，以增强"这是我的照片"的印象。

为了报复个"喷子"，着实是煞费苦心！

果然，互加好友后，倚剑醉千觞先是交代了一些日常任务的注意事项，随即貌似不经意地问了句："你头像，是你自己？"

王小溪："是呀。"

倚剑醉千觞坦诚地夸赞道："挺好看的。"

王小溪顺杆往上爬："师父，我有师娘吗？"

倚剑醉千觞："没有。"

王小溪又问："师父你有照片吗？"

倚剑醉千觞单纯地回答了这个问题："有。"

随即就没有了下文，竟没借机给"妹子"发照片，相当耿直。

王小溪："……"

王小溪只好引导一番："发一张看看好不好？我好奇。"

倚剑醉千觞也不扭捏，大大方方地发了张自拍过去。

第二章 >> 步步为营

照片中的男生"颜值"相当高，五官精致却不显阴柔，而是一种线条硬气、自带三分冷意的英俊，照片中他穿着球衣，手里拿着一个篮球，肩膀与手臂的肌肉结实得恰到好处。

王小溪愣了一下，心想八成是网上搜来的假照，但手上打字不停，夸赞道："师父骗人，你如果真的这么帅，我怎么可能没有师娘？"

倚剑醉千觞："真长这样，我念理工大学，妹子少。"

他说的这一点王小溪倒是泣血认同，王小溪所在的S大也是一所理工科大学，他上了大学后身边妹子少得可怜，学校里甚至还有几个清一色男生的"和尚专业"。王小溪的同学中倒是有那么几个不是单身的，但大多也都是异地恋或者异校恋，王小溪的某个舍友甚至还感叹过再这样下去自己就要遁入空门了。

第一次交锋王小溪就到此打住了，接下来的一段时间他只是每天按时上小号，老老实实地和"喷子"一起做做日常任务，让对方带着自己刷几个小本什么的。聊天时王小溪比较有分寸，没瞎撩，只是时不时故意犯一些不耽误事儿的小错误，比如不小心跑错一个路口啊，手滑销毁一个可以再领的任务物品啊……让对方帮他些不麻烦的小忙，接受帮助后，王小溪再软绵绵地卖萌并感谢师父。

至于王小溪的大号，在小号拜师那天就被对方拉黑了，悬赏也从那天开始就没再被挂过，王小溪觉得自己用小号曲线救国的方式堪称奇效，加上女医仙这个职业玩上手了也挺有乐趣，所以王小溪就干脆两个号一起玩了。

用师徒身份与"喷子"相处了半个月后，王小溪明显感觉对方和自己熟络起来了，原本略显高冷的"喷子"开始每天在QQ上喊王小溪一

水 手 服 与 白 球 鞋

起做日常，还让王小溪退掉随手乱加的公会，进他所在的公会。于是，昨天王小溪借QQ联系不方便的借口加了对方的微信，准备开启第二番攻势。

王小溪电脑刚打开，和他同寝的另外三个人就陆续回来了。

勤劳勇敢的寝室长刘昊放下刚打来的热水，问另外三个懒人："我现在去食堂，用不用带饭？"

"鸡腿饭和可乐，谢谢老大。"张晔答。

"麻辣烫，二楼西边那家的，老大威武！"李一辰道。

王小溪嗖地一转身，顶着一张清秀脸蛋和一头黑长直的假发，光着膀子穿着大裤衩，边剃腿毛边道："我要牛肉饭，谢老大。"

这视觉反差太强烈，刘昊腿一软，差点儿没跪下。

刘昊神情恍惚地下楼去买饭，王小溪放下剃毛刀，一脚踩着转椅，下巴抵着膝盖，带着"抠脚大汉"的模样点进了公会的音频会议房间。调好变声器的参数，清了清嗓子软软地叫："师父，我来啦！"

频道里瞬间就炸开了，几个汉子巴巴地问这是哪来的妹子，倚剑醉千觞轻咳一声道："我徒弟。"语毕，他岔开话题，"对了，二队缺个'奶妈'，都去'世界'喊一下。"

王小溪虽烦这"喷子"烦得不行，一心只想看他出丑，但也不得不承认他的嗓音其实很好听，音色低磁性感。

每次听他发来的语音王小溪都要在心中默默惋惜，怎么一个又帅、又有钱、声音又好听的男生背地里素质那么低呢？但仔细想想，这其实也不是什么无法理解的事，现实生活中装得人模狗样，上了网仗着陌生人不认识自己就立刻换上另一副嘴脸的人并不少见，这位所谓的"男神"也不过是其中之一而已。

第二章 >> 步步为营

打本的过程中,王小溪保持着四五分钟一次的频率在QQ上用软绵绵的语调问一些关于副本机制的小问题,一口一个"师父"叫得又甜又糯,频道内其他的单身汉子被王小溪虚假的娃娃音撩得不要不要的,有几个男玩家一直在试图接王小溪的话茬儿,可全被倚剑醉千觞抢着接了去。

意识到自己新收的萌妹徒弟太受汉子欢迎,倚剑醉千觞还用半是玩笑半是认真的语气向队友们提了好几遍这是他的徒弟,以及他的徒弟不需要其他师父,以宣示"主权"。

打完本,散了团,撩妹不成的汉子悻悻地陆续退了会议房间,不过有几个在游戏里加了王小溪的好友。

王小溪依次接受了好友请求,扭头就和师父告状,试图增加"喷子"的危机感:"师父,好多人给我发好友申请啊。"

倚剑醉千觞不齿道:"喷,这帮人……你通过了?"

王小溪乖巧道:"嗯,通过啦,他们不都是师父的朋友吗?"

倚剑醉千觞发了个流汗的表情,随即语音道:"不怎么熟,就有时候一起打打本……算了,加就加了吧。"

语毕,倚剑醉千觞一副无聊的样子操纵着角色在王小溪身边跳来跳去,相对沉默了一会儿,倚剑醉千觞忽然主动问了句:"徒弟,等下干什么去?"

王小溪:"没事做,师父呢?"

倚剑醉千觞:"我也没事了。"

王小溪:"日常做完了,副本也打完了……这游戏还有什么好玩儿的?"

倚剑醉千觞沉默片刻,问:"截图看风景,去吗?"

王小溪："不好玩儿，还有别的吗？"

倚剑醉千觞轻咳一声，提议道："反正也没事，要不……语音一会儿？你那边方便吗？"

正在琢磨怎么才能自然而然提出语音要求的王小溪啪地一拍大腿，敲字："好呀。"

在接受倚剑醉千觞的视频请求前，王小溪清了清嗓子，殷殷叮咛三位室友道："谁都别出声啊，要接电话的话出去接一下，谢谢大家，明天请你们喝奶茶。"

三位室友纷纷表示没问题并在心中暗下决心——这辈子宁可孤独终老，也绝对不沾网恋这根毒草！

准备完毕，王小溪接受了语音邀请……

语音接通的一瞬间，在距离王小溪寝室直线距离大约二十米的另一间男生寝室中，一位名叫李澜风的同学正举着手机，耳朵几乎要竖起来，心潮万分澎湃。

游戏里虽然也听到过徒弟的声音，但一对一聊天时的效果显然不一样，更亲密一些，感觉距离被拉近了。

他今年十九岁，正是气血方刚的年纪。

此时的李澜风并不知道，让他心里蠢蠢欲动的，其实是一个高级变声器。

李澜风面容很英俊，在满打满算只有十个女生的S大某学院中力敌群雄，稳坐"院草"宝座。

两道斜斜飞起的眉毛英气十足，睫毛长而黑密，高且笔挺的鼻梁显得不大容易亲近，而偏薄的嘴唇与利落得颇具钢笔素描感的面部轮廓线条更加深了这样的印象，让他不笑时神情自带三分冷意。

第二章 >> 步步为营

不过此时此刻,他倒是笑得如春天般温暖,又如春水般荡漾。

他倒不是不知道网上有玩女号的男的,但是男的在游戏里玩女号骗人大多是为了找冤大头,坑灵石坑装备坑坐骑,他这位徒弟不拿师父一针一线,自立自强,李澜风实在想不到徒弟有什么理由骗他,单纯为了找乐子的话,付出与回报未免太不成正比了,因此他对这位徒弟的性别完全没有怀疑。

李澜风兴奋难抑,俊脸微红,清了清嗓子叫道:"喀,徒弟。"

"师父!"一个娃娃音从手机里传出来,李澜风原本是站着的,听完了这句软绵绵的话,他扑通一声就坐下了。

李澜风的审美偏好是乖巧可爱美少女式的软萌妹子,而另一边徒弟的娃娃音声线完美契合了这样的想象,稳准狠地击中了李澜风的萌点。

王小溪听出李澜风有多激动,在另一头捂着嘴不让自己笑出声音,缓了一会儿才问:"师父,你怎么啦?"

李澜风唇角一翘,玩笑道:"腿有点儿软。"

李澜风高中时念书很拼命,想着上了大学再找对象,却万万没想到S大的女生居然少到如此令人发指的程度。

女生少也就算了,更要命的是李澜风是个眼光相当高且宁缺毋滥的人,普通漂亮的女生撩不动他,他也不愿为了排遣寂寞不负责任地随便找一个。而偶然遇见的三两个"女神"级别的女生要么已有男朋友,要么就是身后跟着成群结队的追求者,李澜风有几分公子哥式的慵懒骄傲,不愿意苦哈哈地泯然于追求者大军,成为她们身后一个小跟班,便只好作罢。

于是,在最青春躁动的这段时期李澜风就这么一直单着。

这时,李澜风身后传来一串骂声,他皱着眉回头一瞥,见室友高翔正因游戏失利对着麦克风沫横飞地倾泻着不堪入耳的脏话,脸上的青春痘激动得颗颗闪亮放光彩,将那张丑脸衬得更添几分蠢意。

李澜风不想让自己的软萌徒弟听见室友骂人,忙捂住手机下方的通话口,语气不善地朝高翔吼了一句:"你小点儿声!"

"怎么了?你干什么呢?"高翔脸皮奇厚,被室友用这种语气吼了也丝毫不见愧色,他摘了耳机,用一双精光闪烁的细缝眼朝李澜风的方向一瞟,见李澜风那副架势,一下子就猜出端倪,如闻见肉香的狗一样一个箭步凑到李澜风身边,扯着一口破锣嗓子问:"干啥呢?撩小姑娘呢?"

"关你屁事。"李澜风冷漠地斜了他一眼,手一翻让屏幕冲着地面,随即抓上耳机动作灵巧地攀到上铺靠墙坐下,远离噪音源。

高翔在下面撇撇嘴,道:"躲什么啊,问一句紧张成这样?"

李澜风烦他烦得够呛,干脆戴上耳机装没听见。

高翔没得到回应,却也没立即走,他在李澜风的书桌前站了一会儿,用羡慕中掺着怨恨的眼神把李澜风桌上的东西一件件扫视了一遍:造型炫酷的笔记本、一看就很贵的耳机、国外定制的机械键盘……连个鼠标都是特别限量版的,高翔知道这款,网店卖两千块,顶他一个半月生活费了。

高翔仰头扫了李澜风一眼,见他戴着耳机面露微笑,知道自己的猜测八成没错。平时对李澜风感兴趣的女生在他看来不少,很多提起李澜风就兴奋得眼睛发光的女生一看见他却爱答不理,他单身这么多年,连摸一下女生的手恐怕都是妄想。高翔思来想去,心中黑泥愈厚,嫉妒之意更甚,便用戴着耳机的李澜风八成听不见的音量小声骂了句:"真能装。"便转身回自己的位子,继续在网上尽情发泄现实中的不满。

第二章 >> 步步为营

这个高翔平时在寝室就不受人待见，是论坛上"我的极品'奇葩'室友"一类的帖子中各种"奇葩"室友的混合体——不卫生、懒得要死、讲话出口成"脏"、爱贪小便宜，就连日用品都蹭着别人的用，还专门挑李澜风的蹭，因为李澜风买的日用品比较高档，至于零食水果之类的更是。那次李澜风买回五斤樱桃招呼大家一起吃，高翔一个人在谈笑风生间就消灭了至少三斤。

不过李澜风性格一向豪爽大方，室友贪小便宜这种事惹不到他，他压根儿不在乎这种谁多挤他一点洗发水谁多吃他一斤樱桃之类的事，对李澜风来说计较这种鸡毛蒜皮的小事儿都不够丢人的，加上高翔除了平时爱占小便宜之外倒是没坑过李澜风别的事，所以大一的上半学期，李澜风并没有差别对待高翔。

李澜风对这位室友彻底没了好感是从大一下学期开始的。

大一上学期结束后的寒假，李澜风自己跑到北海道住了半个多月，旅行散心。在国外登录游戏时卡得厉害，没法儿正常玩，李澜风就暂停了。

本来他可以请代练给自己做日常，可他的三个室友也都和他玩同款游戏，他这个赛季斥重金砸出的一身顶级橙装大家都想体验体验，李澜风和除高翔的另外两个室友处得都相当好，于是他就大方地把账号密码在寝室内部公开了，让兄弟们都可以上他的号爽爽。

本来考虑到群里高翔的存在李澜风是犹豫了一下的，但一来账号密码只瞒着高翔一个，以后万一被高翔知道了，李澜风怕伤害到高翔的感情，毕竟高翔确实也没干过什么触犯原则、不可原谅的坏事；二来这游戏的装备都是与账号绑定的，就算被谁手滑销毁了也可以联系客服找回，至于号上其他的东西和灵石，对李澜风来说都不值钱，所以犹豫过后他还是决定不瞒着高翔。

李澜风万万没想到，旅行结束收回游戏号时让他最头疼的并不是装备和灵石被花到见底的问题，而是铺天盖地的言语攻击。

开学前一天，李澜风一上线就瞬间被两个玩家骂到蒙了，他一脸茫然地把那两人拉黑，又反杀了几个试图击杀他的玩家，逮了一个玩家一问，才知道前几天他这个号到处乱击杀人，杀完人满嘴脏话不说还挂人家悬赏。

李澜风一下就明白过来这是高翔干的好事，起初他耐着性子和几个来寻仇的玩家解释并道了歉，后来他也就懒得理了，来一个拉黑一个，反正那些人他也都不认识，他自觉没有义务挨个解释过去。

这事儿李澜风私下找高翔对质过，但高翔一口咬定自己什么都没干，李澜风没有证据，拿他没办法，只好自认倒霉改了账号密码。

李澜风心胸宽大归宽大，但他并不是个傻的，他觉得但凡是个与自己无冤无仇的人，都不至于这样坑自己，联系起高翔往日的一些小举动和之前自己没放在心上的酸葡萄言论，李澜风觉得高翔八成是对自己有敌意，这次就是憋着坏故意搞事给自己难堪。

于是，李澜风果断给自己的柜子抽屉挨个上了锁，把高翔能贪小便宜的东西全锁了起来，无声地表露出拒绝。自那之后他就不再搭理高翔了，把他当成一团人形空气，这件事在李澜风这就算是翻篇儿了。由于说来话长，当初新收的徒弟问起这事，他也懒得解释什么。

与心潮澎湃的李澜风正相反，王小溪此时内心毫无波澜。

同为男性，王小溪用脚指头想都知道对方此时此刻在想什么。

刚正耿直的王大侠心中顿时充满了鄙夷！

第二章 >> 步步为营

两人东拉西扯地聊了会儿天，王小溪暗自窃笑着，发动了下一番攻势："师父，我看你应该和我差不多大吧？"

李澜风回应道："我十九，念大一，你呢？"

王小溪道："这么巧，我也是哎……那师父你是什么星座？"

李澜风："白羊的，你呢？"

"我天蝎，"王小蝎子露出一个复仇的甜笑，摇了摇屁股后面的小毒针，用变声器娇声道，"比你小半年呢。"

李澜风心不在焉地哦了一声，唇角似笑非笑地微微翘着，让他看起来有点痞痞的帅气。

"那……以后我不叫你师父了，好不好？"王小溪嗲嗲地问。

李澜风："不叫师父叫什么？"

王小溪忍着恶心，甜甜地道："叫哥哥呀。"

为了达成最大的杀伤效果，王小溪还刻意把两个"哥"字都读成了一声，王小溪自己觉得这样叫比第二个哥字读轻声更撩人。

果然，李澜风被这声"哥哥"撩得忍不住笑了起来，笑了一会儿，他才道："行啊，叫吧。"

笑声这么猥琐，果然不是什么好东西，王小溪腹诽着，再次狠狠翻了一个白眼！

王小溪心里鄙视着，嘴上却不停撒娇："哥哥，你会不会唱歌？"

李澜风慢悠悠道："会啊。"

王小溪入戏太深，活泼娇俏地一歪头，道："哥哥给我唱歌好不好？我想听。"

在一旁默默看戏的三位室友顿时露出不忍直视的惨烈表情。

李澜风被这撒娇激得做了个深呼吸，柔声道："好啊，我先唱，我唱完你唱。"

王小溪一窘，道："我五音不全呢，哥哥先唱吧。"

说来也怪，王小溪平时总是一副心无城府、天真活泼的少年模样，但眼下假扮起女生来，却像"戏精"附体，演技精准。

李澜风低笑一声，道："行，我这边没伴奏，给你清唱一首吧。"

随即，李澜风清唱了一首校园主题的情歌，他嗓音好听，调子也抓得准，如果换成女生的话，八成是要沦陷，然而王小溪只是憋着坏给他录了音，打算留作以后真相大白时和亲友们一起嘲笑之用。

我是一个无情的男人，王小溪冷静地想，无情且坏。

李澜风唱完了歌，颇有几分期待地道："唱得还不错吧？"

王小溪顿时闭眼吹捧，把李澜风吹得天上有地下无。

李澜风被吹到精神恍惚，用手指摩挲着自己线条干净的下颌与面颊，仿佛在用触觉确认自己的英俊，一双睫毛黑密的眼睛微微眯起，眸光中透着略带几许稚气的嘚瑟，颇像一头成功猎到小白兔的幼狼。

李澜风踌躇满志，乘胜追击，刻意压低嗓音道："那换你给我唱？"

她挺喜欢我的，李澜风想。

显然，李院草内心的小剧院开始上戏了！

王小溪翻了个白眼，道："改天再唱吧，今天太晚啦，我要睡觉了，哥哥和我说晚安吧。"

李澜风定了定神，知道表现得太急躁会令妹子反感，遂不再纠缠，柔声道："徒弟晚安，好梦。"

王小溪听了语音，眼珠一转，笑得露出两颗白白的小尖牙，满脸狡黠地对着手机道："这句晚安不算，我今天叫你都换了称呼，你叫我是不是也该换个称呼呀？"

第二章 >> 步步为营

李澜风脸上挂着一个一切尽在掌握式的自信微笑，问："可以，换什么？"

王小溪先是故意晾了他一小会儿，随即模仿着小女生害羞的语气，故意嗯啊支吾着道："就……嗯……比如那个，宝宝啊，什么什么的……"

虽然视频已经关了，但听着王小溪这条支支吾吾、越说声越小的语音，李澜风也成功地凭借声音在脑海中勾勒出了王小溪此时此刻的模样——一个本性清纯腼腆，却被自己撩拨得情难自禁的萌妹子，脸红得冒烟，在扭捏了一分钟后还是忍不住结结巴巴地对着手机说出了这番撩拨他的话语，说不定说完了这些话，她就会害羞得忍不住把手机扔到一边去……

这也太可爱了吧？！李澜风被自己堪称天马行空的想象弄得肝儿颤，轻声笑着把手机贴到唇边，发出自己最性感撩人的音色，慢悠悠道："好啊，以后就这么叫了，宝宝晚安。"

此时的王小溪正穿着奥特曼四脚内裤大大咧咧地盘腿坐在床上，弓着背眯着眼，拈住剃毛时遗漏掉的一根孤零零的腿毛，奋力一拔复一弹，腿毛便慢悠悠地飘到了地上。听见李澜风语调温柔得能拧出水的回应，王小溪挂断语音哈哈大笑着滚倒在床上，几乎笑到声带撕裂！

不明真相的王小溪欢乐地保存了这段录音准备留作日后笑料。

甚至还在云盘里存了个备份！

这一幕和李澜风幻想的那一幕相比，着实差得有点儿多……

这么害羞的吗？语音都挂断了。

"咳……"李澜风用轻咳掩饰笑意，按捺下乘胜追击的冲动，手虚握成拳抵在唇边，怕在室友面前的表情太过荡漾。

如此这般，王小溪与李澜风的关系便渐渐进入到"暧昧期"了，成天哥哥宝宝的腻歪得流油。

　　这几天，王小溪仍是每天与李澜风一同在游戏里做日常副本，心情好时就在网上撩拨撩拨，哄着李澜风给自己唱唱歌啊、说说暧昧的话啊，活像只捉弄耗子的小猫。

　　王小猫美滋滋地拈着自己的猫胡须，在脑海中编排着复仇的小剧本儿——他准备再撩个十天半个月左右就勾着对方向自己告白，对方一旦告白，他就立刻真相大白，等真相大白了，他就拉上当初惨遭"喷子"辱骂悬赏的亲友一起，手拉手把这"喷子"围在中间，再痛痛快快地和亲友们联手埋对方的复活点，让嚣张跋扈的"喷子"体验一把赔了夫人又挨揍的感觉。

　　当初对方伤害的是王小溪和他亲友们的感情，现在王小溪也伤害伤害他的感情，十分公平。

　　只是想想就觉得爽极了！

　　下午第二节大课下课，王小溪斜挎着书包，踏着小学生周五放学回家式的欢快步法走出教学楼。

　　前段日子，这座城市接连下了几场冷雨，原本一直稳定攀升的气温急转直下。春寒料峭，流感肆虐，王小溪的三个室友接连感冒了，每天下课后的寝室简直就是大型病毒现场，王小溪不想这么早就回寝呼吸感冒病毒，想着情人湖湖边的桃花应该开得正是时候，便双手插着口袋，信步朝教学楼后走去。

　　夕阳将路上的小水洼描上淡淡的金，王小溪一边蹦蹦跳跳地躲着水洼走，一边心情愉悦地掏出手机，设置好变声参数，做撩汉日常。

第二章 >> 步步为营

"哥哥在干吗?"王小溪用担心的语气倾情演绎道,"最近降温好厉害,我寝室的三个女生都感冒了,哥哥要注意保暖呀。"

通往寝室的小路上忽而一阵寒风吹过,王小溪被迫"变性"的三位室友一个接一个打起了大喷嚏。

李澜风秒回消息:"我也感冒了,宝宝注意保暖,别被传染了。"

王小溪在心里骂了句活该,嘴上却问:"哥哥好好吃药了吗?发不发烧,难不难受?"

李澜风这会儿正烧得厉害,不过听了王小溪甜得腻人的语音他就来了精神,眼睛微微亮了起来,打字"套路"王小溪道:"吃药了,但还是难受,发烧,宝宝说怎么办?"

王小溪愉快地接受"套路"并从手机相册中翻出事先准备好的两套Cosplay照片,声音嗲嗲地道:"那我帮哥哥转移一下注意力吧?哥哥帮我挑一下,这两件你觉得哪件好看?"

王小溪发过去的是两张网店提供的模特照片,分别是两部奇幻少女漫画主角的服装,都是偏"洛丽塔"的设计风格——一条蓝白色系的蓬蓬裙,裙摆处有雪白薄纱层层堆叠,宛如欢跃的浪花,制作精良的裙摆下方搭配两条白色长筒袜;另一条是粉红色系的洋装,点缀了大量繁复精致的蕾丝,风格华丽奢靡,有种中世纪贵族少女的味道。

这些日子心脏已被撩炸了好几个来回的李澜风急忙捂着千疮百孔的胸口做了几个深呼吸。

这两部少女漫画和他日常的兴趣取向南辕北辙,两条裙子他也看不出孰优孰劣,本着不糊弄准女朋友的宗旨将两张照片划来划去,看了半天,终究还是瞎选了一个颜色:"个人感觉蓝色更好看一些。"

"那就选蓝色了。"王小溪乖巧道。

李澜风略带紧张地问:"宝宝不是要穿出去吧?"字里行间隐约有醋意蒸腾。

王小溪忙软绵绵地表示:"不啊,我就是在寝室里拍照……哥哥吃醋啦?"

李澜风果断展露出"霸道院草"的自信,沉声道:"嗯,你这个样子不许给除我之外的人看。"

王小溪发了个"小拳头捶胸口嘤嘤嘤"的动态表情,翻着白眼捏着嗓子,虚伪地"嘤嘤嘤"道:"哥哥想什么呢?我当然不会给别人看啊,我是拍给你看的!"

李院草顿时心里舒爽万分,他并不知道的是,早在三天前,王小溪就已经把自己扮演这个动漫角色的成品照发在了微博上,大大方方地供粉丝欣赏了一遍……

还给置顶了!

王小溪方才上课的博雅楼后有一面人工湖,被众多渴望爱情的单身工科男们命名为情人湖。情人湖的湖畔错落有致地栽种着桃树与樱树,阳春三月,樱树花苞初现,桃树却已绽成了一片烟织水染的云霞,一条青砖小路挽折来去,通往湖中间的湖心亭。

王小溪走在青砖小路上,赏赏花,和李澜风聊聊天,聊着聊着,李澜风忽然发过来一个微信转账。

钱的数目不小,转账说明是"宝宝买小裙子"。

他不懂Cosplay,刚刚在网店搜索了一下王小溪发来的两张服装照片,才发现这种衣服对学生来说价格不菲。

王小溪愣了一下,问:"哇,哥哥怎么突然给我打钱?今天什么日子啊?"

第二章 >> 步步为营

李澜风霸气道:"打钱就打钱,还用选日子吗?收着,听话。"

王小溪严肃地一板小脸,没点收款,拒绝道:"不用啦,哥哥,我生活费够用的。"

出来骗人是要讲信用的,说玩弄你感情,就玩弄你感情,绝对不坑钱!

李澜风劝说道:"宝宝拿着买小裙子,这个月我过生日你穿给我看,就当是给我的生日礼物了,好不好?"

李澜风这么做倒不是因为想拿钱砸谁,只是这段时间相处下来他确实对这位萌妹子徒弟很动心,性格软萌乖巧,说话又甜又嗲,虽然只看过下半张脸,但外形应该也不错,游戏里还只黏着自己不和别的男的瞎聊,和她关系亲近的都是妹子……这么完美的女孩子,哪个单身男生能不心动?

要知道很多时候单身的找不到对象,并不是因为自身条件不好,而是因为遇不到合适的,李澜风这次好不容易碰到一个理想型,自然想要牢牢抓住。但两人现在又没"奔现",之前李澜风旁敲侧击询问王小溪联系地址想制造惊喜,王小溪却死活不透露,所以李澜风目前除了打钱之外,确实也没什么示好的办法。

王小溪坚持拒绝,用略带一点生气的语气噘着嘴道:"真的不行,哥哥你别闹。"

李澜风:"和我客气什么?"

王小溪继续噘着嘴道:"这是原则问题,女孩子不可以随便收男生的钱,你再这样我要不高兴了。"

其实人在说话时,面部表情会对语气有细微的影响,想板着脸发出欢乐的大笑声或是想笑着用严肃的语气说话都是比较困难的,所以王小溪在模仿妹子的语气时也会随之摆出一脸少女的表情，模仿噘嘴生气的语气时自然也要真的噘一噘嘴，以帮助自己入戏。

与王小溪擦肩而过的某位德高望重的老教授用"世风日下，人心不古"的眼神瞪了王小溪一眼，王小溪则厚着脸皮对老教授露出一个灿烂的笑脸，老教授一愣，顿时忘了应该怎么瞪。

李澜风见游说不成，忙哄道："嗯，是我错了，宝宝别不高兴。"

王小溪发了个点头的动态表情，便揣起手机走进湖心亭，湖畔的桃花开得这么美，他想在亭子里坐坐，赏赏花。

打钱被拒的李澜风缩在被窝里，额头上贴着一个退热贴，被烧得红彤彤的俊脸上泛起一个无奈的微笑。无奈是因为李澜风不知道在目前这样相隔两地的情况下，究竟得做点儿什么才能让两人的关系再深入一步。其实李澜风之前有过那么一点儿阴暗的想法，觉得王小溪对自己这么热情如火，说不定也多少有一些想哄着自己花钱的意思，然而实际上，李澜风打钱王小溪不收，想寄礼物王小溪不要，连游戏里送点儿不值钱的灵石王小溪都会给他退回去。

这么一来，王小溪的热情如火就只有一个理由能解释了！

她是真的喜欢我，而且就是喜欢我这个人，不愿意花我钱是怕我误会她，这个小笨蛋，因为长得帅所以多少有些自恋的李院草满心甜蜜地想……

李澜风沉浸在内心小剧院上演的大戏中无法自拔！

他深深地呼了口气，胸腔中一颗未经世事的少年心被爱意与高烧煎烤得柔软滚烫，只觉屏幕后的那个女孩儿天真单纯得令人心疼。

此时此刻，"天真单纯"的王小溪正跷着二郎腿坐在凉亭椅上乐呵呵地修着图，挑选等一下发微博的风景照。忽然，一阵细微的啾啾声从

第二章 >> 步步为营

角落中传来，王小溪循声望去，看见凉亭椅下正趴伏着一只小鸟。

小鸟羽翼未丰，一双黑豆眼懵懂地大睁着，雪白的绒毛被春雨化作的泥水打湿，幼嫩的小翅膀不安地张了张，却起不到飞行的作用。它的一条腿以一种怪异的角度弯曲着，好像是摔折了，它上方的凉亭檐下有一个塌了大半的鸟窝，显然这只小鸟是从坏掉的窝里掉出来的。它还没学会飞，可鸟巢已被近日连绵的风雨弄塌了，大鸟已不知所终，小鸟望着王小溪，张着鹅黄的嫩喙一叠声地叫着。

王小溪先是四下张望了一圈，确认大鸟不在附近，这才走过去，动作轻柔地捡起小鸟，抚了抚它脑袋上的细毛，怜爱道："这小倒霉蛋。"

王小溪把小鸟放在腿上，他认识的鸟多，知道这种鸟是要吃虫子的，便先没急着带回去，而是拍了张照发在寝室群里，问："捡到一只骨折的小鸟，想带回寝室养几天，可能会有些吵，还得吃虫子，能行吗？你们怕不怕虫子？"

憨厚的刘寝室长立刻表示没问题，鸟命要紧，另外两个因感冒而变得愈发懒的懒货则趁机要求王小溪给他们带一周的饭，王小溪一口答应下来，便双手捧着小鸟回到寝室。

王小溪初中之前是一直和父母在小县城生活的，小学放寒暑假时还会去乡下找自己承包了田地创业的哥哥王大海，和哥哥一起漫山遍野地疯，虽说初中开始他就和父母、哥哥一起搬到大城市长住了，但他的生活技能还是远远超过同龄的城市孩子，小时候也和哥哥一起照料过受伤的小鸟，还算是有经验。

王小溪回寝室，找了个快递的纸箱，往里面垫了一些手纸，又铺了一件自己的旧衣服，然后用平时化Cosplay妆时用的棉签和一条头带把小鸟断折的腿固定住，才把小鸟放进纸箱里，腿上系着小花头带的小鸟瞬间变身为精致小鸟！

安顿好小鸟，王小溪坐车去离学校不远的花鸟鱼市，买了些面包虫回去喂鸟。

寝室的另外三个男生惊恐地看着王小溪面不改色心不跳地徒手从小瓶子里拈起面包虫，用小剪子剪去面包虫的口器，然后喂给纸箱里嗷嗷待哺的雏鸟。

王小溪静静端详他们片刻，幽幽道："……你们不是说不怕虫子吗？"

李一辰咕咚咽了下口水，道："我们好像低估了它们的可怕程度。"

王小溪扣好装虫子的容器，冷静地安慰李一辰道："放心，绝对爬不出来，爬出来几条哥吃几条。"

语毕，王小溪就摸出手机，调好变声参数，对着手机疯狂嘤嘤嘤："哥哥哥哥！吓死我了，我室友用虫子喂小鸟，超——可怕！求安慰！"

三位室友："……"

超——你个头啊！

护宝使者李澜风闻言眉毛一拧，双眼与额头上的退热贴一起迸发出寒气，急问道："宝宝不怕，什么虫子？"

看起来就仿佛恨不得立刻顺着网线飞过去救宝宝于水火之中！

王小溪模拟着哭腔，脸上的五官都缩成了一团："就那种软软的虫子，我室友说是面包虫，真是吓死我了，要哥哥抱抱。"

李澜风倚着床栏咳了一气，一副垂死病中的模样哑声安抚道："抱

第二章 >> 步步为营

抱宝宝,乖,害怕就别看了……是你室友捡来的小鸟?"

王小溪用能榨出蜜一般又甜又糯的声调倾情演绎一个柔弱善良的女孩子:"是我捡的,它从鸟巢里掉出来把腿摔断了,我觉得好可怜,就把它带回来了,我室友说这种鸟要喂虫子的,我怕虫,她就帮我喂了。"

李澜风唇角翘了翘,柔声赞美道:"宝宝你真善良。"自动忽略了同样很善良并鼓起勇气喂小鸟吃虫子的室友!

呵,臭男人,王小溪哼地冷笑了一声。

"哥哥,我给你拍几张小鸟呀?真的好可爱的。"王小溪甜甜地说道,手里还捏着一条疯狂挣扎蜷曲的面包虫。

三位室友见状,纷纷捂着脸转过头。

惨相,已令他们目不忍视了!

对此毫不知情的李澜风却被甜得心都化了,也甜甜地回应了一句:"好呀。"

句尾还"呀"得无比温柔。

王小溪揉着笑得发酸的腹肌,走到柜子前搬出自己的大号首饰盒,首饰盒里分门别类地放置着Cosplay需要用到的各种戒指、手镯、项链、耳环、颈环、发夹、头绳等等。王小溪积攒了不少高度还原的首饰,每种首饰都有不下十款样式,恐怕很多同龄女孩子的首饰都没他这么齐全。

王小溪美滋滋地试戴戒指与手镯,换了几种搭配后,他满意地挑了一个手镯和一枚戒指,把自己的手打扮得漂漂亮亮的,这才走到大纸箱旁,伸出一根手指轻拂小鸟脑门儿上的软毛,一连拍了几张不同角度的摸鸟照,看起来是拍鸟,实则却是拍手。

为了更好地迷惑对方，王小溪用美图软件开着液化模式把自己手指关节修得圆润了许多，又把手指头修得纤细了一些，还用滤镜调出了粉色系的色调，五枚小巧的指甲就仿如五片娇艳的桃花瓣。

"怎么样？可爱吗？"王小溪问。

李澜风发自肺腑地赞美道："可爱，好看。"

王小溪："嘻嘻嘻。"

三位室友听见，齐刷刷地打了个激灵，唰地冒出一层白毛汗。

珍爱生命，远离网恋！！！

又是一周多过去了，在王小溪精心的喂养照料下，小鸟的状态好了许多，不像一开始那么萎靡不振，有人接近时不再紧张发抖，而且会用单腿支撑着自己在纸箱里蹦蹦跳跳地玩耍，时不时还扑扑羽毛渐丰的小翅膀，一副跃跃欲试要学飞的样子。

这天是周五，晚上，王小溪规规矩矩地穿着常服走出寝室楼，而楼门外停着一辆看着挺旧的平价小轿车，一个男人正倚车而立。

男人个头将近一米九，身材健壮魁梧，小麦肤色，穿着一件样式有些过时的黑色夹克衫，鼓胀的肌肉将夹克衫的布料绷得紧紧的，整个人活像一座矗立在车边的黑色铁塔。见王小溪步出楼门，男人举起一只手朝他挥了挥，在黑夜中笑出一口灿烂的白牙，宛如指引着王小溪前进方向的白色浮标。

"小溪，这儿呢！"男人开口，中气十足，声如洪钟。

这位是王小溪的哥哥王大海了，不得不说这对兄弟的父母起名虽不走心，但颇有先见之明，这兄弟二人站在一起，一个高大强壮，一个纤细秀气，倒真挺像是大海和小溪。

"哥！"王小溪仰起小脸冲哥哥露出一个灿烂的笑容，走下楼前

第二章 >> 步步为营

台阶。

王大海忙打开塞得满满的后备箱，带着几分邀功的意味展示道："小溪看，哥给你买的零食，都是进口的，这个什么布丁，这个K什么的大福……"憨厚的哥哥借着寝室楼前不甚明亮的灯光，费力地辨认着那些对他来说很陌生的品牌名，他不懂这些，知道弟弟爱吃这种包装花哨的进口小零食，他就一个月去两次家附近那家售卖海外零食的小超市，每样都买点儿。

"这个好吃，你尝尝。"王小溪心里暖融融的，当即拆了一袋点心，从里面拈出一块塞进王大海嘴里，又塞了一块进自己嘴里，兄弟二人双双鼓着腮帮子面对面地嚼着，活像一对儿仓鼠兄弟。

"……还有这些水果，提子、火龙果、橙子，都你爱吃的，抓紧吃别放坏了。"王大海咕咚一声把甜得齁嗓子的点心咽了，嘴上叨叨不停地把车钥匙丢给王小溪，又将后备箱里的大袋小袋全拎上，随即对两手空空的王小溪道，"帮哥把后备箱扣上。"说完，就一口气拎着零食、水果跑上了四楼。

王小溪家虽在本市，但不是每周都回家过周末，他觉得在学校住更自在些，所以王大海就每周五晚上来看他一次，如果王小溪想回家，王大海就载他回家；如果王小溪不想回家，王大海就送些零食、水果、日用品去寝室，再带王小溪出去吃顿大餐。

王大海本来就是这样一个喜欢照顾人的性格，自从大弟意外去世后，双份的爱就一股脑浓缩在王小溪一个弟弟身上了。他对王小溪呵护有加，创业赚了钱，有了资本之后更是不知道怎么惯着弟弟才好，纯纯是个宠弟狂魔。

"哥，你放那，我回来自己扫。"王小溪略带无奈地看着放下东西就拎起扫帚扫地的王大海。

"就几下,马上完事儿了。"王大海好脾气地笑笑,把弟弟那一亩三分地打扫干净了,又连带着扫了扫另外三个室友的地盘,脸上挂着与铁塔般的外形不太搭调的温和笑容道,"屋里灰一大你就爱咳嗽。"

放下扫帚,王大海又逗了逗王小溪养在纸箱里的小鸟,提醒道:"这眼瞅着就要会飞了,你要是想养,哥明天给你整个笼子过来。"

王小溪摆摆手:"我不养,大爷查寝看见了要扣分,等它腿长好我就把它放了。"

王大海点点头,转脸瞥见王小溪晾在窗边的服饰,嘴皮子刚掀开还没有一毫米,就被王小溪眼疾手快地捏住了。

"哥——好不容易见一面,别说我好不好?"王小溪可怜兮兮地问。

王大海扁着一张被捏出来的鸭子嘴,无奈地拨开王小溪的手问别的:"晚上吃了没?哥带你吃好吃的去?"

王小溪:"没吃,你呢?"

王大海露出一个朴实的笑容:"我吃完了,中午陪客户吃饭来着,剩的菜我打包了,晚上热热就吃了,你想吃什么哥带你去,坐你旁边陪你。"

"你别总吃剩菜,对身体不好。"王小溪秀气的眉一拧,"我要吃芝士火锅,你和我一起再吃点儿,不许光看着我吃,听见了没?"

最后一个问句的语气颇有些没大没小,可王大海对弟弟的没大没小十分纵容,忙点头道:"哥知道了。"

这王大海虽打眼一看是个不太修边幅的糙汉,但仔细端详起来的话,倒也是剑眉星目,算得上英俊。

第二章 >> 步步为营

王大海比王小溪大十岁，这兄弟二人小时候家里不富裕，王大海也没长学习那根筋，所以十几岁的时候他辍学跟几个朋友合伙跑去乡下租了一块地，种植一种新品种的蘑菇。王大海能吃苦又有诚信，加上种蘑菇这条路选对了，所以很快就赚到了第一桶金，手里有了钱，王大海便用第一桶金扩大了自己的种植规模，几年下来就成为了十里八乡有名的农民企业家，还被当地电视台采访过，做了一期农业节目，名叫《蘑菇王的致富人生》。蘑菇王这个称号有两层含义，一是赞美王大海是蘑菇种植业的王者；二是王大海姓王，和"泥人张"有异曲同工之妙。

有了钱，王大海就把父母和弟弟送去了大城市生活，王小溪初中开始就在市里长住，算是个城市孩子，无论性格、爱好，还是看待事物的观点都与王大海格格不入，尤其是一些王大海不太理解的爱好。王大海不太能理解动漫、Cosplay之类的东西，感觉就是些怪兮兮的小孩穿着奇装异服。不过王大海为人老实憨厚，又一向宠爱弟弟，虽然对弟弟的爱好感到万分不解，也勉强说服自己接受，尊重弟弟的爱好，只不过偶尔会忍不住会念叨几句而已。

兄弟两人下楼上了车，王大海发动了三次，才把自己的小破车发动起来。

王小溪一脸无奈："哥，去年开始我就一直劝你换车了，这车从里到外哪都坏过，零件都换个遍了，跟忒修斯之船似的，你还不换。"

王大海心里暗搓搓地琢磨着特什么丝船是什么意思，嘴上小声嘀咕道："还能开，还能再开一年。"

王小溪无奈望窗外。

他哥这人其实哪都好，勤劳能吃苦、人品好、热心肠、有钱、土帅土帅的、对家人还特别大方……唯一要命的就是他对他自己太吝啬，这

041

辆小破车他开了八年被撞过两次还死活不换，王小溪估计他是要一直开到报废了。

"你就别说你哥了，"王大海乐呵呵地岔开话题，"哥把钱给你留着不好吗？等你毕业了，哥给你买个跑车。"

"我毕业之后就能自力更生了，哥你这夹克都穿了三年了，你天天赚那么多钱就不能给自己买几套像样的衣服，我要带你逛街你还总不去……"王小溪絮絮叨叨地念着他哥，"怪不得都快三十了还没对象。"

"找对象不着急。"王大海不自在地挠头，一提这码事就脸红，"再说我一个大老爷们儿，买那么多衣服干什么，客户不嫌我就行了。"

王小溪用犀利的目光将王大海从头到脚扫视了一遍："……"

我严重怀疑我哥现在还没和异性拉过手！纯纯白纸一张！

美美地和哥哥一起吃了顿火锅，王小溪回到寝室锁上门，开始化妆戴假发。

晚上七点半，是王小溪惯常的游戏时间。

他先是如往常一样，和李澜风去野外战区玩了一圈，李澜风收人头，王小溪就屁颠屁颠地跟在他后面给他加血，并适时地崇拜一下师父厉害的操作。护宝使者李澜风被自家宝宝赞得直飘，热血沸腾，铆足了劲把附近的敌对势力玩家清了个干干净净。

有个敌对势力玩家被李澜风击杀了之后就躺在地上不起来，嘲讽李澜风是菜鸟，嘴巴不太干净，李澜风发了个鄙视的表情，就把那玩家拉黑了。

王小溪见状，很坏地进行挑拨，想让李澜风暴露出游戏"毒瘤"的真面目："那个人骂你呢，好气，哥哥快骂回去。"

第二章 >> 步步为营

李澜风笑笑,道:"算了,哥心胸宽大,不和这种人一般见识。"

王小溪喊了一声,心想你就在妹子面前可劲儿装吧,有你哭的时候。

见李澜风人头收得差不多了,王小溪带着电脑手机爬到上铺,娴熟地进入每日一撩环节,并在李澜风旁敲侧击打探他信息时含糊敷衍,或是巧妙地岔开话题。

"暧昧"了这么久,对方开始考虑"奔现"倒也合情合理,这段时间李澜风的打探频率明显有上升趋势,然而王小溪目前连张正脸照片都没给李澜风发过,唯一暴露在李澜风视线中的只有那个露了下半张脸的头像。

不管怎么说,李澜风早就给王小溪发过自己的照片,王小溪迟迟不发,李澜风一直到现在都没表露出过不满,仅仅是字里行间暗示,已经很不容易了,说不定就要濒临极限了。本着放长线钓大鱼,让"喷子"泥潭深陷的宗旨,王小溪打算再多放一点儿饵料。

于是在李澜风再次暗示王小溪发照片时,王小溪没装傻糊弄过去,而是发了一张出Cosplay时的照片,并截掉了脖子以下能看出他是男生的部分。

在网上找几张漂亮素人姑娘的生活照很容易,但王小溪觉得这么干太不厚道了,把人家无辜女生的照片发给这种低素质"喷子",那不是害人吗?因此他只好咬咬牙真人上阵。

为了让真人还原出动漫角色的脸,出Cosplay时无论男角色还是女角色,妆感都会比较重,加上王小溪本就偏向清秀柔和的五官,以及扮演的是个纤细美少年的角色,所以单纯看脸,确实雌雄莫辨。

王小溪嗲嗲地道:"哥哥看我好看吗?"

李澜风本来没抱希望,以为徒弟这次也会"萌"混过关,没想到对面忽然发来一张照片。幸福来得太突然，气血方刚的小青年李澜风一愣，盯着王小溪发来的照片，瞬间从脑门儿一路红到下巴颏。他正愣在转椅上盯着屏幕不知所措，正巧丁昱端着洗衣盆从寝室正中穿过，李澜风听见身后脚步声，惊得一抖，急忙把手机屏幕一翻扣在自己大腿上，活像个被家长逮个正着的少年。

丁昱被李澜风突然的动作吓了一跳，好笑道："风哥干吗呢？看什么少儿不宜的呢？"

李澜风顶着一张大红脸，毫无说服力地否认："没看。"语毕，急忙把手机往裤兜里一揣，做贼似的蹿到上铺缩起来。

本来只是开开玩笑的丁昱："……"

你不打自招的动作要不要这么明显！

让毫无关系的路人仔细看的话，他们可能会觉得照片中这个"妹子"漂亮归漂亮，但骨相稍显英气，透着股淡淡的违和的少年感。然而李澜风已先入为主太多天了，一整个儿中了蛊毒似的，又有情感因素加成，对萌妹徒弟的滤镜早已三米厚。就算王小溪发只猪过去，李澜风都能强行在五花肉中看出双眼皮，况且这张照片的欺骗性确实很强，所以李澜风更是放任自己沉浸在绮丽的幻想中不能自拔。

"真好看。"李澜风试图通过文字表达赞美，怎奈没长一颗文科脑袋，词汇严重匮乏，翻来覆去也就是几句俗话，"太好看了，宝宝你真的太好看了。"

真是书到用时方恨少！

王小溪："嘻嘻。"

早已为李澜风默哀过无数遍的室友们："……"

自觉饵料投放得够足了，面对李澜风之后的一系列试探，王小溪再

第二章 >> 步步为营

次打起了太极，李澜风也识趣收手。

两人就这么一直聊到李澜风寝室熄灯。

……我非得和她"奔现"不可。

李澜风四仰八叉地躺在床上，陷入沉思。

王小溪从来没有向李澜风透露过本人的信息，而且就算李澜风主动聊起这些，王小溪也会岔开话题或是委婉地拒绝回答，两人"暧昧"了这么久李澜风却连王小溪在哪念书都不知道，所以现下李澜风只好按比较坏的情况来打算——先假设两人上学的城市离得很远。

殊不知他们的地理位置其实离得很近。

不只地理位置，就连性别也离得很近……

再远反正也就是一张机票的事儿，五一、国庆、寒暑假，这些时候都能见面，寒暑假还可以一起出去旅游，多好啊，坚持住大学这三年半，毕业了就好说了，异地恋也未必就不靠谱，我不是那种会劈腿的人，她……她游戏里都不和别的男的说话，朋友圈的内容也那么单纯，她绝对是太喜欢我了才唯独对我这样的，明明一撩就脸红，小笨蛋……自恋的李澜风盘算着，想得很远。

这其实不怪他，如果是个一无是处从来没有桃花运的男人突然被漂亮女生狂撩，那八成是要起疑心的，可在李澜风的观念中，自己被喜欢很正常，只不过之前喜欢他的他一直不喜欢罢了，但被女生倒追并不是什么新鲜事。

十分钟后……

"李"这个姓挺好给孩子起名的。

李澜风想着，一整个儿活在梦里。

第三章

翻车现场

第三章 >> 翻车现场

　　给李澜风发过照片后的第二天早晨,王小溪心情愉快地站在寝室的穿衣镜前,一边吹着口哨,一边上妆,为今天的"漫展"做准备。展馆里没有更衣室,换衣服只能去洗手间,而王小溪这个角色的服装和日常服饰区别不大,所以他打算化好妆换好衣服再过去,免得在展馆里不方便。

　　这次他要出的角色碰巧就是那部漫画中的男二号——一个忧郁美少年,也就是他昨天给李澜风发的那张照片中的角色。

　　也不完全是因为巧合,在这次"漫展"上出这个角色是他一个月之前就和社团团长定好的,而那张照片正是他前段时间拍摄的试妆照,他昨天晚上顺手拿来用了一下。

　　熏暖的春风透过纱窗吹进寝室,撩动着王小溪的假发,载着王小溪身上清爽的沐浴乳气息逸出门上的小窗,化散在春季的日光中。

　　此时,前段时间王小溪捡回来的小鸟正昂首挺胸地站在纸箱里,两枚黑豆眼精光四射,用即将征服星辰大海的豪气目光凝望着纱窗外的天空,连头顶上的一小撮"呆毛"都精精神神地挺立着!

　　"啾啾啾!"小鸟踌躇满志地扑了扑羽翼丰满的翅膀。

　　然而寝室中并没有人留意到它的异状……

　　李一辰捧着被褥从王小溪身后走过,打算趁太阳好在阳台上晒晒被子。他用从被褥下伸出的手笨拙地拉开阳台门，自己还没迈出去，一个毛茸茸的小东西便笨拙地扑着翅膀，擦过他的面颊一飞冲天！

"鸟，鸟飞了！"李一辰失声大叫，抱着被子急得直蹦。

"啊？"王小溪穿着凉鞋吧嗒吧嗒地跑到阳台上，可小东西已飞得不见踪影。

张晔从铺位上探出个脑袋，问："飞了也没事儿吧？我看它腿好差不多了。"

"我去找找，"王小溪边说着边吧嗒吧嗒往外跑，"我给它固定腿的发带还没拆呢，万一挂在树枝上……"

情况紧急，王小溪追到楼梯口才发现自己没换鞋，拖鞋自然不适合跑步，但要回去换也来不及了。好在他刚跑出寝室楼门还不到二十米就发现了小鸟的踪迹——在通往食堂的路上，三个人高马大的男生正低着头凑在一起，其中一个背对着王小溪的男生正用双手捧着一个毛茸茸的小东西，另一个男生则和他说着话："这鸟怎么飞着飞着还掉下来了？呦，这腿瘸了吧？"

背对着王小溪的男生不答话，像被抽了魂儿似的直勾勾地盯着小鸟腿上的樱粉色发带。

王小溪看不见那男生正脸，没留意到不妥，遂大大方方地朝那男生走去，在他背上轻轻一拍准备问他要鸟。

男生像过电一样猛地一颤，又噌地转过身，两人四目相交，俱是一愣，双双失去了思考的能力。

此时桃花已谢，樱花盛放，清风从情人湖面低掠而过，又撩动满树繁花，偷取了一缕清凉的水汽与一抹樱花的薄粉，从博雅楼的方向遥遥吹来，穿过两人之间不到二十公分的空隙。李澜风微微低着头，目光定

第三章 >> 翻车现场

定地落在王小溪仰起的脸上,而王小溪也在看他,明媚的阳光斜斜切过寝室楼的檐角落在他们的脸上,给两人都渲染上了一层干净的光。

风与花,阳光与湖水,掌中雏鸟脆弱的触感与心脏怦然跃动的声音……清晰入耳。

十分熟悉的脸。

昨天晚上在屏幕中看过的脸。

李澜风昨晚激动得睡不着觉,盯着王小溪发来的照片看了好久,加上小鸟瘸腿上绑的发带也相当眼熟,所以一眼就把王小溪认出来了。

不过这唯美的气氛瞬间被王小溪扰乱了,他倒抽一口冷气,出于掩饰真相的本能急忙向后退了一大步。

两人从戏剧性的相遇中回过神来,同时找回了思考能力,但表情控制能力都还没上线。

于是李澜风的嘴巴缓缓张成一个"O"字形:"……"

这不是我的小宝贝儿吗?!

王小溪的嘴巴也缓缓张成了一个"O"字形:"……"

这不是那个大傻"喷子"吗?!

两个极度震惊的人张着嘴相对而立,看起来非常像一对鱼!

"你……"片刻静寂后,李澜风先反应过来,脸上飞快展开一个惊喜交加的英俊笑容,激动得舌头都有点儿打结,"我们、我们一个学校的?"

……虽然感觉似乎有哪里不对。

然而那股微妙的违和感暂时被盲目的喜悦掩盖住了。

王小溪眼珠一转,大脑高速运作着。

啊啊啊啊啊!他居然和我一个学校的?旁边那俩是他室友?我要是

现在就让真相大白，他可就在室友面前丢了大人了！而且我还能现场看见他表情！

这"马甲"，此时不掉，更待何时？！

王小溪想到这，心思有点小活络，于是他气势汹汹地一手叉腰，一手扬起直直指向李澜风，一双眼睛瞪得溜圆，准备把这个已经"读条"了一个多月的大招放出来！

她真人也好、好可爱！就是胸好像……比我都平，我至少还有胸肌……不不不，那不重要！都是身外之物！庸俗！

身上好像穿的是男装吧，这……大裤衩和大拖鞋……不不不，她喜欢穿什么就穿什么！

李澜风盲目且迅速地完成了自我说服。

他捧着手中的"爱情鸟"，被王小溪叉腰的动作萌得俊脸微红，含情脉脉地望着王小溪，准备近距离聆听他宝宝甜美的娃娃音。

王小溪则用农民伯伯望着秋日丰收庄稼的眼神欣慰地望着李澜风，准备收割这株人形大庄稼！

这时，李澜风身后的丁昱察觉到气氛诡异，用胳膊肘捅了李澜风一下，小声道："风哥，怎么了？"

他们有三个人啊……王小溪听见丁昱开口，立时冷静下来，用审视的目光飞快扫过李澜风的身体——他个子少说比王小溪高半头，虽说尚残存着少许少年的清瘦，没有王大海那种成熟雄性的魁梧健壮，但看着也挺结实的，透过外套下的薄衫能隐约感受到他胸部肌肉的强劲，他捧着小鸟的一只手都快赶上王小溪两只手大了，更别说他身后还站着两个身高明显超过一米八的男生。

王小蝎子身后高高扬起的小毒针垂了下来，被他尿尿地塞回屁股后

第三章 >> 翻车现场

面里藏好："……"

不行，不能当面坦白。

他们三个一人一拳下来，我可能会死。

"宝宝你怎么不说话？你不用紧张……"李澜风轻声细语地安抚着，试探着向王小溪靠近了一步。

丁昱愕然，看看王小溪，又看看李澜风，欲言又止，止了片刻没止住，狐疑道："……宝宝？"

另外两个男生也和丁昱同款迷茫表情——

这位陌生的哥们儿虽然长得挺好看的，但这身材和打扮一看就是男的啊！

这能认错？

宝宝？

风哥还有视力吗？！

我得把我的鸟拿回来，不然这货还不得虐鸟？王小溪想着，像头小豹子似的盯牢了李澜风的一举一动，趁李澜风向自己走近的当口，王小溪出手如风，一把捞起深陷魔掌的小鸟，随即扭头就跑！

这一刻，李院草的"爱情"和"爱情鸟"一起溜走了！

"你怎么了？！"李澜风一怔，在后面喊着。

周政弱弱道："……不是，风哥你清醒一下。"

事情似乎哪里不对。

然而李澜风已经听不见别人说话了。

这是见着真人害羞了？

见王小溪越跑越远根本没有停下的意思，李澜风只好一头雾水地拔腿追上。

051

"宝宝！你先别跑！"李澜风在王小溪后面大叫，看起来特别像一个被恋人甩掉的心碎男孩儿！

路上的学生立刻用犀利的目光锁定了李澜风。

"这哥们儿穿着双大拖鞋，跑得比风哥还快。"丁昱远远望着两人越来越远的背影，幽幽道，"运动健将啊！"

周政愣了一下，语气变得有点儿迷："风哥为什么管他叫'宝宝'，是我听错了吗？"

两人仿佛同时想到了什么，机械地缓缓扭头看了对方一眼。

丁昱倒抽一口冷气："我记得风哥最近是不是网恋来着……"

周政："但那是个女生啊，风哥打本的时候我还听过她说话呢。"

丁昱拍了拍周政的肩膀："天真了，兄弟。"

王小溪脚上的拖鞋根本不适合跑步，但为了不被打死，他双手小心地笼着小鸟，双腿几乎跑出残影，颇有小时候在村子里被疯狗追的风采。

李澜风原本只用八成的速度追着，没想到根本就追不上，反而还被拉开一点距离。

李澜风心中某种微妙且不祥的预感变得愈发浓重。

这妹子怎么这么能跑？！

然而这时，王小溪也快到达极限了，毕竟这是他的爆发速度，不可能维持很久。眼看着两人间的距离被开始加速的李澜风越拉越近，王小溪一个箭步蹿上某座教学楼前的台阶，打算钻进教室避一避。

在教学楼走廊里东绕西绕了几圈，王小溪成功利用墙壁转角阻断李澜风的视线并蹑手蹑脚地从后门钻进某间正在上课的教室。

第三章 >> 翻车现场

这目测是在上一节大课,可容纳一整个学院的阶梯教室中坐满了人,王小溪找了个靠窗的空位坐下,大学一个学院里的同学互相不认识再正常不过,周围几个同学朝他投去陌生的一瞥,除此之外就没引发其他反应了。

李澜风把人跟丢了,挨间教室寻找,同时在手机上焦急地呼唤着他的宝宝:"你怎么了?你跑什么?"

李院草自认绝不是个"见光死",所以此时既茫然,又有点儿小委屈。

他倒是没往王小溪才是"见光死"的方向上去想,王小溪真人和昨天那张照片一模一样——虽然照片里只有一张脸,但确实一模一样……

王小溪对李澜风的呼唤充耳不闻,低头检查怀中的小鸟。

他这一路把小鸟搂在怀里狂奔,小鸟脑袋上耸立的"呆毛"都被他压趴了,看起来很像一个帽子戴太久被压扁了头发的孩子,蠢萌蠢萌的,王小溪轻轻笑了一声,动手除去小鸟腿上用来固定骨头的发带与棉签,小鸟"啾啾"叫了两声,跃到王小溪左手边的窗台上灵活地跳了两下,显然是已经痊愈了。

阶梯教室太大,这两声鸟叫没惊动讲台上的教授,但是前面几排同学都好奇地扭头朝他望过来。

王小溪有些不好意思,抬眼一看,窗户正好开着,而这小鸟本来也该放生了……王小溪略一犹豫,双手捧起小鸟,在小鸟的"呆毛"上亲了一口,用气声对小鸟道:"去吧,有空记得回来看看你爸爸。"

语毕,王小溪探身,把小鸟轻轻放在外窗台上。

"啾!"小鸟一"啾"冲天。

李澜风找了几间教室都没找到王小溪,一边漫无目的地东奔西跑,

053

一边试图用微信和王小溪沟通。

李澜风："宝宝，你怎么了？"

李澜风："你觉得不好意思的话我不强迫你见面，但是你回我一句话好不好？你这样躲着我，我慌。"

李澜风："宝宝，我真的不明白你为什么要这样，是不是因为你不想和我'奔现'，不想让我们的关系牵扯到现实？"

忽然，走廊传来一阵急促的脚步声，大概就是正在挨间教室搜查的李澜风。

王小溪伏低身体趴在课桌上，阶梯教室人太多，李澜风也不好意思打扰大家上课，立在后门门口抻长脖子看了片刻，没看出个所以然，于是那脚步声又悻悻地远去了。

王小溪壮起胆子朝后门张望，没见李澜风人影，遂溜出教室。确认走廊上没人后，他放轻步子一溜烟儿朝寝室跑去，边跑还抽空给李澜风回了个"是这个原因"五个字，试图以此暂时稳住李澜风，让他专注打字，免得再追上来。

这条回复完，王小溪的手机沉寂了好一会儿，李澜风有足足十分钟没发微信过来，直到王小溪成功回到寝室，安全上垒，一条字数超多的微信才唰地一下从聊天页面底部弹出来，是密密麻麻的一大段字——

"宝宝，我是真想和你'奔现'好好处，不是只想玩玩，之前是我考虑不周全，你是女孩子，你需要安全感，但我没让你有安全感。我真名叫李澜风，十九岁，身高一米八七，体重七十五千克，S大物理学院大一在读。我是本地人，父母也在本地经商，我个人目前市中心有房暂时无车，因为我不会开。我的爱好是打游戏、打篮球、旅游、唱歌，没交过女朋友，喜欢的花是樱花，喜欢的颜色是蓝色，喜欢的食物是火锅，

第三章 >> 翻车现场

喜欢的人是我爸、我妈和你,还有什么想了解的,你随时可以问我。"

紧接着这条信息发过来的,是一张身份证照片和一张学生证照片。

不愧是相貌帅气的"院草"级人物,李澜风连身份证照片都照得挺好看的。

王小溪看见这几条消息,被李澜风自说自话的坦诚弄得愣了一下。

片刻后,王小溪猛地甩甩头,回忆了一下一个月前"喷子"在游戏里满口脏话的嚣张姿态,并用这些回忆给自己尾巴尖上的小毒针淬毒。

这货绝对不是个好人,是毫无素质的游戏"毒瘤",我耍耍他没毛病,想想星何让他气的那小样儿……王小溪做了一番心理建设,随即深深吸入一口气稳住情绪,清了清嗓子,用清朗的少年音给李澜风发了一条语音:"呵呵,我是男的。"

对面沉默了片刻,一条信息发来:"把变声器关了!"

王小溪噗地笑出声,再次语音道:"我真是男的,不然给你验验货?"

李澜风被王小溪用少年音亲口说出的"验验货"三个字冲击得整个身子都是微微一晃!

幻觉,都是幻觉,李澜风使劲眨了几下眼睛,又狠狠搓了把脸,想让自己清醒一下,可再睁开眼时,片刻前王小溪发来的语音消息仍然明晃晃地显示在屏幕上,李澜风不死心地点开重听了一遍。

像是怕李澜风死得不够惨,王小溪又追加了一条语音:"现在不是变声器,之前的才是用了变声器,你追着我跑了一路,没发现我身材压根儿不像女生吗?"

确凿无疑,是男孩子的声音。

几分钟前,那种种微妙且违和的细节渐次浮出脑海。

身材确实不像女生,只是之前太先入为主,加上太着急、太激动,他一时思绪混乱没往那处想……

李澜风身子一晃，瞬间被抽空了全部力气，靠着走廊墙上的暖气片缓缓滑坐在女厕所对面的地上，这一刻，李院草曾经柔软滚烫的少年心骤然沉落进冰窟，变得比开春儿停止了供暖的暖气片还要冰冷！

我被人……耍了？李澜风神情恍惚地发着愣，也不知道他是想起了什么，一张英俊的脸忽而涨得通红，忽而窘得铁青，非常像个红绿灯。

于是，回应王小溪的，便是长久的沉默。

王小溪越等越慌，因为在他的想象中，"喷子"被戏耍之后正常的反应应该是马上开始"热情问候"自己，这么久的沉默根本就是在崩"喷子"的"人设"！

就在王小溪打算主动出击再嘲讽一番时，李澜风的回复终于来了，这次只有简单的三个字："我不信。"

这条消息看似平静，实则是因为可怜的李澜风已经无法控制住语气，他试着发了几次语音，可说话声都变了调儿，因为不想继续丢人，所以只能取消语音选择打字！

过了一会儿，李澜风又发过去一条自欺欺人的分析："不可能，我们无冤无仇，我之前根本不认识你，如果你真是个男的，那么你没有任何理由这样大费周章地整我。"

这平静的反应也太不符合"喷子"的气质了，就算不全信，措辞怎么可能这么文明？王小溪复仇的气势已经在之前漫长的等待与疑惑中被消磨了不少，他飞快眨巴眨巴眼睛，不安地咽了咽口水，带着强烈的心虚，红着脸反驳道："谁说我们无冤无仇了？我们仇大了！"

李澜风一阵眩晕，发自肺腑地表达疑问："我和你有什么仇？"

"什么仇？你……你就是一游戏'毒瘤'。"由于心底不祥的预感

第三章 >> 翻车现场

愈发深重,王小溪紧张得结巴了一下,"寒假的时候你忘了?我哥们儿一新满级的小号在野外群怪不小心打着你一下,你杀了他十几次,还各种人身攻击,后来我去帮忙,你连我一起欺负,还天天发悬赏发得我根本没办法正常玩游戏……"

听着王小溪大段的控诉,李澜风立刻想通了误会所在,想到这件事居然是因为高翔而起,李澜风恨得太阳穴都跟着突突直跳。这一瞬间,李澜风内心长期淤积却无处发泄的,对高翔的厌弃鄙夷如洪水开闸般倾泻而出,震得他耳膜嗡鸣作响,甚至盖过了被王小溪玩弄感情的惊讶与愤怒。他想起高翔一脸无赖地咬定自己没登他号干坏事的模样;想起高翔阴阳怪气地嘲讽自己是公子哥的模样;想起高翔腆着一张脸笑嘻嘻地占自己小便宜的模样……在短短十几秒内被多重负面感情狠狠冲刷过一遍的李澜风无力得几乎连手机都拿不住了,他缓了好一会儿,才勉强让自己冷静到可以正常说话与打字的程度,颤抖着手打了几个字过去:"我没做过这些,是我室友。"

从刚才开始王小溪心中便隐约有所猜测,因为真相暴露后对方的表现实在太不符合"喷子"的"人设",这简简单单的一条消息像枚炸弹一样将王小溪用力压在心底的猜测全炸出了水面。王小溪一怔,一张原本因心虚而红涨的小脸霎时变得惨白,他焦虑地舔了舔嘴唇,在寝室来回踱了几步,自己有可能真的冤枉好人闯了大祸的认知让他胸腔一阵阵发寒,他也手指微颤地打字询问道:"证据呢?"

李澜风唇角一扯,露出一个苦笑,打字道:"呵呵,有证据,你等着。"

李澜风的朋友圈是只显示最近三天,他点开朋友圈飞快向下翻去,找到了自己寒假在北海道拍摄的雪景，咔咔截了几张带时间的图，又点开旧的寝室微信群——旧寝室群中有四个人，而在决意与高翔划清界限后，李澜风拉着原本就讨厌高翔的丁昱和周政又开了个三人群，这样寝室里有什么事方便沟通，又不必担心高翔在群里阴阳怪气败坏心情。

李澜风翻动着旧寝室群的聊天记录。

李澜风："账号：*****，密码：*****，随便玩儿，有空记得帮我把日常清一清就行。"

周政："好嘞，谢风哥。"

丁昱："谢了，哈哈，可以体验体验用橙装的感觉了。"

高翔："哎我天，这一身装备，就是牛。"

李澜风："……流汗（图片）"

高翔："哈哈哈，逗你玩儿呢，谢了啊。"

李澜风忍着恶心截了这两页带日期的聊天记录，以及北海道雪景的截图一起发给王小溪，之前一阵红一阵白的脸现下已麻木至面无表情，他动作机械地打字说明道："寒假结束前我在国外旅游，上游戏不方便，三个室友帮我做日常，欺负你们的人是这个高翔。他私下对我意见很大但我之前一直不知道，我接管回账号之后才知道他故意用我号到处得罪人。我一开始解释了，但是解释不过来，就把那段时间骂我的人全拉黑了，我没想到居然有人会用这种方式报复我，你如果还是不信，我可以给你找我寒假那几天在日本的航班和住宿信息，我不至于用宝贵的假期时间大老远跑到日本打游戏吧？"

这条信息发完，李澜风又怀着百万分之一的渺茫希望问："你真是男的？"

没有得到王小溪的回应，于是李澜风又满脸痛苦地追加了一条消

第三章 >> 翻车现场

息:"看来是了,呵呵,我要疯了,真的要疯了。"

李澜风再次追加消息:"我以后改名叫'李澜疯'得了。"

李澜风:"你装得可真像,我服了。"

李澜风:"把我耍得团团转,你消气了吗?"

李澜风:"怎么不说话了?"

曾经万事不挂心的豪爽青年李澜风,此时摇身一变成了"祥林嫂",微信一条接一条叽叽歪歪地轰炸王小溪,不住地试图用语言发泄自己内心的痛苦。

这回连站都站不住的人变成王小溪了。

证据已经不重要了,对方在如此崩溃愤怒的状态下还能和自己摆证据讲道理,而且没骂脏字儿,这就足够证明他不是那个满嘴脏话的游戏"毒瘤"了。

王小溪只觉一阵天旋地转,游魂儿似的飘到椅子上坐下,发了会儿愣,随即猛地丢开手机十指死死揪住假发,把整个脸埋在桌子上,崩溃咆哮道:"我干了什么啊?!我是傻子吗?啊啊啊啊!"

短暂发泄完毕,王小溪又一把抓回丢到一边的手机,用疯一般的速度在输入框上不停地打字又删掉,这一刹那王小溪明白了语言是多么苍白无力的东西,因为他就是道歉一万遍也不可能让事情回到没发生的状态了,但即便如此,道歉仍然是必须的。王小溪在输入框中删来改去,最后却只是硬着头皮憋出一段平平无奇的道歉来:"哥,对不起,都是我的错,给你造成了很大的伤害,不敢求你原谅,只想问问我怎么做才能稍微弥补一下你的损失?真的真的对不起。"

这里叫的"哥"与之前叫的"哥哥"完全是两码事,叫哥哥是撩拨,但道歉时叫哥,在王小溪所在的北方城市的文化中有一种伏低做小表达谦卑的意思。

李澜风秒回:"呵呵,对不起?你觉得说对不起有用?"

王小溪冷汗如雨下:"我知道说这个特别没用,但我是真的很内疚,真的抱歉。"

这时,张晔和李一辰从外面回来了,一看王小溪一副坐在椅子上脸色煞白急得要哭的样子,两人对视一眼,张晔凑过去些,小心翼翼地问:"你怎么了?"

王小溪一抬头,把手机调到照相模式,往张晔手里一塞,道:"帮我照张相。"

于是半分钟后,正在恨恨地思索应该如何惩治王小溪的李澜风收到一张照片,照片中,王小溪站在寝室正中央,两条手臂撑着膝盖低着头,是漫画里经常能看见的那种弯腰道歉的姿势。

李澜风:"……"

王小溪:"哥,我给你跪下道歉了。"

李澜风默然片刻,接连做了几个深呼吸,勉强平复住情绪,道:"你已经回寝室了?"

发完这条,李澜风就拔腿往教学楼外跑去。

王小溪急忙回复,"狗腿"之情溢于言表:"我回寝了,哥你有什么吩咐尽管说,只要我能做到的,只要你能消气,你让我干什么都行!"

李澜风面若寒霜:"告诉我你寝室楼号,还有寝室号,我去找你。"

王小溪尿尿地拒绝:"这个就别了吧,哥。"

李澜风暴跳如雷:"你刚说我让你干什么都行!!!"

结果连门牌号都不给我!!!

李澜风气得在楼门前直蹦跶!

第三章 >> 翻车现场

王小溪苦苦哀求，跪着打字："哥，要不你说个地方，我出去找你，你揍我一顿出出气，我躲一下我都不是人，但来寝室就别了吧。"

李澜风："呵呵，尿了？"

王小溪点头如捣蒜："尿了，特别尿。"

李澜风："晚了。"

王小溪："……"

王小溪急得直冒冷汗，积极主动地为李澜风制定消气一日游的行程："那要不这样，哥你挑个地方，我先请你吃顿饭，然后吃完饭你找个没人的地方揍我。"

这回轮到李澜风无语："……"

王导游尿兮兮地补充说明："吃饱了揍起来有劲儿……"

李澜风："我不喜欢使用暴力，也不缺一顿饭，你究竟住哪个寝室？"

李澜风此时已走到他之前与王小溪碰面的地方，这是通往食堂的一条路，路的一侧是林立的寝室楼，李澜风估计王小溪的寝室应该离这个碰面地点不远，他不抱多大希望地仰着脸四下张望着，本来想着不然就先把人叫出来当面做个了断，可就在这时，一只小鸟像枚小导弹一样砰地撞上了A11楼某个寝室的阳台玻璃门。

李澜风："……"

小鸟被挡在外面，很是不甘，再次扑腾着飞起来，用喙叮叮当当地啄着玻璃门。

很快，一只手拉开玻璃门，放那只小鸟飞了进去。

李澜风直勾勾地盯着有小鸟飞进去的阳台，一双眼瞳黑得就像两滴圆圆的墨印。

李澜风边上楼边问:"A11号楼,405,对吗?"

王小溪看了这条,腿软得差点儿直接跪在地上,用爱恨交加的眼神看着刚刚冲进寝室的小鸟,带着哭腔道:"我让你有空的时候回来看看你爸爸,也没让你这么快就回来啊……"

张晔和李一辰看着王小溪方才这一连串表现,也猜出个七七八八了,见状忙道:"你骗的那人是我们学校的?来找你了?"

王小溪皱着一张苦瓜脸,还没答话,手中手机便又是一震。

李澜风:"开门。"

王小溪:"……"

他看到这条信息之后还没过一秒,李澜风就自己推开了没锁的寝室门,像尊煞神一样黑着脸站在405寝室门口,目光如两枚冰锥般直直钉住了王小溪。

王小溪又怕又内疚,抬头对上李澜风的目光,尴尬得恨不能原地消失。

张晔和李一辰看见李澜风这个头儿,心想王小溪那小身板挨不了他两下就得躺,便忙赔着笑脸一左一右地迎上,暗暗把王小溪挡在身后,劝道:"哥们儿消消气,有话我们好好说。"

李澜风纹丝不动,雕塑般杵在门口,凝视着王小溪的瞳仁黑漆漆的,看着有点儿没神采,又有点儿吓人,他张了张嘴唇,寒声道:"出来。"

跪坐在地的王小溪忙爬起来,像个赶去接旨的太监一样屁颠屁颠一溜儿小跑到门口,拨开两个不动声色挡在自己前面的好室友,用眼神致以谢意并轻轻摇了摇头,丧气地小声道:"你们别管了,我挨揍也是活该。"

李澜风近距离聆听了他"宝宝"的少年音,呼吸登时就是一窒,神

第三章 >> 翻车现场

情愈发变幻莫测。

王小溪理亏得不行，鹌鹑似的缩在李澜风面前，厌厌地道："哥，我出来了。"

李澜风的咬肌微微抽搐，片刻令人压抑的僵持后，他一把死死钳住王小溪细瘦的手腕，拉着人就往水房与厕所的方向走去。

李澜风咬牙切齿地想，男生的骨架怎么能这么小？

王小溪都发话了，张晔和李一辰不好太拦着，但又担心王小溪被收拾得太狠，只好隔开两米距离跟在这两人身后盯着，准备随时把王小溪救下来，张晔还偷偷查了一下本地急救中心的电话。

李澜风把王小溪一路拉进厕所，打开一扇隔间门，冷冷道："进去。"

王小溪不明所以，也不敢问，只得乖乖进去。

李澜风跟进去，反手把门一锁，命令道："裤子脱了。"

隔间门外，张晔不放心地问："哥们儿，你不是精神失常了吧？"

"外面闭嘴！"李澜风低吼，伸手按住王小溪身后的墙，寒声问，"你自己脱还是我脱？"

"啊……啊？"换作以前，王小溪是怎么都不怕，在东北大澡堂子里大家也都是坦诚相见的，但现下他的厉害劲儿已全被李澜风那双黑洞一般的眼睛吸走了，再加上内疚，平时叱咤风云的王小溪厌得脸都红了，像个惨遭流氓非礼的小姑娘一样双手死死拽着裤腰带小声求饶，"别了，哥，我真是男的，你听我说话声就知道了。"

李澜风不理会，只质问道："知道错了？"

王小溪疯狂点头，两人离得极近，他这么一点头，险些磕到李澜风的下巴："知道了，真的知道了。"

李澜风眼睛一眯，注视着王小溪面红耳赤的窘态，从真相大白到现在，他脸上首次浮现出一丝笑意，虽然和他惯常爽朗阳光的笑容不大一样——眼下这个微笑怎么看都不太正常，有点儿阴恻恻的。

片刻后，李澜风敛起那个不太正常的笑容，再次黑下脸道："你自己说的，只要我能消气，你什么都愿意做。"

王小溪负隅顽抗："但是……"

李澜风掏出手机，语气平板机械："不是我要这样，是你自己要我看的。"

语毕，李澜风飞快将微信聊天记录往前翻了一段，是王小溪刚刚暴露男儿身而他不相信时的对话，李澜风将通话音量调到最大并切换到扬声器模式，在一条语音消息上轻轻一点，王小溪清朗的少年音立时在隔间中响起："我真是男的，不然给你验验货？"

"我的天。"王小溪崩溃地一扶额，恨不得顺着下水道逃跑。

李澜风面无表情地点了第二遍。

"我真是男的，不然给你验验货？"

李澜风面无表情地又点，再点，再三点。

"……不然给你验验货？"

"……给你验验货？"

"……验验货？"

在隔间外准备随时施以援手的李一辰和张晔也纷纷扶额："……"

对不起哥们儿，自作孽不可活，这事儿我们真的帮不上什么。

李澜风哼笑："这么快就反悔了？"

"没，没反悔。"王小溪深深吸了一口厕所中污浊的空气，一咬牙……李澜风唇角抽搐，一副想笑却又怕笑了会没面子的表情，由于愤怒已远远超过临界值，他反倒渐渐平静下来了。

第三章 >> 翻车现场

李澜风冷哼一声。

王小溪急急把裤子提好。

铁证如山,板上钉钉是个男的,李澜风半是烦躁半是无措地往侧面的隔板上砸了一拳,随即转身打开门,低声道:"你出来。"

"你……不揍我一顿出出气?"王小溪像只出洞的小鼹鼠一样,先从隔间里探出一个鼻尖,再探出一个头,见李澜风好像真的没有把自己堵回去揍一顿的意思,才整个人从隔间里走了出来。

李澜风胸膛忽地又剧烈起伏起来,情绪再度濒临失控,粗声道:"已经摊牌了,就别卖萌了。"

王小溪蒙了,下意识地举起双手以示清白:"没、没卖萌!"

李澜风恨得磨牙:"还装,你逗我没够是吧?"

站在窗边透气的李一辰见状急忙帮王小溪解释道:"哥们儿,他不是故意的,他平时也这样。"

张晔进一步分析道:"他有两种萌形态,一种是装出来的萌,一种是天然流露本人并不知情的萌,反正全天处于萌的状态,不是此萌就是彼萌。"

李澜风:"……"

王小溪:"……我们一起住了半年了我都不知道你对我的评价是这样的。"

张晔耸了耸肩:"这是客观评价。"

李澜风长长呼了口气,对王小溪道:"走,回你寝室。"

王小溪垂头丧气地跟着李澜风回自己寝室。

见李澜风确实没有使用暴力的意图,李一辰和张晔放下心,怕两人说话不方便就没再跟着进寝室。

水手服与白球鞋

寝室里，小鸟正站在王小溪桌上啄食着薯片袋里的碎末，今天它已经无情地征服了两次星辰大海，目前急需补充一点能量。见王小溪回来，小鸟扑扑小翅膀啾地叫了一声，仿佛是在喊爸爸。

李澜风望了它一眼，伸手抚了抚它的"呆毛"，幽幽道："多亏你了。"

王小溪摸不清李澜风来自己寝室是想做什么，遂小心地问："哥，你这是？"

他穿着衬衫短裤，一脸忐忑地站在李澜风面前。

王小溪面部线条柔和，眼型偏圆，自带几分天真活泼的属性，委屈巴巴地垂着眼时显得格外无辜，正午的阳光将他的瞳仁映得像一对即将融化的琥珀。

李澜风事先准备好的凶狠目光一落在这双眼中便像是沉湖的石子般，两人对视了片刻，李澜风的凶狠目光存量告罄，从量变到质变，变成了不怎么凶狠的目光。

李澜风仍是恼火的，虽说这其中有误会，但这种糗破天际的事即便心胸再宽大也不可能轻描淡写地揭过，况且李澜风觉得经过这档子糟心事后，他的心胸最大值已经从一百永久减去九十九了，他强行硬起心肠，打算好好骂王小溪一顿出出气。

"哥，对不起。"王小溪正式道歉，并满脸沉痛地给李澜风鞠了一个很深的躬。

李澜风气沉丹田，双手抱怀，双脚分开与肩同宽，归纳整理出一整套不带脏字的狠话，并深呼吸酝酿了三秒。

王小溪望着他，紧张地眨眨眼。

李澜风骂人读条被打断，一秒泄了气，端着一副攻击性十足的架

第三章 >> 翻车现场

势,毫无攻击性地干笑了两声:"呵呵。"

王小溪:"……"

既没挨骂,也没挨打,王小溪陷入了迷茫。

下不了手打,也下不了嘴骂,李澜风满腔负能量无法向外倾泻,只能内部消化,周身黑气愈发浓重。

令人窒息的沉默中,李澜风满身黑气地盯着王小溪看,目光刮刀一样一寸寸扫过王小溪的脸。

王小溪不敢吱声也不敢动,在被李澜风这般瞪视了大约一分钟后,王小溪实在无法忍受这压抑的氛围,壮起胆子问:"哥,你这是干什么呢?"

李澜风瞪着王小溪的脸,言简意赅:"消气。"

此时此刻李澜风就是上帝,王小溪只好杵在原地让李澜风瞪,配合他消气。

在李澜风直勾勾的盯视下,尴尬的情绪像跳蚤一样惹得王小溪浑身不自在,那因忐忑而不住切换着双脚重心的小动作,因心虚而游移闪烁的目光与忽红忽白的面颊,因困窘而不断在身前绞紧又松开的十根手指……这些象征着尴尬的小动作仿佛起到了抵消李澜风心中尴尬的作用,王小溪那副恨不得立刻溜走,却碍于内疚硬着头皮乖乖听话的模样也让李澜风心里升腾起一种微妙难言的愉悦。

李澜风意识到,只要王小溪尴尬了,自己好像就没那么尴尬了。

于是,气氛凝滞了一段时间后,李澜风忽然没头没脑地抛出一句:"你课程表给我一份。"

"哦,好。"王小溪终于从名为沉默凝视的尴尬刑罚中抽离出来,很是松了口气,忙用微信把自己课程表给李澜风发过去。

067

李澜风低头摆弄着手机，手指在屏幕上来回滑动，仿佛在对比着什么，过了一会儿，他抬头，用一种令人捉摸不透的眼神望着王小溪，道："还行，撞得不多。"

　　"撞得不多"的意思也就是李澜风有课的时候王小溪经常是没课的，王小溪顺着李澜风的话傻乎乎地点头。

　　"你手机号给我。"李澜风又道。

　　王小溪飞快报出一串数字，李澜风给他打了过去，道："我的，存上。"

　　王小溪忙不迭存上，李澜风幽灵一般侧步平移到王小溪身旁，目光定定落在王小溪手机屏幕上，问："存的什么名字？"

　　王小溪恭敬道："存的是你的名字，李澜风，对了，我叫王小溪……"

　　李澜风冷酷打断："存'哥哥'。"

　　"啊……啊？"王小溪以为自己幻听了，茫然地睁大眼睛，按自己的理解确认道，"是存'哥'吗？"

　　李澜风把眼睛缓缓地转向王小溪，又重复了一遍，字字清晰入耳："存'哥哥'。"

　　王小溪抿着嘴唇，不太情愿地把李澜风的名字改成"哥哥2"。

　　李澜风眼睛一眯，方才好不容易消掉的一点儿气噌地就涨回来两倍！

　　李澜风："你还有个'哥哥1'？！"

　　"有，"王小溪忙解释道，"是亲哥哥。"

　　"那你把他备注改成真名。"李澜风冷酷道，"再把我那'2'去掉。"

　　王小溪委委屈屈地改了。

　　李澜风又道："还有微信。"

　　王小溪忙点开微信，由于一切都发生得太突然，王小溪还没来得

第三章 >> 翻车现场

及给李澜风的微信改备注,通信界面上李澜风的头像后跟着的是明晃晃的"傻子"二字。

李澜风一眼就瞟到自己的备注,深黑色的瞳仁幽幽地锁定了王小溪,面无表情道:"还给我起个绰号,真好听。"

王小溪脸红得仿佛就要爆血管:"对、对不起!我马上改!"

于是这天,王大海的哥哥之位惨遭李澜风篡夺。

一通操作结束,王小溪用汗湿的手掌攥着手机,恭敬地汇报工作:"哥,都改完了。"

李澜风唇角一翘,仍是皮笑肉不笑,道:"叫哥哥。"

"呃……"王小溪的表情蓦地僵住了,红着脸道,"哥,我备注都改了,你就……别让我叫出声了吧?"

"怎么?"李澜风眉梢一挑,聚精会神地欣赏王小溪的窘迫。

王小溪愁得五官都缩到一起去了:"我一个男的,管另一个男的叫哥哥,多奇怪啊,我亲哥我也只是叫哥。"

李澜风不为所动:"哦,你现在想起来自己是男的了?"

王小溪:"……"

王小溪声如蚊呐:"哥哥。"

李澜风:"大点儿声,还有,后一个'哥'字是一声,不是轻声。"

王小溪做足了心理准备,按照李澜风的要求,脆生生地叫了句:"哥哥!"

气势雄厚,堪比张飞呼唤刘备。

李澜风怔了一瞬,忍住笑意,揣上保存了王小溪课程表的手机转身往寝室外走,道:"今天先这样,以后再慢慢和你算账。"

王小溪屁颠屁颠地跟上几步,问:"哥,你……"

李澜风语气不善:"叫我什么呢?"

王小溪："哥哥，你气消多少了？"

李澜风估算道："消了百分之十左右吧。"

王小溪抚了抚胸口，心想还好，这就消掉百分之十，只要再经历九次这样的尴尬就可以让对方彻底消气……

李澜风微微一偏头，见王小溪一副放心下来的样子，遂浮起一丝今天新解锁的阴恻恻的笑，缓缓补充道："不过总数是百分之十亿。"

突然失去了宝宝的李澜风走出假宝宝的寝室楼，拖着丧尸般沉重的步子在校园中漫无目的地游荡，从距学校大门最远的游泳馆走到大门，再慢吞吞地折回去。他英俊的面容无波无澜，皮相下的内心却在上演一场史诗级别的战役——卧薪尝胆多年的腹黑缺德小人儿一朝得势，率领心如死灰大军推翻了阳光开朗小人儿的统治，册封自己为新领主，李澜风的心灵大陆自此沉沦入无边的永夜。

腹黑推翻了阳光，猥琐打败了清纯，心胸最大值永久减去九十九……李澜风的标准男主"人设"一跌再跌，活生生变成了反派"人设"！

如此在学校里走了几个来回后，身心俱惫的李澜风决定回寝休息，暂时把一切抛在脑后，睡一大觉回回血。

李澜风走到寝室门口，还没来得及开门，便听见里面周政的说话声："天啊，是个玩Cosplay的，那肯定会化妆什么的，修修照片再戴个假发，难怪风哥上他的当……"

丁昱啧啧道："风哥这下场也太惨烈了。"

李澜风站在门口听了片刻，皱眉微笑推开门："聊什么呢？"

凑在一起的两颗黑脑袋俱是一抖，齐刷刷转头望向李澜风，丁昱迅速给手机锁屏，小心地揣摩着李澜风的表情，干笑了一声打马虎眼道:"就瞎聊呗,你这一下午上哪浪去了?信息都不回。"

李澜风跑去追人后就一直没回过两个室友的信息,电话也不接,本就对此事抱有淡淡怀疑的丁昱与周政便重又悬起心来。回寝后,丁昱越琢磨越觉得那个男生的脸眼熟,绝对在哪见过,想着想着脑内灵光一闪,找学校Cosplay社团的学姐要来了他们团某次活动的集体照,果不其然认出正中间那个就是上午被李澜风追着跑的男生。认准了人之后,丁昱又问学姐要来了王小溪的微博账号,和周政一起去王小溪微博参观,正聊得热火朝天……

"你们在看他照片?"李澜风问。

丁昱见李澜风眼神不太正常,遂试探道:"你知道他是……那什么了?"

李澜风黑漆漆的眼直直地锁定了丁昱的手机,用平静得可怕的语气道:"嗯,是男的。"

丁昱和周政见他模样还算平静,先是松了口气,随即一左一右走上前拍肩安慰:"那什么,天涯何处无芳草,咱风哥长这么帅根本不愁妹子,他要是坑你钱了我们一起去要回来,你要咽不下这口气,我们哥几个琢磨琢磨怎么收拾他,实在没招还可以趁月黑风高给他套个麻袋揍一顿,反正你别太难受啊。"

"都不用,谢了,他没坑我钱。"李澜风平和回绝,"你们刚才看的什么?给我看一下。"

丁昱挠头,解锁屏幕:"就是他微博,我托人问的。"

屏幕上是王小溪在社交网站主页置顶的一套照片。

李澜风微微眯起眼,觉得照片中这件衣服很眼熟,他掏出自己的手机点进微信，很快就翻到了不久前的一段聊天记录，当时王小溪明面让李澜风帮忙挑选服饰，暗地里卖萌发嗲。微信照片中王小溪身上衣服和微博置顶照片中的服饰一模一样，而王小溪略带不满的声音犹在李澜风耳畔回响——"哥哥想什么呢？我当然不会给别人看啊，我只是拍给你看的！"

"置顶了，呵呵。"李澜风脸上再次浮起阴恻恻的微笑，低声自言自语道，"还转发抽奖，送口红……"他说着，点击左上角返回到王小溪个人主页，摸摸下巴道，"十万粉丝，挺多。"

"风哥你没事儿吧？"丁昱忐忑地问，"你这笑容也太瘆人了，有什么想不开的你和我们说，别憋着。"

李澜风默了片刻，慢声道："没事，我已经想开了，不用管我了。"

丁昱："哦。"

怎么感觉他说的想开和我说的想开不是一个想开……

李澜风在心里记下王小溪的账号名，便把手机还给丁昱，接着他走回自己的桌前，面沉如水地翻动着堆在桌上的课堂笔记与书本，仿佛是想找张能写字的纸。寻觅片刻未果，于是李澜风抬手摸向书架，修长手指滑过码放整齐的书与记事本，抽了一个新的黑皮记事本出来。

回寝之前李澜风本打算倒头睡上一大觉，暂时抛掉不愉快，可现在他丝毫睡意也无，双目精光爆射，炯炯有神，仿佛可以通宵记仇！

李澜风一手将记事本翻到第一页，一手摸了根水性笔粗鲁地咬开笔帽，用遒劲有力的字体记下王小溪的账号与粉丝数。记完这些，李澜风又打开微信确认某段聊天记录。

丁昱和周政两脸惊悚地看着李澜风阴郁的背影，只觉李澜风周身仿佛都弥漫着具象化的黑色怨气。

第三章 >> 翻车现场

"你真没事儿?"丁昱小心地问。

李澜风沉浸在复仇的疯狂中无法自拔,浑然忘我,根本没听见丁昱的声音,只望着微信界面发怔,过了一会儿,他提笔在刚才的记录后加了个小括号:"本次聊天过程中,王小溪发送了'嘤嘤嘤小拳头捶你胸口'表情包一个,择日要求他真人重演。"

不愧是物理专业的高才生,数据记录十分严谨。

记完这一条,李澜风将微信记录翻回最新处,打算以由近至远的规律挨条记录某个混蛋欺骗自己的细节,在看到今天上午他发给王小溪的一大长串自我介绍时,李澜风忽然肩膀微颤,发出了诡异笑声。

丁昱与周政:"……"

风哥气疯了!活活气疯了!

与此同时的另一边,王小溪已从夺命毒蝎退化成了一朵小毒蘑菇,裹着被子愁眉苦脸地缩在床上拿着手机和林星何聊天。王小溪把事情的来龙去脉给林星何讲了一遍,询问林星何,如果无辜被骗的是他,他会怎么样,想以此确认自己对李澜风造成了多大的伤害。

林星何悄咪咪地代入李澜风的视角想象了一下,片刻后老实道:"我会气哭吧,而且肯定很久都不会再想谈恋爱了。"

王小溪的苦瓜脸顿时变得更苦了。

他正犯着愁,李澜风忽然发来一条微信,王小溪怀着接旨般的心情匆忙点开看。

李澜风:"你欠我一条自我介绍。"

王小溪立刻明白过来,用接待甲方一样的口吻回复道:"请问是上午你发给我的那段吗?我马上按格式写好发给你。"

水手服与白球鞋

　　王小溪复制了李澜风上午发来的信息，放在备忘录里编辑好了，发过去："我真名叫王小溪，十九岁，身高一米七四，体重五十六千克，S大工程学院大一在读。我十二岁之前在X县生活，后来搬到本地的，父母之前是工厂职工目前无业，哥哥在本地经商。我无房无车，爱好是打游戏、看漫画、Cosplay，没交过女朋友，喜欢的花是百合，喜欢的颜色是白色，喜欢的食物也是火锅，喜欢的人是我爸、我妈和我哥。"

　　发完这条，王小溪也学着李澜风的样子发了自己的身份证和学生证照片过去。

　　果然，李澜风叽叽歪歪地挑刺道："只喜欢你爸、你妈、你哥？"

　　王小溪急忙反悔："不是不是！刚才忘了！"

　　李澜风严格得像一位老教授："立刻改好，再给我发一遍。"

　　王小溪如春风一般温暖，又如孙子一般乖巧，忙改好重发给李澜风。

　　李澜风暗搓搓地截了图，又将截图转移进一个名为"复仇者"的手机相册里。

　　王小溪哭丧着脸躺回床上，在微博上语焉不详地发泄着自己的憋屈和尴尬："啊啊啊！我快要崩溃了！"

　　评论区立刻有不明真相的天真男士询问王小溪为什么不开心，甚至还有心怀不轨的天真男士在私信里给王小溪发红包安慰，试图迅速拉近与王小溪的距离。

　　与此同时，李澜风的手机弹出一条提示："您的特别关注@XXX发布了一条新动态……"

　　于是，在大多是安慰与询问王小溪出了什么事的评论中，有一条阴阳怪气的评论成为众人瞩目的焦点。

　　倚剑醉千觞："你心不诚。"

第三章 >> 翻车现场

一众不明真相的男粉丝纷纷追问这个阴阳怪气的家伙。

"这话什么意思?"

"层主解释一下?话说半截容易让人误会。"

在王小溪发完抱怨的微博后,似乎已经把寝室当成了家的小鸟从纸箱里飞出,一头扎进王小溪怀里,元气旺盛的黑豆眼睁得溜圆,叫道:"啾啾啾!"

想吃小虫子!

王小溪想起这只小间谍鸟引李澜风找到自己寝室的事,怒从心头起,恶向胆边生,不仅没喂小虫子,还一手拢住小鸟,一手在小鸟脑门儿的"呆毛"上很轻地拽了一下,瞪圆一双大眼睛伴作凶恶状道:"揪你'呆毛',让你通风报信!"

惨遭爸爸"毒打"加训斥的啾啾忧伤地飞回纸箱。

王小溪叹了口气,拿起手机打开微博刷评论,想汲取一点人世间的温暖,然而还没看几条就突然撞见倚剑醉千觞这个账号,吓得差点儿把手机扔对面床上。

他怎么找到我微博的?!王小溪用霹雳般的手速把刚刚的微博删了,并发了条新的试图亡羊补牢:"人做错了事,就一定要勇于承担责任,承担责任的过程令我快乐,并教会我成长。"

简直虚伪得难以形容。

目睹了一切的粉丝纷纷在这条微博下"哈哈哈",并询问王小溪是不是被家长抓包了。

发完虚伪的微博,王小溪窘得面红耳赤地给倚剑醉千觞私信:"哥哥,我刚才傻了,乱发的,你别见怪。"

发完私信，王小溪点进李澜风的微博想要侦察敌情，并顺利发现了敌情——李澜风最新的一条微博是一张照片，照片中有一个记事本，本子摊开的这两页上密密麻麻地写满了字，而照片的文字说明是"记仇"。

王小溪的小心脏吓得咯噔一声，忙点开大图查看，本子上涉及人名的地方被打了马赛克，其余部分则很清晰，李澜风的字体刚正遒劲，可如此刚正遒劲的字记录下的却是一些小气的内容——

20XX年X月X日X时，XXX说他做噩梦了很害怕，想让我抱着他给他唱歌，哄他睡觉（聊天过程中发送扁着嘴唇抹眼泪表情包一枚）。

20XX年X月X日X时，XXX说他不会游泳，想以后见面了让我教他游泳，还说会穿泳装给我看（聊天过程中发送脸红捂脸表情包一枚）。

20XX年X月X日X时，XXX说他做饭很好吃，想等有机会时亲手给我做饭吃（聊天过程中发送抱抱表情包一枚）。

20XX年……

真的就是字面意义上的记仇，记录仇恨，没毛病。

好在李澜风从来不在微博上发自拍或其他有营养的东西，大多只是转转新闻或搞笑视频段子哈哈一下，所以没什么人关注他，这条记仇微博他发出去已经有一会儿了，仍是零评论零点赞。

"啊啊啊，他疯了吗？！"王小溪吓得瞬间从五根手指握着手机改为用两根手指拎着手机顶端，生怕一不小心手滑点赞引起围观。

"怎么办怎么办……"王小溪喃喃自语着双手揉脸冷静了半分钟，随即沉稳地展开自救，给李澜风发私信："哥哥，我看见你记仇那条微博了，你不会真的想让我重演一遍吧……求放过。"

然后发了一个磕头的表情包。

是的，王小溪的"沉稳展开自救"指的就是花式向李澜风卖萌求饶。

第三章 >> 翻车现场

李澜风理所当然道:"当然是要你重演一遍。"

王小溪又发了个泪流满面的表情包,道:"哥哥求放过,我真人请求,从我寝室磕长头磕到你寝室行不行?"

正在直线距离二十米外的寝室里摆弄手机的李澜风看见这条信息差点儿笑出声,可不知为何,心情变得愉悦了一些后,他反而更想欺负王小溪了。

李澜风斩钉截铁地拒绝道:"不行,我每周末都会挑一天游泳,今天是没心情了,明天你陪我去。"

王小溪发了个省略号过去,做了一点微小的抗议:"……"

李澜风:"是之前你自己说要我教你游泳的,我只是实现你的要求,希望你不要出尔反尔。"

王小溪满脸写着绝望。

丢开手机,王小溪先是在床上滚来滚去发了会儿疯,随即爬下床,他虽不会游泳,但周末有时会被王大海带着去海边玩,所以游泳装备是齐全的。王小溪眼含热泪地从衣柜里翻出泳裤、泳帽、泳镜,还有一个扁扁地折叠成方块的小鲨鱼游泳圈,放在桌上方便明天取用。

准备好用具后,王小溪翻出一片面膜丧气地躺回床上敷上,生怕自己愁眉苦脸会愁出皱纹。

第四章

泳池训练

第四章 >> 泳池训练

第二天上午,王小溪忍辱负重地依约来到S大校内游泳馆,这个时间来游泳的人很少,春日煦暖的阳光透过大面积的落地窗洒入室内,将游泳馆前厅映得透亮,如同一枚盛满阳光的玻璃杯。

王小溪拎着塞满游泳用品的袋子走进游泳馆时,李澜风已经等在那里了,他双手抱怀,单肩斜背着一个包,姿态潇洒地倚靠着一根廊柱,身上颇具少年感的运动外套随性地敞着,让他看起来格外帅气,王小溪进门的一瞬间他的视线便死死钉了王小溪身上,仿佛在用意念操控王小溪前进。

"哥……哥哥,我来了。"王小溪别别扭扭地走过去,在李澜风直勾勾的注视下几乎不敢抬眼看人。

李澜风冷哼一声,手腕一翻亮出一直握在手里的手机,在屏幕上轻轻一点,用责备迟到者的语气道:"我们约的是九点半。"

王小溪忙掏出手机一看:"是九点半啊,正好。"

李澜风拉长声音:"哦?"

这一声"哦"的尾音还残留在空气中,王小溪手机屏幕上的"9:30"就跳到了"9:31",王小溪静了一瞬,僵硬地仰起脸:"呃……你不是吧?"

"我手机是北京时间。"李澜风说着,面无表情地把手机朝王小溪一转,而屏幕上面,赫然是一个秒表!

王小溪的表情凝固在脸上，呆呆注视着李澜风透着黑气的帅脸："……"

长得这么帅，可惜被我气疯了。

"迟到了二十五点六九秒，"李澜风神情刻板得仿佛在做物理实验，"不过我向来心胸宽广，破例给你抹个零，算二十五秒。"

拿秒表掐点的人心胸究竟哪宽广？！王小溪敢怒不敢言，悄咪咪地把腮帮子鼓起一点，以示微小的抗议。

"我先记下。"李澜风幽幽道，"以后想到怎么罚了再罚你。"

王小溪眼珠几乎瞪到脱眶："只是迟到二十五秒，居然还值得一罚吗？"

李澜风唇角一翘，对王小溪露出一个假笑："怎么？"

王小溪一看见这个皮笑肉不笑的表情就心虚得慌，立刻笑出一口小白牙，双手合十置于胸前虚伪赞颂道："没，就是觉得你们理科生真严谨啊，特别棒。"

疯怪兽被小奥特曼的可爱光波击中，假笑瞬间转化成真笑，李澜风忙别过脸，边转身朝更衣室走去边一字一顿强调道："走吧，把你那泳裤换上。"

王小溪："……"

"换好了吗？"李澜风选手语气平静地问道，仿佛只是普通的催促。

明明只是普通地换个泳裤而已，却激烈得宛如世界泳裤更换速度锦标赛！

王小溪忙道："换好了，哥哥。"

哥哥也是叫得越来越顺嘴，一丝丝挣扎都没有了。

"嗯。"李澜风威严颔首，抱怀站在王小溪面前。

第四章 >> 泳池训练

王小溪这个年纪的男生刚经历过高三，很少有人有健身的习惯，所以从初中开始就每周都坚持去泡游泳馆又喜欢跑步打篮球的李澜风就从一群尚显稚弱的同龄少年之中脱颖而出，显得很不一样。

李澜风因着线条清晰的锁骨与手长脚长的感觉还像个少年，但肌肉却已在不知不觉中练得很漂亮了，加上身材比例天生就好，打眼一看感觉上个杂志封面也不虚。

王小溪的目光滑到李澜风结实有棱角的腹肌上，停驻了三秒钟，心想同龄人里很少见到身材练得这么好的。

小小地羡慕！

"看屏幕。"李澜风手一翻，把手里的手机屏幕转向王小溪，王小溪立刻乖乖挪开视线去看手机。

屏幕上是两人之前的聊天记录，王小溪当时假装女生，在说了要穿泳装给李澜风看之后，发送了一个捂脸摇头的娇羞表情包。

王小溪心里蓦地腾起一股不祥的预感！

"把这个动作学一遍。"李澜风的俊秀眉眼弯起一个小弧度，"和善"地微笑着。

王小溪万万没想到，李澜风真的会小心眼到让自己连表情包都重演一下的地步，一想到自己曾经给李澜风发过多少撒娇卖萌的表情包，王小溪就绝望得双眼一片空茫，傻乎乎地呆立着，活像只突然被夺走了瓜子与梦想的仓鼠。

"抓紧时间。"李澜风催促道。

因为后面还有很多报仇项目在排队！

王小溪愁得直搓脸，讨饶道："哥哥，这只是一个表情包啊……"

081

"表情包不也是你亲手发的吗？"李澜风周身闪烁起理性与逻辑的光辉，平静的语气中隐隐透着一丝疯狂，"根据我的理解，表情包表达的是你碍于语言局限性无法完整表达的思想，它只是通过直观的图像表现形式完善了你的表达，综上所述，你发出的表情包和你说出的话语只有形式区别，没有本质区别，如果说'你需要为你说的话负责'这一论点成立，那你就一样需要为你发出的表情包负责。"

王小溪想不出怎么反驳，只能欲哭无泪地沐浴在理性之雨中，违心附和："哥哥你说得对。"

"既然对，你就快做。"李澜风戴着和善的假面催促道。

见李澜风毫无放自己一马的意思，王小溪只好硬起头皮乖乖模仿表情包，先用双手捂住面颊，再捂脸摇头，动作做完，王小溪尴尬得脸颊微红，仰脸问："可以了吗？"

李澜风如导演般精准地把控着细节："你脸不够红，还原度不行，接着做，我喊停你再停。"

王小溪脸蛋当真又急得红了几分，但迫于理亏无法翻脸，只能含泪重演，李澜风看着王小溪卖萌的小模样，心中再度泛起那种微妙难言的舒爽。

复仇令人快乐！

王小溪又听话地重演了一遍表情包——这捂脸摇头的矫情动作如果换其他男生做，不喜欢使用暴力的李澜风可能会把对方打死，但王小溪做起来却是半点违和感都没有，只是乖巧可爱。

李澜风傲娇冷哼："呵呵。"

王小溪被折磨得双眼放空，小声问："可、可以了吗？"

李澜风抱臂思索片刻，挥挥手撵他走："可以了，去泳池等我。"

第四章 >> 泳池训练

表情包这关总算过了,王小溪怕李澜风再起幺蛾子,没有半点迟疑,拎起装东西的小兜快步朝泳池方向走去。

上午的泳池里没几个人,王小溪随便捡了张空桌子放东西,然后把鲨鱼游泳圈吹了起来——王小溪估计李澜风只是想整整自己,不可能真的花时间教他游泳什么的,所以他想着李澜风如果不搭理他,他就套上游泳圈自己玩一会儿。

游泳圈吹好了,李澜风仍是迟迟不来,王小溪百无聊赖,便披上浴巾插上耳机听音乐,望天发呆。听了一会儿音乐,王小溪从兜子里翻出一袋日式小点心,又从袋中拈起一块小点心高高抛起,像只接飞盘的奶狗般灵巧地一抻脖子叼住,随即闭紧嘴巴鼓起面颊有节奏地嚼嚼嚼,一双圆眼睛愉快地眯着,满脸洋溢着"我接东西很准"的得意。

李澜风已经在王小溪侧方几米开外站了好一会儿了,不知出于什么心态,他没提醒王小溪自己来了,也没发出声音,而是纹丝不动地杵在原地,就这么看着王小溪用狗接飞盘式吃空了半袋点心。直到王小溪察觉到旁边有一道锐利的视线并瑟瑟发抖地转头望向他,他才朝抬脚王小溪走过去。

眼见李澜风越走越近,王小溪竭力揣摩"圣意":"……"

我怎么感觉他好像已经站那看我挺长时间了?他几个意思?他想干什么?

片刻思索后,王小溪恭敬地把点心袋子双手呈上,黑亮的眼睛探询地望着李澜风,不确定地问:"你吃吗?"

可能是馋了,看我一个人吃这么香,王小溪心想,浑不知自己的姿

083

势像极了一只给人类递小瓜子的仓鼠。

李澜风盯了他一眼："……我不吃甜食。"

王小溪收回袋子给自己塞了一块点心，一边愁眉苦脸地嚼着，一边思索着自己什么时候才能从这个煞神的魔掌中逃脱。

李澜风高深莫测地把王小溪端详了一会儿，开口道："有个事儿之前我忘了告诉你。"

语毕，他低头从自己背来的袋子里拿出一个记事本和一支笔。

王小溪不明所以，好奇地探头看，脖子伸到一半，后颈感到一阵恶寒，猛地想起李澜风微博里的那个记仇本……

王小溪："你……"

不是吧？！

李澜风呵呵冷笑，将本子翻开，竟是已密密麻麻地记了小半本！

王小溪终于亲眼见到了李澜风的记仇本，惊得目瞪口呆。

李澜风呵地一声冷笑，道："我通宵记的。"

"我天！哥哥，我真的知道错了，我有错就改绝不再犯，你别这样啊！"王小溪眼前一黑，哀嚎着瘫软在椅子上，紧接着，他就更加崩溃地看见李澜风在新起的一行上端端正正地写下"20XX年X月X日9点30分，王小溪迟到二十五点六九秒，抹零后记二十五秒，惩罚措施待定。"

铁石心肠！

记完这一笔，李澜风又唰唰翻到前面，把"捂脸摇头表情包"几个字划掉了，以示该项复仇已完成。

目睹了全套操作的王小溪瘫痪在椅子上。

第四章 >> 泳池训练

李澜风记完仇，把记仇本收好，道："走吧，下水。"

王小溪专注模仿死尸，歪着脑袋，吐出一小截软绵绵的舌尖，闭着眼睛纹丝不动，睫毛显得很长。

李澜风："……干什么呢？"

王小溪掀起一点眼皮，哼哼唧唧地哀怨道："哥哥，你饶了我吧，我已经是条死小溪了，枯竭了，干涸了，动不了的了……"

李澜风沉默片刻，忽然啪地一巴掌拍在自己脑门儿上，接着狠狠抹了把脸，冷声道："起来，别卖萌，我不吃这套。"

"我没卖萌啊。"王小溪百口莫辩，满面愁容地坐起来，随着这个动作，浴巾也从他肩膀上滑脱了。

李澜风瞪了他一眼，顿觉暴躁："你怎么也不多穿点儿！"

王小溪讶异地瞪大眼："哥哥，我游泳怎么多穿啊？"

他就是找茬儿针对我！我怎么着他都得针对我！王小溪委屈得直冒泡！

王小溪满腔哀怨地捡起鲨鱼游泳圈套在身上，这个游泳圈充满气之后前面会有一个凸出的鲨鱼头，龇牙咧嘴，无敌凶，是旱鸭子铁血硬汉的最爱。王小溪一边调整着游泳圈的角度把鲨鱼头转向正前方彰显气质，一边问："哥哥，问你个事儿，那个罪魁祸首你怎么惩罚的啊？"

李澜风："游戏里骂你那个？"

王小溪用力点头："嗯嗯嗯！"

想起高翔的丑脸，李澜风眼底透出货真价实的厌恶，道："我只知道是他，但没证据逼他承认，所以我打算哪天找茬儿揍他一顿。"

王小溪眼中流露出真情实感的向往，小声说道："唉，好羡慕，挨顿揍就能解决了。"

085

李澜风："……你说什么？"

王小溪踊跃举手："哥哥，我也想挨揍！揍我！"

李澜风仍是那句话："我不喜欢使用暴力。"

王小溪无语："……那你还要揍你室友？"

"仅限人类范畴。"李澜风冷酷道。

王小溪一乐，觉得板着脸骂室友的李澜风有点好玩儿，他搔搔鼻尖，忽然灵机一动，提议道："那不然这样，我戴罪立功，再装一次女生去骗他，然后你就给我将功折罪了好不好？"

李澜风眸中透出一道危险的光，语气诡异道："你敢。"

我懂了，他现在对这种事特别敏感，看见同样的事情在自己眼前重演只会加深他的痛苦，而且我刚道歉说自己以后绝不再犯，马上就自己打脸，是我不对！王小溪如是想，忙道："不敢不敢！我就随便一说。"

"游泳圈放下。"李澜风用力盯了他一眼，"我教你。"

王小溪乖乖放下游泳圈，走到池边顿住脚步，双腿微微岔开，面对眼前的泳池一叉腰，一副即将学会游泳称霸S大游泳馆的自信模样。

还卖萌！卖成习惯了是怎么着！李澜风恶狠狠地朝王小溪瞪了一眼，旋即疯了一般狂奔到池边，紧接着一个纵跃跳进水中，激起水花无数。

被溅了一身水的王小溪愈发内疚："……"

都怪我，是我把他气得这么疯的。

一般来说，游泳初学者都会从最基本的蛙泳学起，李澜风闭起眼，开始回想自己当年学游泳时教练的每一步是如何引导的，王小溪则欢乐

第四章 >> 泳池训练

地把住泳池边的扶手让身体漂在水面上,体验起在水中漂浮的有趣。

"好了,开始教了。"李澜风讲解道,"第一步是适应呼吸方式,你在水上吸一口气,再把头沉进水里吐气,然后重复这个水上吸气水下吐气的循环,做个十次习惯一下。"

"好!"王小溪元气十足地一举手,猛吸一口气随即把脸埋进水面下。

李澜风本来打算用教游泳当借口,将王小溪捉弄一番,可事到临头却心慈手软,下不了手,只目光冷酷地盯着水中那颗浮上浮下的脑袋,在脑内幻想了一百零八幅令人愉悦的报复画面……活脱脱思想上的巨人,行动上的矮子!

过了一会儿,做完呼吸练习的王小溪老实巴交地凑过来,问:"十次呼吸训练做完了,然后做什么?"

呼吸训练之后应该是漂浮感训练,这个训练需要学生放松身体漂在水面上,而教练用手轻轻托住学生的身体辅助,在学生适应后教练再渐渐放手,让学生身体力行地明白自己是可以浮在水上的。

李澜风将第二步训练简单说明了一下,王小溪立即听从指挥,双腿离地,试着让自己在水中浮起来。

李澜风定了定神,伸出一只手托住王小溪的腹部,脑内又闪现过一百零八种复仇手法!

譬如说忽然把王小溪按进池底……哈哈哈!

"……体验这种漂浮在水中的感觉,人是可以这样浮起来的……"

回过神来时,自己竟然已经在一本正经地教游泳了!

不应该是这样的!

我现在是要报仇!

李澜风一阵急怒攻心，颅压飙升，一咬牙一跺脚，打算对王小溪干点儿什么。

　　"我感觉你现在松手我也不会沉……嗯？"王小溪一扭头，讶异地发现水中晕开了一滴鲜红的东西。

　　李澜风骂了一句，捂着鼻子冲上岸。

　　居然气得流鼻血了！

　　然而，就在他冲上岸的一瞬间，有一位已经在岸边站了好一会儿的，S大里少见的漂亮妹子，刚好在他们附近的水域下水。

　　王小溪看着李澜风的眼神顿时变得万分复杂，像是老父亲面对青春期的躁动儿子时才会流露出的眼神。

　　李澜风一手捂着嘀嗒淌血的鼻子，一手从袋里翻出浴袍手忙脚乱地披在身上，王小溪见状也跟上岸，揪了一小块纸巾搓成一根细长的纸巾卷，上前一步拨开李澜风捂鼻子的手，动作轻柔地将纸巾塞进李澜风流血的左鼻孔。

　　王小溪仰起脸，关心道："哥哥你没事吧？"

　　李澜风鬼迷心窍，喉结上下滚动喘着粗气，塞在鼻孔里的纸巾卷尾端有一小段纸没卷好，被李澜风粗喘的气流吹动得像风中绸缎般呈波浪状飘飞，王小溪瞥见这一幕，噗地笑出声，一双可爱的圆圆眼从满月弯成了月牙船。

　　李澜风气喘如牛："……"

　　还有脸笑！！！

　　于是，李澜风的右鼻孔也飙血了。

　　这一幕，大约可以跻身李澜风人生中的狼狈场景前三了。

第四章 >> 泳池训练

而第二与第一，分别是追风男孩儿李澜风在众目睽睽之中狂追王小溪到教学楼的一幕，以及心碎男孩儿李澜风得知王小溪是个男生进而悲伤得滑坐在地的一幕。

是的，作为一个顺风顺水了小半辈子的幸运儿，李澜风的人生狼狈场景前三尽数拜王小溪所赐。

李澜风大脑一片空白，整个陷入了自我怀疑，呆愣了一会儿才干巴巴地解释了一句："最近……火气有点大。"

"我理解我理解，男生嘛，我也有控制不住的时候，不丢人，而且也没人看见。"王小溪轻声细语地安抚着，又揪了点纸给李澜风塞住另一个鼻子，同时露出一个"我都懂"的微笑。

李澜风心中一阵狂躁。

说的是被你气出来的火气！

想什么呢？！

游泳显然继续不下去了，李澜风两个鼻孔插着纸卷，失魂落魄地去更衣室换好衣服，换完之后，他看都没敢再看王小溪一眼，幽怨地离开了更衣室。

王小溪一脸茫然，孤零零地站在更衣室里，一边四下搜寻着李澜风的身影，一边给鲨鱼游泳圈放气，完全不明白自己又做错了什么，怎么李澜风连个招呼都没打就消失了。

不会是急着回去记仇了吧，糗事被我看见了……王小溪犯愁地想。

第五章

大快人心

第五章 >> 大快人心

然而，出乎王小溪意料的是，自打游泳事件过后，李澜风接连好几天都没再找过他的麻烦，没给他打电话，微信也没动静，如果不是微博还在更新的话，简直好像突然人间蒸发了一样。

这天晚上，李澜风翻过手中悬疑小说的最后一页，揉了揉略显酸胀的眉心，从上铺爬下去。

这几天他没怎么找王小溪的麻烦是因为他发现在下不了狠手的基础上报仇是毫无意义的，只会给自己添堵罢了……

李澜风从柜子里搬出一个大盒子，暂时不想去考虑报仇之类的事。

大纸盒里装的是一个小型天文望远镜，是李澜风读高一时买的，以前一直放在他家的阳台上，当心情不好或学习压力大时，用望远镜观测那些寂然无声地飘浮在宇宙中的星辰总能够让李澜风平和许多。由于是可以在网上轻松买到的小型天文望远镜，所以望远镜镜身不大，只有十斤重，携带和安装都很方便，这次开学李澜风把它带回学校后一直沉迷网恋，没顾得上把它重新组装起来。

李澜风抱起大盒子走到阳台上盘腿坐下，把零件一个个拿出来养护并进行组装，他低着头，专注于手头的工作，几绺垂下的额发将他俊秀的眉眼遮住了少许，却把他衬得更好看了。

镜筒和支架都装好后，李澜风直了直腰，准备把镜筒安装在支架上，这一低头抬头间，他正巧看见对面寝室楼四层的某扇阳台门被推开了，一个熟悉的身影端着一盆洗好的衣服走到阳台上。李澜风眉梢一扬，头脑中冒出来一个不会过分到令他下不了手的捉弄王小溪的办法。

他站起身，下巴抵着左手手臂，站在五楼阳台居高临下地盯着正在晾衣服的王小溪，同时用右手给王小溪发信息。

另一边，王小溪在阳台上吹着口哨，愉快地将衣服一件件抖开挂好。

他们寝室屋里屋外都能晾衣服，王小溪习惯把穿在外面的大件男装挂在阳台上晾，把内裤袜子挂在屋里晾。晾着晾着，王小溪忽地感觉脊梁骨一阵阵发寒，有种类似于小动物被掠食者盯上的不祥预感，已从夺命毒蝎退化成小毒蘑菇的王小溪一皱眉，屁股后面用废弃毒针改造成的李澜风雷达咻地竖了起来，一对机灵的眼珠忐忑地转了一圈并"求风得风"，在视线转到某个角度时成功捕捉到了一缕熟悉的目光——李澜风正站在对面寝室楼五楼的某个阳台上，目不转睛地盯着他。

连续过了好几天安生日子所以警惕性大大松懈的王小溪吓得双腿一软，险些当场跪下！

王小溪战战兢兢地挤出一个职业假笑，朝李澜风挥挥手，也不管对方能不能听见，开口叫了句："哥……哥哥。"

能不能听见不是最重要的，最重要的，是心诚。

消息还没发完，但已经引起王小溪的注意了，于是李澜风揣起手机，板着脸威严地冲王小溪这边挥了挥手，随即他蹲下身，仿佛是在从地上捡东西。

王小溪正屁兮兮地揣摩着要不要给他发个微信请安，就眼见着李澜风噔地直起身子随即右手一扬，像扛起一个榴弹发射器一样扛起了一个

第五章 >> 大快人心

天文望远镜！

王小溪很丢脸地惊叫出声："你干什么？！"

李澜风唇角一翘，双手捧起望远镜放在眼前，把根本没切换地面目镜的镜筒对准了在阳台上尿成一团的王小溪，作势在看。

王小溪吓得连滚带爬冲回寝室，连洗衣盆都落在阳台上了，他一进屋就飞快关上阳台门，还迅速拉上了窗帘。窗帘拉好后，王小溪悄咪咪地把窗帘掀开一个角，从里面露出半张脸观察李澜风的动向，活像一朵从地穴里探出半个伞盖观察采蘑菇小姑娘动向的小蘑菇！

这时，王小溪的手机振了一声，他忙放下窗帘跑去看手机。

屏幕上，是李澜风发来的信息："出来。"

扛着天文望远镜的李澜风气势太恐怖，以至于薄薄的一层窗帘已无法给王小溪带来足够的安全感了，王小溪干脆捧着手机跑到走廊，对李澜风进行了措辞严厉的谴责与抗议："哥哥，你别吓我了好不好？"

是的，措辞就是这么严厉，一看就感觉是一个超无情的坏男人。

李澜风斩钉截铁："不好。"

随即，又发来一段改编过的儿歌："王小溪乖乖，把门开开，快点开开，我要看你。"

王小溪一怔，玩儿心被逗了起来，便也回敬了李澜风一条："不开不开我不开，大爷没查寝，谁来也不开。"

李澜风："哈哈哈。"

由于对面也是男寝，王小溪寝室这几个人都没什么习惯性拉窗帘的意识，王小溪回想了一番自己这几天在寝室放飞自我的一幕幕，越想越头皮发紧，怀揣着一丝李澜风其实没疯得太厉害的希望道："哥哥，你这几天不会真用望远镜看我了吧，开玩笑的对不对？"

李澜风那边沉默了一会儿，发来一张照片。

黯如深海的夜幕背景中，是一枚占据了照片百分之九十构图面积的月亮，银灰色的月面上满是深深浅浅的沟壑与环形山，静寂而苍凉，散发着宇宙天体因辽远和庞大所带来的压迫感与奇异的美感。

李澜风："刚拍的，手机接望远镜，我在看月亮。"

很快又是一条。

李澜风："这个望远镜不换目镜的话看不清这么近，刚才是逗你玩的。"

男子汉大丈夫，行得正坐得直，怎么可以偷窥呢！

王小溪舒了口气，这才彻底放下心，大大方方地拉开阳台门走出去看月亮。他先是仰头张望一会儿天边的月，再低头看看李澜风刚发来的月球近景照片，用指尖抚过屏幕上的环形山，想着此时此刻冰盘般澄净皎洁的月亮离近了看其实是这样的，心底便涌动起一缕奇妙的触动。由于此时月亮被王小溪所在的寝室楼挡住了一个角，所以王小溪站得直溜溜的，仰着头，背影看上去就是细瘦的一小条，与侦察敌情的猫鼬颇有几分神似。

李澜风又发了几张照片过去，道："手机效果不好，这是我以前用单反拍的木星、土星，还有仙女座星系。"

王小溪从没玩过天文望远镜，觉得很新鲜，尤其是这张仙女座星系，成像清晰且拍摄手法很专业，看起来简直和网上搜的太空图片差不多，王小溪看了一会儿，好奇地问："现在你就能看到这些吗？"

李澜风抿了抿唇，打字道："能看，想试试吗？"

第五章 >> 大快人心

好奇心和新鲜感暂时战胜了面对李澜风时的忐忑不安，王小溪兴奋得眼睛发亮："想！"

李澜风打字道："来我寝室，我在509。"

王小溪犹豫片刻，道："还是算了，你室友能认出来我吧……"

李澜风也不知中了什么邪，甚至还帮王小溪想起了解决方案："不用管他们，或者你戴个口罩。"

"不了不了，"王小溪仍是拒绝，并另辟蹊径提出了解决方案，"你这望远镜什么牌子的我也买一个吧。"

李澜风思索了下，充满理性地帮王小溪"拔草"："其实一年用不了几次，就放那落灰，好几千一个，没什么必要。"

王小溪松了口气："几千一个的话，我下个月就能买了。"

毕竟买了不只自己一个人能用，平时放在家里王大海也可以用，王小溪想象着高大魁梧的哥哥像摆弄一个小玩具一样小心翼翼地摆弄着天文望远镜的样子，心里暖乎乎的。

李澜风："但是安装和操作都很麻烦，可别说我没提醒过你。"

王小溪乐了："我可是工程学院的，连个望远镜都安不好估计不用毕业了。"

这时，一枚"小飞弹"从王小溪身后大开的阳台门中飞出来，落在王小溪头上敛起翅膀。

这只小鸟伤愈有一周了，也飞得像模像样，可它很有灵性，认得王小溪是救自己的人，被养出感情不肯走了。王小溪没给它关进笼子，它每天都出去飞几圈玩玩，但最迟晚上睡觉时都会飞回寝室找王小溪，王小溪便也这么散养着了，还给它起个名叫啾啾。

啾啾像个国王一样站在名为王小溪脑袋的宝座上，用黑豆眼睥睨着楼下的芸芸众生，过了一会儿它一抬头，望见对面五楼有个更高的宝座，更加有睥睨天下的效果，遂啾地一声飞到李澜风头上。

　　啾啾："啾啾啾！"

　　啾啾认识这个好看的叔叔！

　　李澜风露出个很好看的笑容，抬手轻轻拢住啾啾，把它从头顶上拿了下来，啾啾和人类亲近惯了，一点儿都不怯，还小眼昏花地在李澜风手腕处的一颗小痣上啄了一口。

　　虽没多痛，李澜风却仍装模作样地嘶着气给王小溪语音道："你家小鸟啄我一口，记仇了。"

　　王小溪抬眼望去，夜色下李澜风容貌模糊，但王小溪眼神好，看得出那张俊秀的脸上浮着一个漫不经心的笑，知道他是闹着玩儿，便大起胆子问："这仇你打算怎么报啊？"

　　记仇本上还一大堆仇排队等着报呢！

　　为了看清李澜风的表情，王小溪双手紧紧把着栏杆，上半身往前倾着拼命往李澜风的方向靠拢，一双活泼的大眼睛睁得溜圆，他用来当睡衣的大T恤衫上印着一个呆兮兮的趴趴熊，和主人的表情神同步。

　　李澜风把王小溪远远地看着，拿起手机发语音："身子别探出来，危险，你的鸟我没收了。"

　　王小溪乖巧地缩回去并制止："别，这可是我儿子，和我感情可好了。"

　　李澜风轻笑："你儿子？那不正好吗，给我当人质了。"

　　"那……行吧。"王小溪放弃挣扎，这段时间他也看出来了，李澜

第五章 >> 大快人心

风就是刀子嘴豆腐心,说要报仇,其实也没真把他怎么着,不可能丧心病狂到伤害一只无辜的小鸟,"它叫啾啾。"

李澜风呼唤:"啾啾。"

啾啾在李澜风掌心蹦跶了一下,以示啾啾是它。

李澜风清清嗓子,柔声道:"以后就叫李啾啾了。"

王小溪心无城府地乐了:"哈哈,别啊,我儿子怎么还跟你姓了呢?"

李澜风:"那不然跟你姓?"

王小溪一怔:"不不不,你随便吧。"

话音落定,两人皆是默契地没再说什么,只是隔着一段模糊氤氲的距离,望着天空。

安静了片刻后,李澜风找出王小溪的课程表,发现王小溪明天的四大节课都排满了,没法让他过来陪自己,便发微信道:"明天上午第二节大课我没课,我去找你。"

王小溪琢磨着李澜风的报仇大业歇业了这么多天,也是时候该重整旗鼓了,八成是要戏弄自己,于是"躺平"任戏弄,道:"没问题,你高兴就好。"

李澜风:"说好了,明天第二节大课见,你们在博雅楼326上课对吧?"

王小溪奇怪:"不应该是我陪你上课,给你端茶倒水,给你捶背揉肩,哄你开心好让你消气吗?为什么是你陪我上课?"

李澜风冷酷且条理分明道:"无论是'你陪我'还是'我陪你'都不影响你给我端茶倒水,给我捶背揉肩,哄我开心好让我消气。"

这么一说也是,王小溪叹了口气道:"那行。"

李澜风强调道:"是你要让我消气,所以怎么消气是我说了算,对不对?"

一提这档事王小溪就瞬间没了脾气，只好用力鼓了一下腮帮子，道："对，你说了算。"

第二天上午，第二节大课响铃前，李澜风准时出现在王小溪上课的教室，他双手插着裤子口袋站在门口，微微扬着下巴寻觅王小溪的位置，站姿中透着一种帅气的懒散。他出现的一瞬间，教室中有个女生小声说了句什么，她周围的几个女孩子就忽然炸了锅，你拉我我扯你地嬉笑玩闹起来，坐得离她们不远的王小溪闻声一抬头，狗腿般地举起手臂大力摇动，叫道："李澜风！这呢！"

李澜风露出一个很好看的坏笑，大步流星地走过去，他落座的一刹那，王小溪调动起全身细胞做好挨整的准备，噌地把脊背挺得溜直，又唰地笑出一口小白牙，充分展现出了一个专业出气包热情、礼貌、真诚的服务态度，带着昂扬的精神面貌向李澜风请安："早啊！"

问安完毕，还用白净的胳膊把李澜风面前就很干净的桌子又抹了一遍，以示心诚。

李澜风低笑一声，不悦道："刚才叫我什么呢？李澜风？"

王小溪一缩脖子，转脸解释道："这么多同学呢……"

李澜风脸一板："不管，叫错称呼，记仇了，这就写本上。"

语毕，作势要掏记仇本。

"别，别记仇。"

"那重叫。"李澜风的神情软下来，带着点儿笑模样，显然是报仇报得通体舒泰。

王小溪迟疑了下——这周围可都是他同学。

"快点儿，数三个数。"李澜风玩笑着威胁道，"三、二……"

第五章 >> 大快人心

"哥哥!"王小溪也顾不上周围同学会不会听见了,忙更正称呼。

李澜风不自在地咳了一声。

一节大课的时间是九十分钟,分为两堂四十分钟的小课加十分钟休息,王小溪上课时李澜风就在一旁做英语四级阅读题,安安静静的,一点都没找事儿,简直就像是一只英俊的吉祥物。王小溪起初还分着一半的心思留意李澜风,怕他突然抽风,但没多一会儿就渐渐把全部注意力集中在听课上了,直到中场休息时才意识到身边还有个人。

"呃……"王小溪瞥见李澜风,眼皮抬了抬,"你还在这呢"几个字险些脱口而出。

李澜风帅气地一挑眉:"我这个陪上课的是不是挺合格?一点儿没害你分心。"

"是是是。"王小溪连连点头,侧过身子伸手一左一右捏住李澜风双肩,用半开玩笑的语气讨好道,"学累了吧?给你揉揉肩膀捶捶背?"

他这话说得倒是挺自然,因为来念大学之前,他有时也会主动帮健身完的王大海按按摩,放松放松肌肉。

李澜风装腔作势地坐直了,道:"嗯,按吧。"

王小溪立刻狗腿地帮李澜风摆出一个侧坐的姿势,让他背朝过道,随即恭敬地站在李澜风身后,手法熟练力度适中地捏揉斜方肌与后颈,嘴上模仿按摩店小哥的话术:"先生肌肉很僵硬啊……"

"后面的话术忘了,"王小溪略一沉吟,简单粗暴道,"办卡吗?"

李澜风嗤地笑出声。

一回生二回熟,一起上过一次课后,接下来的几天里李澜风变成了一位兢兢业业的讨债鬼，他没课而王小溪有课时，他就一定会跟着王小溪上课，他有课而王小溪没课时，他也要把王小溪叫过来为自己端茶倒水、说学逗唱。

王小溪甚至养成了随身携带一包金银花茶的习惯，以便随时往李澜风的保温杯里空投。

"这是什么东西？"李澜风狐疑地盯着保温杯中缓慢吸水膨胀的金银花，幽幽道，"投毒？"

"不是，"王小溪摆摆手，"金银花茶，清热解毒，消暑降噪，我看你最近火气挺大，怕你……"

说着，王小溪噎住了。

李澜风蹙眉，追问道："怕我什么？"

王小溪："……怕你被我活活气死。"

李澜风："……"

确实火气大的李澜风端起保温杯缓缓喝了一口。

这天中午，李澜风陪完一节课，被王小溪伺候得容光焕发地回到寝室，一推门就闻到一股螺蛳粉的味儿，而高翔正站在他桌前，大把大把地从李澜风的纸抽里抽纸狂擤鼻涕。

"太辣了太辣了……"高翔吸着气道。

李澜风定定地站在寝室门口，盯着擤鼻涕的高翔，一对眼珠贼亮贼亮的。

高翔一怔，问："怎么了？"

李澜风热力四射的目光从高翔正在擦鼻子的右手挪到他攥着两张备用纸巾的左手，再挪到他脚边的两个纸团上，慢声道："五张。"

第五章 >> 大快人心

高翔一丑脸茫然:"啊?"

李澜风语气机械道:"你用了我五张纸。"

高翔呆头鹅似的抻长着脖子,不解地重复道:"用了你五张纸?"

李澜风皮笑肉不笑:"对,听不懂中文了吗?"

——王小溪刚暴露身份的那几天,李澜风精神低迷,情绪很差,浑身冒黑气,即便是再不懂看人眼色的人也能看出来李澜风当时处于一点就着的状态,所以那段时间就连向来以惹人烦为乐的高翔都没敢给李澜风找不痛快,很是做了几天正常人,不在盆里用臭袜子泡水养蛊了,早晨起床也轻手轻脚不扰人清梦了,打游戏语音时不满嘴脏话了,李澜风说点儿什么也不阴阳怪气地抬杠了……李澜风攒足了怒气值,高翔却事先缩进壳里藏好了,李澜风磨尖牙齿绕着这枚光溜溜的壳寻了一溜,硬是没找到能下嘴的地方。

本来,李澜风都想着干脆不找借口,挑个良辰吉日,见了人二话不说直接一拳闷倒,但对事情来龙去脉有所了解的丁昱和周政帮李澜风想了个主意——高翔爱占小便宜的毛病根深蒂固,就说手纸、洗发水这些日用品,他这半年多几乎就没自己买过,所以李澜风可以让高翔占占小便宜,再拿这个当把柄。

于是,这两天李澜风就像个在森林小路上铺设食物引诱野猪走进陷阱的猎人一样,把高翔能用上的小物件陆续拿出来摆上,高翔见李澜风这几天心情有好转,便也渐渐放松提防,刚才吃螺蛳粉吃辣了就没多想,直接去蹭纸了。

"还我五张纸。"李澜风面无表情地一伸手。

"啊?"高翔蒙了一瞬,随即扯出一个赖皮的笑,"不就几张纸吗？你至于不啊？"

李澜风沉着脸："至于。"

高翔喊了一声，转身无比自然地打开周政的柜门，几乎瞬间就从周政乱糟糟的柜子里寻出一包新抽纸，拆封后连扯五张纸往李澜风桌上一拍，满脸瞧不起道："还你还你。"

被当成"空气"的周政几乎要对高翔肃然起敬了："……我柜子那么乱，我自己找都没你找的快。"

对室友物品分布情况了如指掌的高翔闻言竟还有点儿得意上了，揉着鼻子嘿嘿笑了两声。

正所谓人不要脸天下无敌……

李澜风戏剧性十足地从裤兜里摸出随身携带着不知道干什么用的卷尺，量了量周政的纸，又量量自己的纸，道："比我的窄一厘米，每张纸的克重也肯定不一样。"

这回连小气得一毛不拔的高翔都被李澜风的叽歪程度镇住了，骂了句脏话后反问："你不是吧？"

李澜风眉梢一扬，严肃道："没听懂？"

高翔："……"

这李澜风怕不是疯了吧？

李澜风上前一步，黑洞洞的眼睛锁定了高翔："用不用我教教你怎么说人话？"

"呵呵。"高翔见势不妙，扭头便想往寝室外走，"不就几张纸的破事儿吗，我不和你一般见识。"

"几张纸的破事儿？"李澜风冷笑一声，语气变得危险，"你这半年多给别人添了多少麻烦自己心里没点儿数？"

第五章 >> 大快人心

高翔脚步一顿，似是想与李澜风理论，但想想自己压根儿也不占理，便还是放弃理论继续往外走。李澜风见状，钳住高翔肩膀猛地把人往后一拽，高翔踉跄着后退，本可以伸手扶他一把的周政和丁昱默契地闪到一边，每个人的脸上都洋溢着喜悦的笑容，气氛欢畅得宛如古装剧中老百姓围观大侠惩治恶霸。

高翔一屁股摔倒在地，撞翻一个水壶，水壶汩汩流出温热的水，令坐在水泊中的高翔看起来格外狼狈。

高翔愣了一瞬，嘶声大吼："你疯了啊？！"

想他高翔纵横占小便宜界十余年，脸皮固若金汤，哪能想到今天居然会栽在五张薄薄的手纸上面？

于是，向来只会让别人委屈憋气的高翔，在这一刻竟是生生体会了一把自己委屈憋气的滋味。

"再在我面前骂个脏字儿试试？"李澜风俯身抓住高翔衣领生生把人拎了起来。

他的气势太恐怖，高翔正琢磨着要不要先服个软，李澜风却没给他机会……

几分钟后，高翔一手捂肚子一手捂脸地坐在地上呻吟。

李澜风满腹浊气尽出，踏着水走到高翔身边，一字一句道："今天揍你实际上是因为什么，你心里有数，医药费我认赔，不过以后这三年你再敢给我们三个找一丁点儿不痛快试试？"

放完狠话，李澜风转身大步走出寝室，重重摔上了门。

这天晚上，王小溪和室友在食堂吃饭，他正一手拿筷子一手刷微博刷得不亦乐乎，手机忽然嗡地一震，是李澜风来了条微信。

李澜风："在哪？忙吗？"

王小溪虎躯一震，腰背挺得倍儿直，秒回道："在食堂吃饭，不忙。"

李澜风发了个两百元的红包过来，道："正好，帮我买份饭，再买盒外伤软膏，谢谢。我在学校对面的宾馆302号房。"

王小溪忙道："哥哥你也太客气了，不用谢，我马上买好给你送过去。"

李澜风："……也不问问我要外伤软膏干什么？"

王小溪立刻用发语音："我正想问呢，这不是打字慢嘛，你受伤了吗？伤在哪？严重吗？"

李澜风勉强满意，回道："嘴角，破了一点儿没大事，和人打架了。"

王小溪再次发送虚伪关心："和谁打架了？为什么打架了？你不会有事吧？"

李澜风的小心灵得到抚慰，愉悦道："你先过来再说。"

王小溪脆生生地道："好的哥哥，马上过去。"

三位室友："……"

"我给他跑个腿儿去。"王小溪起身。

憨厚的刘寝室长："你注意安全。"

王小溪乐了："注意什么安全啊。"

张晔忧虑道："这几天他天天来陪你上课，我观察了一下，感觉这个人不太正常。"

"我果然不是一个人！"李一辰啪地一拍张晔大腿，还兴奋地捏了两下，"我也觉得他那眼神儿不对！"

张晔默默缩起腿，深以为然："有一种变态的精光在闪烁，阴恻

第五章 >> 大快人心

侧的。"

王小溪:"……你们'脑洞'真大,写小说去得了。"

"有什么事就给我们打电话。"张晔小声说。

"不行我得抓紧了,不然又记我仇。"王小溪没认真听张晔说什么,看了眼手机,便在室友们忧虑的目光下风风火火地跑去买饭和药。

二十分钟后,王小溪拎着东西出现在302号房门前。

王小溪轻轻敲了两下门,第二下刚敲上去门就开了,身上沾了点螺蛳粉味儿而本人并不知情的李澜风站在门后,帅气地用一条手臂搭在门框上。

……怎么感觉他身上有股淡淡的屎味儿?鼻子比狗灵的王小溪想着,视线落在李澜风的脸上——他的左侧嘴角旁有一道浅浅的血印,是被高翔抓的。

"哎呀都红了,谁弄的?疼得厉害吗?"为免被小气唧唧的李澜风找茬儿,王小溪及时送上浮夸的关心,并很上道地从袋里翻出药膏催促道,"你去那坐,我给你把药擦上?要不我送你去趟医院吧,万一去晚了……"伤口自己愈合了怎么办?

还挺关心我的,这小东西……李澜风想着,沉浸在备受关爱的幻觉中,没听出王小溪的阴阳怪气。

李澜风垂眼望着王小溪,冷哼道:"着急了?"

王小溪望着李澜风唇角那条细细浅浅一看就屁事儿没有的小伤,内心毫不着急,甚至还想下楼散个步,但为了让李澜风开心,他还是配合地表演,用力点了几下头道:"着急了。"

李澜风心满意足,走到床边坐好,解释起前因后果:"我把游戏里欺负你们那人给揍了，解气吧？"

"岂止是解气，"王小溪不禁拍起了小手，"简直就是天道好轮回啊！"

这句不是奉承，毕竟罪魁祸首挨揍是真的爽！

"那就好。"李澜风低声道，"我不想回寝了，看见他就犯恶心。"

"嗯……但是你不会有事吧？"王小溪发自肺腑地关心起李澜风，"会不会给你记过啊？那人是不是还得让你赔医药费？"

"医药费是小事，记过嘛，"李澜风不屑地一笑，"我下午回寝室和他说了，不告状的话这事到此为止，我以后不再主动找他麻烦，况且他挨这两下也不冤，做错事就是要还。"

"不记过就好，不然可麻烦。"王小溪舒了口气，拧开药膏用指尖蘸了少许轻轻点在李澜风伤处，这药膏有点儿蜇人，李澜风本能地躲了一下，王小溪便小心地扶正他的头，动作恭敬之程度宛如在摆正一枚传国玉玺，轻声道，"别动，忍一下。"

李澜风想逗逗王小溪，遂用那低沉的嗓音撒娇道："忍不了，疼，给吹吹。"

又整我……王小溪犹豫了片刻，本着当好人形出气筒的原则俯身贴近李澜风的脸颊，一边小股小股地冲伤处吹凉气，一边尽量轻地给李澜风抹药，抹完药，王小溪指指桌上的盒饭，乖巧道："饭我放那了，你先吃，我回寝室了。"

回寝室？想得美。

李澜风拽住王小溪："等等。"

"怎么了？"王小溪心里泛起一阵不祥的预感。

第五章 >> 大快人心

李澜风清清嗓子，又露出那种半疯的阴险神情，一字不差地复述起记仇本上的某段内容："20XX年X月X日，你说你做噩梦了很害怕，想让我给你唱歌，哄你睡觉……难得今天有空，这笔账抓紧清一下。"

"啊？"王小溪好看的脸蛋瞬间皱成一枚苦瓜，"今天就清？别啊。"

他是知道记仇本上有这条的，但万万没想到清算会来得这么突然！

李澜风喷了一声，英气的眉微微皱起，不悦道："你怎么总对我的要求推三阻四的，我看你道歉还是心不诚。"

"不是不是，我心特诚！我诚得都快显灵了！"王小溪抹了把脸，小声嘟囔着，"我就是……这条我还没做好心理准备……"

"这有什么可准备，"李澜风满脸写着冷酷，"又不掉块肉。"

"但是，我这突然过来，什么都没带，我得回去。"王小溪心中默念"毕竟是我把他气疯的"九字真言，挣扎道，"……我回寝室取一下？"

李澜风面色不虞，一语道破王小溪的小心思："回去然后就找借口不回来了，是不是？"

王小溪一窘："不是。"

是。

"就知道你要找这种借口，所以我都准备好了。"李澜风神情得意得宛如一个运筹帷幄的军师，他起身打开衣柜门，从里面翻出洗护用品、睡衣等。

这些东西有的是他临时去超市买的，有的是他下午回弥漫着螺蛳粉味儿的寝室取的。

"干净的床品四件套有了，洗浴用品有了，换洗衣物有了，睡衣有了……还需要什么？"李澜风神情边说边将对应的物品一件件丢在床上。

"……不、不需要什么了。"王小溪做了个深呼吸，在心中开解自己。

出气包就要有出气包的自觉，一切听指挥。

但这不是杀敌一千，自损八百嘛，王小溪哀怨地想，为了报仇，他付出太多了。

这时，李澜风看了眼手机，打断王小溪的思绪："我看时间也不早了……开电脑吧。"

王小溪一时没反应过来："啊？"

李澜风朝房中宽大的写字桌抬抬下巴。

王小溪这才反应过来，原来这是一间电竞主题的房间，写字桌上配备了两台电脑，配置怎么样不知道，外形倒是足够炫酷。李澜风按下开机键，机械键盘与雷蛇鼠标跃动出耀眼的光彩。

李澜风言简意赅道："上号。"

王小溪略一犹豫，斗胆揣摩"圣意"："我上那个……女医仙？"

今天游戏里正好有阵营攻防战的活动，参与活动回报丰厚，攻防战中贡献排行前列的玩家有机会得到各种灵石与材料。

不是王小溪自夸，他治疗角色玩得特别溜，装妹子坑人时，李澜风之所以沦陷得飞快，与他治疗角色玩得太好不无干系，攻防大战时他数次于敌对阵营红名的海洋中将残血的李澜风捞出，护着对方冲锋陷阵，乱军之中直取敌方指挥首级，游戏体验丝滑无比……王小溪扪心自问，如果他玩输出型角色时有这么一个厉害的治疗角色为自己保驾护航，那别说是男装女，就算不男不女他也能做到微微一笑，绝不追究。

李澜风高冷地嗯了一声。

王小溪默然片刻，道："你非得让我和你住宾馆，是不是就奔着这个来的？其实你就是馋我的技术……"

第五章 >> 大快人心

免费又周到的"犀利奶妈",显然是每个输出玩家的梦想!

李澜风轻轻咳了一声:"听话,快上号,我这报仇呢。"

王小溪:"……"我这双眼睛看透太多了。

于是他就陪李澜风在攻防战里杀了个七进七出。

王小溪这小号加入的是恶人谷,与大号的武林盟是敌对关系,当时建小号没打算正经玩儿,主要就是个养闺女的心态,时不时上小号截图看风景,所以选阵营时就乱选了。这段时间他一直玩着小号,渐渐地,大号加入帮会里那些朋友都知道这个是他小号了,于是当王小溪护着一个恶人谷的输出暴打自家帮会会长时,屏幕上刷出了一片哀号……

倚楼空画扇:"我也不想的!会长,得罪了!"

说着,疯狂给李澜风上buff,还狗腿般地冲到李澜风前方为他挡刀,十分谄媚。

攻防战结束时已将近午夜,有王小溪全程护驾,李澜风果然在全服贡献榜名列前茅,收奖品收到手软。

平时寝室都是十一点熄灯,在寝室的话,今天这种攻防活动就没办法全程跟下来了。

"不错。"李澜风沉稳评价,并大度地翻开记仇本,给王小溪涂黑了那一段……

王小溪斜眼瞟去,如获大赦。

李澜风扣好笔帽,威严道:"表现得还不错,再接再厉,争取划掉更多。"

王小溪顿时干劲满满:"好的哥!知道了哥!"

看得出李澜风叫王小溪来宾馆确实是早有预谋,这间电竞主题房里是两张单人床,两人收拾收拾就各自安好地睡了下去。

第六章

改善环境

第六章 >> 改善环境

第二天早晨,王小溪醒来后李澜风还没起,王小溪牢牢抓住向苦主献媚的机会,简单洗漱了一番,换好衣服下楼去买早餐。

没多一会儿,王小溪买饭回来,将两盒汤包、两碗粥与重重一提鲜黄的香蕉摆在桌上,跑到浴室门口叫道:"哥,可以吃东西了。"

叫"哥哥"实在是过于破廉耻,王小溪昨晚试探了一下,见李澜风没纠结,果断把称呼换了回去。

浴室里,李澜风闷闷地"嗯"了一声。

今天上午他们两个都是满课,不过现在才七点四十,时间充裕得很,王小溪悠闲地吃着汤包刷着微博,难得在李澜风面前这么放松心情,最后一口汤包吃完,碰巧手机铃声响起,屏幕上是"会长沈言"四个字。

这个沈言就是王小溪玩的网游里的公会会长,以前暑假沈言刚刚接触到网络游戏,满级之后组不到副本队,就在"世界"上喊"萌新求带",高考刚结束闲得冒泡的王小溪见了就顺手把他捡走认了个徒弟。玩了一段时间后,这位不差钱的萌新觉得建公会有意思,就砸钱弄了个挺像样儿的公会,拉着王小溪和另外几个亲友来做公会管理。

混熟了之后,王小溪就和沈言交换了不少现实的个人信息。

沈言是个高二学生,和王小溪在一个城市,他父亲是个白手起家的商人，母亲生了沈言没几年就跟人跑了，前两年沈言父亲给他娶了个年轻的小妈，小妈又生了个儿子。小妈这人毛病不少，势利眼、庸俗浅薄，但骨子里不是个恶人，没欺负过沈言，沈言也一样，虽然看她不顺眼，但也从来没找过她麻烦。沈言他爸出于对前任老婆的怨恨，对长相酷似母亲的沈言一直喜欢不起来，有了小儿子后更是偏心，唯一的好处是给沈言零用钱给得相当大方，也懒得管教他，所以这家庭虽说离和睦还差得老远，但也能凑合着过。

沈言智商虽高但是缺乏管教，志向又不在念书，所以成绩不好不坏。一年前在一起玩没多久时，王小溪知道沈言还在念高中，每次一看见他周一到周五上线玩游戏，王小溪就呼朋引伴一起击杀他，沈言身为堂堂会长，时常会被帮众们追杀得满大街抱头鼠窜被迫含泪下线，也可以说是一幕奇景。

想起昨晚自己伙同李澜风以及一众恶人谷橙装大号追着沈言以多欺少的场景，王小溪一阵心虚，接起电话轻轻咳了声："喂？"

沈言带着哭腔抛过来四个字："我爸打我。"

"……啊？"王小溪本以为沈言是来兴师问罪的，闻言先是一愣，随即急急地问，"怎么了，出什么事了？"

沈言不知是已独自忍了多久的眼泪，此时似乎终于找到了一个突破口，哇地就是一声振聋发聩的暴哭，随即便如同打开了哭匣子，哭得一抽一抽，上气不接下气，王小溪轻声安抚着，脑海中不由自主地浮现出恶毒后妈挑拨离间，教唆丈夫殴打灰姑娘……不，灰小子的一幕。

沈言哭了一会儿，稍稍平静下来，抽泣道："我脸都被我爸扇肿了，他还用凳子砸我腿，说要把我腿打折，青了可大一块了，我小妈帮

第六章 >> 改善环境

我拦一下他还打了她一耳光,他还是人吗!"

"为什么打你?出什么事了?你在哪,用不用我陪你去医院?"王小溪走出房间关上门,站在走廊连珠炮地发问。

"我不想去医院,我脸肿得可丑了,我现在在酒店……"沈言在电话那边狂甩大鼻涕,边喷鼻涕泡边愤恨地道,"他还说要和我断绝父子关系,断绝了正好,反正我也不想回去了。"

王小溪皱了皱眉,敏锐地察觉到沈言一直在回避"爸爸为什么打自己"这个问题,遂问道:"你们是因为什么吵架的,方便和我说说吗?说不定有办法解决呢?"

沈言吸了吸鼻子,道:"就是我打游戏的事。"

"玩玩游戏也不至于打人啊。"王小溪愤愤不平,但也不觉得意外,他平时没少听沈言吐槽沈父,对沈父的印象就是典型的大男子主义的封建大家长,对不熟悉的新兴事物绝不投注半分精力或时间去了解,认为"我即真理",对孩子放养归放养,但偶尔心血来潮想要管教约束一番,孩子也必须俯首帖耳,不得忤逆。

"我顶嘴了。"沈言的声音小了下去,"因为他说要送我去戒网中心……"

戒网中心是个什么地方,常上网的人都知道,事实上,沈父也未必就不知道,无非是不把孩子的感受当回事。

"你在哪?"王小溪的嗓音沉了下来。

"我跑了,在酒店。"沈言闷声道。

王小溪舒了口气:"那就好……别让你爸逮着就行,房门反锁,加个防盗扣,听说有的戒网中心会上门抓人。"

沈言带着哭腔应了一声。

明白对方现在把自己当成了救命稻草般的存在，虽知道沈言看不见，王小溪仍挺直脊背，鼓了鼓单薄的胸膛，极力营造出一副可靠的样子，使尽浑身解数安慰沈言。

倾吐了一番苦水后，沈言情绪好了些，说话虽还透着浓重的鼻音但语调欢快了不少，苦笑着自嘲道："我刚跑出家门那会儿都想干脆跳海去得了。"

王小溪继续软语安慰道："你吃点儿东西，擦点儿伤药，别出门，叫外卖小哥给你送，现在很多药店也能外送了……开门前先看猫眼……别想太多，玩玩游戏看会儿电视冷静一下，身上钱够用吗？"

沈言先是一句句软糯糯地应着，随即幽怨道："我也不知道，我爸把我卡全冻结了，我身上就带了几个过年收的红包。"

王小溪瞬间在脑内勾勒出一个离家出走的小少年，为了省钱被迫窝在脏乱差小旅店里，手里攥着几个薄薄的小红包，愁眉苦脸地计算着怎么花的模样。

"有多少，你数数。"王小溪侠义心肠，主动开口，"不够，哥借你，你不用客气。"

一直叫别人哥哥的王小溪终于在沈言这边过了一把当哥的瘾！

这个月生活费还剩两千多呢，宽绰，两个人一起用没问题，王小溪天真地想。

"嗯。"沈言在五星级酒店的套房里乖乖应了一声，抹了把红肿的眼睛，打开书包拿出几个红包，把里面的钱都抖出来，看着眼前床上铺散的钞票，凭感觉估计道，"有个两万来块钱吧。"

王小溪："哦，那就好……"

第六章 >> 改善环境

真是打扰了。

王小溪安抚好沈言,回到桌边和李澜风一起收拾外卖包装袋。

李澜风垂着眼收拾一次性粥碗与塑料袋,没看王小溪,声调中带着一缕故作淡定的紧张:"你今天下午没课吧,出来陪我看房子行吗?"

于是,下午一点钟,两人一同出现在学校附近的某家房产中介。在去实地看房前,房屋中介员按照李澜风房型要求过滤出一批房源,并用电脑将房屋细节一一展示给两人看。

王小溪从进门开始便一直鹌鹑状坐在椅子上刷微博,有一搭没一搭地听着李澜风与中介员讲话,满脸写着安静乖巧。

"你觉得怎么样?"李澜风忽然开口问。

王小溪闻言坐正身子,怀揣身为狗头军师的觉悟,将房屋照片挨张仔细地看着。来看房子之前,李澜风对他说的理由是"不想和起过冲突的室友一起住寝室,天天低头不见抬头见太尴尬",王小溪觉得这理由没问题,便没怀疑,老老实实地跟过来帮李澜风参谋。

看完资料,王小溪认真提议道:"房屋格局不太行,采光可能有问题。"

正好王小溪上学期修了与建筑相关的专业课,肚子里这些新鲜的知识有了用武之地,王小溪估计李澜风叫自己陪他来看房应该也是出于这样的考虑。

中介员张了张嘴似乎想反驳,李澜风却坚定道:"不要这套,看看别的。"

显然李澜风对他是百分之百的信任!

中介员便换了一套,王小溪收起手机,认真凑过去看,在中介员翻到客厅的照片时憋不住笑出声。

电视后的背景墙是一整幅巨大的刺绣画，左牡丹，右翠竹，孔雀在中央，空白处上书"花开富贵"四字，客厅上方还悬挂着一盏金碧辉煌的玻璃吊灯，拼命彰显尊贵格调。

"不好意思，"王小溪摆摆手，敛起笑容正色道，"这套格局挺好的，就是装修的感觉稍微有点儿……"说着，转向李澜风，"不过租房还是住着舒服重要，你觉得怎么样？"

李澜风淡淡道："你不喜欢，换。"

王小溪一怔："……不是，我喜不喜欢无所谓。"

李澜风仍是那句话："换一个。"

中介员又换了几套，王小溪综合了各方面因素考虑了一番，道："刚才三楼那套最好，各方面都不错。"

李澜风确认道："你觉得可以？"

王小溪没多想："可以的，没毛病。"

李澜风贴近电脑屏幕，问："床够大吗？"

"够大的，两个房间各有张一米八乘两米的双人床，有床垫。"中介员答。

李澜风又问："有衣柜吗？我看一下衣柜。"

"有的，在卧室。"中介员调出卧室的照片，一个双开门的实木大衣柜就摆在离床不远的地方。

李澜风轻咳一声，抱着怀，奋力管理住面部表情不让自己流露出破绽，随即偏头望了王小溪一眼，问："你看这衣柜够你放衣服吗？"

王小溪原本前倾着身子看屏幕，听了这话立即弹簧般嗖地弹了回来，见鬼一样回望着李澜风："我为什么要往里面放衣服？"

第六章 >> 改善环境

李澜风高深莫测地笑了两声,却没正面回答,只转向中介员,道:"麻烦带我们看一下这套,谢谢。"

"好的,您稍等。"中介员去问同事拿钥匙,李澜风双手插兜,盯着天花板上的吊扇若无其事地发呆,王小毒蘑菇却连伞盖都快吓掉了,急吼吼地把嘴巴凑到李澜风耳边,压低声音问:"我为什么要往那个衣柜里放衣服?你什么意思啊?"

李澜风唇角一翘,斜斜地瞟了王小溪一眼,道:"字面意思。"

"我……我就不和你一起住了吧?"王小溪骇然,毒蘑菇的小花伞盖都生生被翻涌的血液煎烤成了小红伞盖,绷着脸道,"你那记仇本上又没有这条。"

李澜风为难地抿紧了嘴唇,摩挲着下巴,思考物理难题一样皱着眉道:"的确,你先别急。"

王小溪警惕地瞪着他,重复道:"我先别急?"

李澜风从裤兜里抽出一只手,托着下巴道:"等我想个借口,逼你就范。"

"你不是吧!"王小毒蘑菇目瞪口呆,简直连菌褶都气平了!

李澜风:"嗯?"

王小溪情绪激愤,一时口不择言:"大哥你这么明目张胆真的好吗?这种反派的心理活动你在心里想想就行了吧?"

"20XX年X月X日X点X分,对我进行人身攻击,骂我不要脸,又不叫哥哥……"李澜风背诵课文般喃喃自语,"等一下我要记本上。"

"李澜风你……"王小溪猛地站起来,正欲揭竿起义,中介员却碰巧取完钥匙从里屋走了出来:"拿到钥匙了,二位跟我来吧。"

李澜风悠然起身跟上,王小溪的起义读条被中介员打断,只好气势

117

不足地跟上，仗着走在前面的中介员看不见，一路掐掐李澜风的腰，撑撑李澜风的肋骨，不停地小声抗议："我不和你一起住，李澜风，你听见没？你报复不能太过分……"

李澜风由着王小溪的小爪子作乱，直到走到单元门门洞口，李澜风才忽然反手捏住王小溪的手腕，道："小手这么欠呢？"

王小溪一怔，试图抽回手："别拉我。"

然而李澜风手劲儿太大，王小溪拼命也挣不开。

王小溪龇起小白牙，低吼道："我告诉你，我的忍耐已经快达到极限了！"

李澜风眨巴眨巴眼睛，面部线条忽然一软，忧郁道："你欺骗我，还凶我。"

好不容易雄起一次的王小溪一秒尿成软脚虾，放软语气小声道："哥你不会打算一直这么折腾我到大学毕业吧？"

李澜风眉梢一挑，没说话。

楼道中片刻的沉寂被上面中介员开门的声音打破了，紧接着，是李澜风平静的声音："不打算，给你个痛快的要不要？"

王小溪眨眨眼："什么？"

李澜风松开王小溪的手，从斜挎的书包里取出黑皮记仇本，道："只要你做到一件事，我们这本子上的账就一笔勾销了。"

"什么事你说。"王小溪问。

李澜风慢悠悠地补充道："不过有星标的除外。"

王小溪夺过本子翻了翻，发现有星标的记仇项目就是他戏弄李澜风情节特别严重的那些，王小溪叫苦连天，把本子塞回给李澜风，道："其实有星标的才最要命吧，你给我勾销了别的，不勾销有星标的，没什么

第六章 >> 改善环境

意义啊。"

李澜风一本正经道:"这是一个可以一笔勾销百分之九十五以上债务的机会,先不说别的,不勾销的话,你有一百六十七个表情包需要表演,勾销之后只有十二个,我这个人很严谨,绝对不会放过你,所以我建议你考虑一下。"

我恨!王小溪默默地权衡着各种选择的利弊。

……其实最近我也没怎么挨折腾,说是在报仇,也没真的怎么着我。

就是放狠话比较厉害。

莫非是想线下绑定一个便宜"奶妈"?

王小溪想起他们玩的那款网游再过半个月就要开启新赛季了,新赛季正是冲排名的绝佳机会,而每赛季排行前三的玩家不仅可以获得各种丰富得令人咋舌的游戏奖励,还能在本服务器的竞技场名人堂获得一尊雕像,走过路过的玩家都能看见,很具有纪念意义,而李澜风正是一名狂热的玩家……

"怎么样?"李澜风问,把王小溪从魂游天外的状态中惊醒。

王小溪看穿了一切,轻咳了声:"那行吧,你什么条件?"

李澜风目不斜视地望着前方,道:"你……陪我住这个房子,住到这个学期放暑假。"

"啊?住到暑假?"王小溪警惕,确认道,"你真的不是为了方便整我?"

"我绝对不整你。"李澜风诚恳道,"除了有星标的这十几件事,我什么都不会强迫你做,课也不用你陪了,只要答应我这件事你这学期就自由了……你就说行不行。"

见王小溪摸着下巴沉吟,李澜风继续游说道:"这个学期只剩不到

119

三个月,而且这小区就在学校对面,上课方便,洗澡方便,看书没人打扰,不用去自习室抢位置,没有宵禁,晚上不会断网断电,网速比校园网快,打游戏不卡……或者,你希望我报复你到大学毕业?"

"别。"王小溪先是拒绝,又犹豫了一会儿,绷着脸道,"那你说话算数啊,不能骗我,而且你不许再往你那本上记别的了,行不行?"

在校外住的好处的确很多,王小溪之前也想过去学校外面租个房子,只是一直下不定决心,这次正好可以先体验一把,也不全是坏事。

"行。"李澜风冲王小溪伸出一根弯曲的小拇指,道,"拉钩。"

"你几岁啊。"王小溪一窘,也伸出小拇指。

"我不骗你。"李澜风勾住王小溪的小指,晃了晃,轻声道,"你这回也不许骗我了。"

楼上传来中介员催促的声音,李澜风嘴上应着来了,边上楼边道:"走吧,回去签完合同今天直接就能住……终于告别那小破宾馆了。"

"今天就住啊。"王小溪挠挠头,"那得回寝室收拾东西。"

李澜风点点头,用无比自然的征询意见的口吻问:"收拾完东西搬两趟,再去超市买圈日用品,集中一天搞定,怎么样?"

"集中一天弄挺好的。"王小溪被李澜风的态度感染得也自然而然起来,答完才意识到自己未免乖得过分,缺乏一个惨遭迫害的态度,遂忙补救道,"我这就是被逼无奈我和你说。"

李澜风从鼻子里发出一声嗤笑,道:"嗯。"

李澜风行动力极强,回中介处签好合同拿了钥匙,这时是下午三点,两人分头回寝室收拾东西。

王小溪回寝时三个室友都在,他突然要搬出寝室和危险人物合租的

第六章 >> 改善环境

消息几乎把三个室友吓到心绞痛。

"你们两个,昨天晚上都干什么去了?"张晔痛心疾首地一扶额。

"还能干什么啊,就打游戏睡觉呗……"王小溪无语,"我不是一直都嫌寝室条件不好吗,衣服也放不下,洗澡也不方便,上学期我就总说想出去租房子,你们也不是不知道,这次正好有机会我就体验一下。"

张晔满脸苦大仇深地一拍桌子:"我不同意!"

李一辰也表示不解:"你不怕他整你啊?这住一起整起来更方便了,足不出户,信手拈来。"

刘寝室长:"就是。"

"不能。"王小溪搔搔鼻尖,转身打开柜子阅兵一样检阅自己的衣服,"我们已经和解了,他说只要我能陪他住到暑假,他就不找我麻烦了。"

张晔倒抽一口冷气,与李一辰交换了一个"莫不是个傻子"的眼神,憨厚的刘寝室长也跟风狂眨眼睛。

一瞬间,寝室里寂静无声。

王小溪装满了一个箱子,立在门边,又去装下一个,这时寝室门被敲响了,李澜风推开门站在门口,望着站在衣服堆中间发愁的王小溪,道:"你这个箱子我先搬一趟吧?"

王小溪焦头烂额,随口回道:"喔,好,你这趟还得拿你的箱子吧?"

"不用。"李澜风道,"我东西少,已经收拾完送过去了,现在专门给你搬。"

王小溪看着自己堆积如山的衣服,痛苦地朝后捋了把头发,抄起一个熨衣板递过去,道:"那你把这个也带上吧,这不好装。"

"好,你慢慢收拾。"李澜风应了,一手夹着熨衣板一手拎起箱子就走。

寝室的三个人疯狂交换着眼神儿。

张晔小声说道："我觉得他们跟真的和好了似的。"

李一辰："……相处也太自然了吧。"

刘寝室长一点头："同意。"

傍晚时，王小溪终于差不多把常用的东西都收拾出来了，又装满了一个箱子，一个大号背包，还有一个手拎包。

李澜风完全插不上手，送了一趟东西回来后就一直在寝室门口倚着门框等，李啾啾站在他肩膀上睥睨整个寝室，而三位操碎了心的室友默不作声地打量着李澜风，还时不时埋头打字，在寝室微信群里对李澜风进行品评。

微信群中——

张晔："我觉得吧，这哥们儿肯定另有所图。"

李一辰捧场："确实。"

张晔："那天他气成那样，我都怕他一口气没上来背过去，差点儿给他叫救护车了，肯定没那么简单就和小溪和解，小溪一天到晚傻了吧唧的能斗过他吗？"

刘寝室长："我也觉得。"

张大仙神神叨叨："你们看看他面相，嘴唇薄说明薄情，薄情说明什么？冷酷。你们再看他面部线条，是不是小说里那种标准的'刀削斧劈'的脸？杀手的面相，我看是要完。"

李一辰和刘寝室长突然齐刷刷地扭头看向李澜风。

李澜风缓缓抬起眉毛，疑惑地望着王小溪的室友："怎么了？"

第六章 >> 改善环境

两人齐道"没事没事",又齐刷刷地一低头,齐刷刷地开始用手机打字。

李澜风:"……"

刘寝室长犯愁:"他真欺负小溪怎么办啊?"

王小溪拉好旅行箱拉链拍拍手,抓起从李澜风进寝室开始就一直嗡嗡响个不停的手机,点开寝室群一看,脸瞬间就僵住了。

李澜风好笑地看看他,又看看另外三个人。

王小溪一脸无语地埋头打字。

王小溪:"你们别闹了行吗……"

张晔:"这是被灌了迷魂汤了?"

王小溪:"……"

王小溪:"你们能不能清醒一点!"

发完这条,王小溪把手机调了个静音,往裤子口袋一揣,不好意思地望向李澜风道:"东西有点多,你帮我拉一个箱子吧,剩下的我来。"

"你来什么?"李澜风嗤地笑了一声,抢着背起鼓鼓囊囊的背包,拎起手拎包,又握住箱子把手,随即大步朝门外走去,"走了。"

王小溪两手空空地怔了一瞬,本着搬家的时候多少该拿点儿东西的宗旨,跳起来从床上拿下一个本来没打算带的大号蘑菇公仔,扭头向尚对寝室有所留恋的李啾啾道:"走了,啾啾。"

李啾啾"啾"地一声飞到王小溪肩上站好。

王小溪把它之前住的破纸箱扔了,想着既然换地方了,就给它买个好看点儿的小笼子。

暮光将校园的道路熏染得很暖,李澜风大包小包地走在路上,被夕

123

阳投射在路上的影子看起来像一个高达。

王小溪被自己的想象逗笑了,李澜风侧脸,瞟了他一眼,问:"笑什么呢?"

"没事,傻笑。"王小溪敛起笑容道,"东西太多了,这包给我拎吧。"

"沉,勒手。"李澜风温和地拒绝了。

专属"奶妈"的手那么金贵,必须保护好!

"其实我劲儿挺大的。"李澜风一温柔和善起来,王小溪简直不是一般的慌,为了能抢个东西拎,王小溪一个箭步蹿到李澜风前面,炫耀了一下自己瘦巴巴的肱二头肌,"你看,我有肌肉。"

"真的不用你,我当锻炼。"说着,李澜风玩笑着把拎包当成哑铃弯举了两下。

"好了我不拎了,你别累着。"王小溪只好捧着蘑菇公仔走回李澜风身边。

李澜风瞥见他手里睁着一双圆圆眼、腮边两块小红晕的蘑菇公仔,道:"这个蘑菇有点儿像你。"

"真的假的?我那几个学姐也这么说。"王小溪瞪大了圆圆眼,"这是我去年过生日的时候一个学姐送我的,就非说像我。"王小溪把蘑菇公仔拿开些,皱着眉研究,"哪像了?"

李澜风心情愉悦地笑着,没答,只道:"后天周六,我过生日,你有安排吗?"

"没有。"王小溪神情复杂,"你生日不会让我陪你过吧?"

李澜风:"不行?"

"不是不行,"王小溪紧张得狂拨自己头发帘,"问题是你叫我陪

第六章 >> 改善环境

你干什么？你说你让我一个仇人平时天天在你眼前晃悠就算了，连过生日你都不放过自己，非得让我给你添堵去，你怎么想的？"

李澜风只是不住地笑，笑得肩膀直颤。

王小溪幽幽道："你是不是有什么受虐倾向？"

李澜风一秒否认："没有。"

到了出租屋，两人把东西和李啾啾放下，稍微歇了一下，直奔超市。

在离学校两站公交远的地方有一家大型综合超市，东西比学校小超市齐全得多，李澜风推着车在货架间缓步穿行，不时低头看看手机备忘录上的清单，王小溪两手空空，活泼地东张西望着。

路过厨具区时，李澜风在一个摆满煎锅炒锅的货架前站定，道："对了，我记得你说过要给我做饭来着。"

王小溪为难地干笑两声，字斟句酌道："做，是可以做，但是做出来的能不能吃，就不太敢保证……"

有王大海这种宠弟狂魔呵护着，王小溪这辈子连苹果都没亲手削过几个，做饭简直想都不要想。

"我做，你负责卖萌喊'哥哥真棒'就行了。"李澜风悠悠道，将煎锅、炒锅、汤锅、蒸锅、电饭锅一样拿了一个，又往车里丢了两个电磁炉，外加菜刀、小刀，以及碗筷瓢盆若干。

"你还会做饭？"王小溪惊讶，在他的想象中，像李澜风这种气质颇有点懒洋洋的"大少爷"肯定是十指不沾阳春水的。

李澜风迟疑片刻，道："会。"

王小溪："好吃吗？"

李澜风坦诚道："应该能好吃，但是我没做过。"

水手服与白球鞋

王小溪一时间是蒙的："……那你还会？"

"想吃什么，网上找找菜谱，我现学。"李澜风拿起一个厨房秤和一个厨房用量勺套装丢进车里，一根根扳着手指头从容地计算道，"食材的质量、体积、形状，烹饪的火力、时间、手法，调料的克重、品类，这些严格按照菜谱上的来，一克、一秒也不差，新手做出来的东西应该也不难吃，关键是菜谱得靠谱。"

莫名地觉得这样一本正经的李澜风有点儿帅。

王小溪犹豫了下，决定给他个机会，于是道："那……回去试试吧。"

两人在超市采购的商品多到能装满一辆小车的后备箱，李澜风叫了车，两人在路边等，脚边摆着一圈购物袋。王小溪弯腰从一个袋中翻出购物小票，估算了一下日用品和食品的总价格再折半，用微信转了这个数字给李澜风。

李澜风看了眼手机又揣回去，没收，只扬着下巴留意来往车辆的车牌号，极其顺理成章道："用不着，别闹。"

"我不能白吃白用你的，"王小溪忙戳戳李澜风催促道，"你快确认收款。"

李澜风喷了一声，不满道："我这对你进行打击报复呢，老实点儿，别捣乱。"

"你这也算打击报复？"王小溪问。

李澜风的大手按在王小溪头上重重揉了一把，拖着长声道："对——我就爱这么报复。"

两人回了出租屋，李啾啾听见门响便飞出卧室一头扎进购物袋里找吃的，李澜风拎出一袋免剥皮坚果拆了放在桌上，李啾啾半个身子都钻进袋

第六章 >> 改善环境

子里吃起来。李澜风一扫平日里略显懒洋洋的气质,拎起两大袋食物走到厨房手脚麻利地往冰箱里放,见王小溪也动手拆锅碗瓢盆的包装,便制止道:"放那我弄,你收拾自己的东西就行了,衣柜全是你的。"

"那你衣服放哪?"王小溪问。

"床底下是大抽屉,我放那。"李澜风把一个苹果抛起接下,放进冷藏室,"你那些Cosplay用的衣服怕压,在衣柜里挂着好。"

"……谢谢。"王小溪一怔,心脏像是在一汪热乎乎的水中过了一遍,暖得他忍不住唇角上翘,哪里还有半分被压迫的样子!

王小溪收拾完东西,李澜风已系上一条印着趴趴熊的围裙,站在各式厨房用品一应俱全的灶台前,低头看着手机。

"要做什么?"王小溪挽起袖子走过去。

"西红柿炒鸡蛋和可乐鸡翅。"李澜风在搜索引擎输入菜名,一口气点开好几个不同网站的菜谱做参考。

这两道家常菜的烹饪过程比较简单,适合新下厨的人练手。

"我来打下手。"王小溪活泼道。

李澜风一副一切尽在掌握的样子,拍拍王小溪的头,还是那句话,声音听起来十足可靠:"你负责卖萌和夸我就行了。"

王小溪立刻履行职责,鼓掌叫好:"哥你真棒,系围裙的手法一看就特别娴熟。"

李澜风受到吹捧,心满意足,用手机搜索食谱。

将几个美食网站的食谱都刷了出来,李澜风看了一会儿,两道英气的眉无措地拧起,自言自语道:"适量和少许是几克?"

"我查查。"王小溪在搜索引擎输入"菜谱说适量和少许是几克",

向下翻动了一会儿，为难道，"网上没人问这个，不然就……跟着感觉放吧。"

"也好。"李澜风沉着脸，毫不留情地吐槽可怜的菜谱，"菜谱上说用两个鸡蛋两个西红柿，我查了三份都是这么说，但谁也没说要多重的，一个两百克的西红柿和一个一百克的西红柿能一样吗？如果食材的重量不确定，就算调料的克数确定了也没有意义，有一个变量，它就还是不稳定的。"

人家这是菜谱，又不是物理实验，阿疯真的很严格……王小溪激烈地腹诽，同时热情鼓掌，牢记自己今日的职责，赞美道："风哥真是特别严谨。"

"算了，先打鸡蛋。"李澜风拿起一个鸡蛋，在碗沿上重重一磕，随着咔嚓一声脆响，蛋黄不幸流落在碗外，与紧随其后的蛋清携手滑向料理台边缘，李澜风躲闪不及，脚面一凉，满地满脚都是黏糊糊的蛋液。

王小溪："……"

这个应该怎么夸？

李澜风不信邪，地也顾不得擦，又抓来一个鸡蛋奋力一磕。

片刻后，李澜风拿了双筷子试图将碗里的碎鸡蛋壳挑出去，俊脸微红，道："我今天怎么手残了呢？我打游戏挺厉害的。"

为缓解尴尬的局面，王小溪昧着良心夸奖道："其实这回有进步，至少在碗里了。"

李澜风一侧眉毛高高扬起，缓缓扭头望向身边的小马屁精，王小溪举着个防爆锅盖站在一旁，也正贼溜溜地瞄他，两人默然对视两秒钟，同时笑出声。

"举个锅盖干什么？"李澜风好气又好笑，"怕我炸厨房是怎么着？"

第六章 >> 改善环境

你可怕不可怕自己心里没点儿数吗？王小溪放下防爆锅盖，乖巧道："没，举着玩儿。"

李澜风扯了两张厨房用纸擦地，又跑去卫生间洗脚洗鞋，然后跑出来继续折腾。如此这般折腾了将近一个小时，李澜风左手端着一盘糊穿地心的可乐鸡翅，右手端着一盘红黄相间的糊糊，左手食指上包着创可贴，神情空洞地站在厨房中间的空地上，感觉理性正在离自己远去。

"这菜谱太烂了，"王小溪见李澜风情绪低落，马屁发动机全开，奋力数落菜谱，"只说'用油煎至金黄'，也不说明具体波长，谁知道是黄到什么程度的金黄，只说'翻炒至汤汁黏稠'，也没说多大功率翻炒多少秒，用词都太主观，不严谨，风哥你说对不对？"

李澜风厚起脸皮："对。"

王小溪："都赖菜谱！"

李澜风："赖菜谱！"

两人折腾了一整天，从中午直到晚上八点都没吃什么东西，于是最后还是跑到楼下快餐店，点了一份西红炒鸡蛋和一份可乐鸡翅，一人一碗大米饭吃得不亦乐乎。

温吞的晚风透过快餐店的纱窗吹进来，风中有潮湿的植物气息，还混合着淡淡的烧烤味道。

李澜风把盘子里的最后一个鸡翅夹到王小溪碗里，道："你吃。"

"呃，谢谢。"王小溪深深吸了一口晚春的风，感觉心脏仿佛如活物般苏醒了。

"我哥做饭特别特别好吃。"王小溪望着碗里表皮润泽晶亮的鸡翅，忽然抛出一句没头没尾的话。

129

片刻沉默后，李澜风自然无比地接上："那有空让你哥教教我？"

脑海中浮现出哥哥和李澜风双双系着围裙在厨房一个教菜一个学菜的画面，王小溪略一思考，觉得这画面其实不算讨厌，便埋头扒起饭来，闷声道："行啊，有空的。"

第二天是周五，李澜风和王小溪都是一整天的课，两人起床后在楼下的早点铺子简单吃了些东西就分头去上课了。王小溪一去到教室就被室友们逮住涮了一通，张晔逗哏，李一辰捧哏，刘寝室长负责一脸凝重地点头称是渲染气氛，三人分工合作效率奇高。王小溪起初还舌战群雄奋力辩驳，然而猛虎敌不过群狼，两节大课下来王小溪硬是被室友们涮得毫无还嘴之力。

一天满满当当的课上完，王小溪精神都恍惚了，直到最后一节大课下课接到王大海电话，他才想起来，待会儿哥哥就要来看自己了。

"小溪，"王大海雄浑厚重的声音在电话那边响起，"下课了吧？中南路这边有点儿堵车，哥还有十分钟到，你周末是回家还是住校？"

"哥。"听见王大海的声音，王小溪结巴了一下，"我……我这周末也住校。"

"行，那哥把水果、零食给你送寝室去。"王大海道。

"呃，那个……"租房的事忘记告诉王大海了，王小溪琢磨着怎么开口，琢磨来琢磨去，发现根本没必要措辞，省去一些关键部分，剩下的直接说就行。

……又不是背着家里和女生同居，我慌什么啊？王小溪想着，挺直腰杆清了清嗓子，道："哥，我昨天在学校对面和同学一起租了个房子，我不是一直嫌寝室住宿条件不好吗，昨天碰巧看见合适的就租了。"

第六章 >> 改善环境

他不敢把事情的来龙去脉全告诉王大海，王大海虽是个宠弟狂魔，但性格刚正不阿，如果知道王小溪居然装女生欺骗别人感情，那就算再舍不得也会把王小溪狠狠教训一通，王小溪不打算自讨苦吃。

王大海语声略带责备："你租房怎么也不跟哥说一声呢？不声不响地就租了？"

王小溪吐了吐舌头："对不起啊哥，我忘了。"

王大海："不是，你事先说一声，哥好给你转房租啊。"

本来正准备挨唠叨的王小溪："……"

王大海："多少钱一个月？是押二付一不？哥待会儿先给你转三个月的。"

"不用那么多，我们合租的，我之前存的生活费够用了。"王小溪面红耳赤地扯着谎，不敢告诉王大海房租全是李澜风掏的。

"哥还是先给你转三个月的。"王大海的语声中透着一股看破一切的憨厚，"你那么能买衣服，你上哪存钱去？"

王小溪鼻子微微发酸："哥你真是我亲哥。"

王大海笑笑："把你那同学也叫上，送完东西哥带你们吃饭去。"

王小溪一窘："他也一起啊？不了吧。"

"叫上叫上，都一起住了吃饭还不带人家一个？哥开车先挂了。"王大海不容抗拒地挂断了电话。

完全没料到事情会是这样展开的王小溪只好给李澜风发微信，告诉他，晚上他哥请客吃饭，并重点强调如果李澜风不想去的话完全可以不去。然而李澜风的回应相当热情，不仅迅速答应下来，还飞快发来一列附近饭店的评价排名让王小溪参考，积极得仿佛已经八百年没吃过饭。

王大海把车停在学校对面的小区大门口，已提前等在那里的李澜风和王小溪上了车，给王大海指路。

"哥，"李澜风一上车就立刻亲切地叫了一声，自我介绍道，"我是小溪同学。"

"同学你好，你好。"王大海笑出一口白牙，冲着李澜风连连点头。他自己辍学早，没什么文化，所以面对弟弟这些有文化的同学们总是自带三分礼让，"小溪麻烦你照顾了。"

两人互相客套了一番，李澜风满脸写着老实厚道，一口一声哥叫得殷勤又谦逊，王大海受宠若惊，对李澜风印象极佳，王小溪托着下巴转脸望窗外，竖着耳朵听他们两个说话，生怕李澜风把自己那档装女生骗人的破事抖搂出来。

王大海把这周份的水果、零食和日用品送上楼，在出租屋里参观了一圈，李啾啾活泼地飞到王大海肩膀上，亲热地啄啄王大海的耳朵："啾啾啾！"

啾啾认识这个巨大的叔叔！

王大海拨了拨李啾啾的"呆毛"，夸赞道："房子不错，是比住寝室强多了。"

语毕，趁两人去冰箱放东西，王大海又条件反射般地操起扫帚划拉了几下。

放好东西参观完房子，王大海载着两人去学校附近的一家店吃烤肉。

三人落座，李澜风用热水涮起了餐具，边涮边道："很多南方人吃饭前习惯这么涮一涮，挺卫生的。"

"涮涮挺好，饭店不一定给好好洗。"王大海附和着，从李澜风手

第六章 》改善环境

下抢过自己的餐具,"同学,我自己来。"

李澜风笑笑,没拦。

"我也自己来。"王小溪见状,也伸手拿自己的餐具。

李澜风轻轻拨开王小溪的手:"水烫,我来。"

万一把手给烫坏了,玩游戏不利索了怎么办。

王小溪老老实实地缩回手。

目睹了一切的王大海:"……"

我皮厚禁烫,我弟皮薄不禁烫,这么做没毛病。

洗好餐具,各式菜品陆续上桌,李澜风用烤肉夹将一份秘制牛肉上的小碎葱花尽数拨到盘沿处,道:"我记得小溪不吃葱。"

原本正打算帮弟弟拨葱花的王大海一愣,忙道:"对,他不吃葱和洋葱,不吃青椒,不吃香菜……"

王大海话还没说完,李澜风已眼疾手快地从一份烤肉汁蘸料中挑出了几片香菜叶子放在垃圾碟里:"嗯,挑食,胡萝卜也不吃。"

前段时间互相陪课,李澜风是没少和王小溪一起去食堂,对王小溪的口味已有所了解。

烤盘烧热了,王大海放菜,李澜风拿着烤夹翻动,烤好的肉源源不断地自动进入王小溪的餐盘,王小溪吃现成的都吃不过来,全程几乎没有主动伸过筷子夹东西。

"你别光烤啊,你快吃,夹子给我,我烤会儿。"王小溪喝光一杯可乐,试图去抢烤夹,李澜风右手一抬,把烤夹举到王小溪够不着的地方,同时左手抄起可乐瓶飞快给王小溪的杯子满上,"你负责吃就行了,我就爱烤东西。"

宠弟狂魔王大海目瞪口呆地看着李澜风这一套连招，竟有种甘拜下风之感。

"别闹，夹子给我。"王小溪在桌下狂踹李澜风的腿。

李澜风被踹得无法，用左腿把王小溪的右腿压在沙发椅边沿上，王小溪一怔，又出一左腿对抗，李澜风便也把右腿加入战团，两人在桌下暗暗较着劲，四条腿麻花似的互相别在一起，李澜风憋着笑，王小溪咬牙切齿，王大海一脸茫然地看着他们，完全不知道桌下发生了什么。

两人僵持了一会儿，王小溪力量拼不过李澜风，只好收回腿，李澜风悠然自得地继续烤肉，王小溪紧张不已，吃饭的后半程一直在贼溜溜地观察李澜风的表情，生怕他揣着什么坏，两人表现诡异，所幸王大海是个粗线条，没往什么奇怪的方向想，只觉得这位李同学真是人太好，另外就是平日里照顾弟弟的活儿全让李澜风抢了去，这一点也让王大海感到淡淡的失落与惆怅。

显然，天生喜欢照顾人的王大海先生需要一个新的宠爱对象了。

打仗一般的晚饭吃完了，王大海把两人送回出租房便驱车离去。

一走进屋子，王小溪便忍不住回身质问李澜风道："你今天晚上什么情况？"

李澜风关门上锁，却没往屋里走，像怕王小溪逃跑似的站在门口，忍笑反问道："什么什么情况？"

王小溪观察李澜风神情，见他似乎是憋着坏，便眯起眼睛道："别以为我不知道你怎么回事儿。"

李澜风低笑："我怎么回事儿？"

"你就是，"王小溪盯着他，"看新赛季开了，想让我的'奶妈'

第六章 >> 改善环境

给你当绑定治疗,帮你冲排名,所以企图用我哥威胁我,我要是不听话,你就把我骗你的事告诉我哥。"

李澜风噗地笑出声:"谁有你那么多花花肠子……逗你玩的。"

主要是王小溪瞪着一双圆圆眼担惊受怕,时刻戒备着李澜风告状的样子太好玩儿了,令人很难不逗。

王小溪:"那我猜错了?"

李澜风轻咳一声:"上游戏,新赛季开始前我们先磨合一下。"

王小溪幽幽道:"那不还是……"

结果他们磨合到后半夜。

因为打游戏打得太晚,第二天早晨,王小溪一觉睡到十点才醒。

由于主人睡相糟糕所以常常无法履行本职工作的被子被踹到地板上,只剩一个小被角还顽强地攀着床沿。王小溪意识尚不清醒,迷迷糊糊地伸手去捞被子,这一捞,捞到一团软嘟嘟热乎乎的东西,是早起觅食的李啾啾。小东西顶着一绺"呆毛",在王小溪身上跳来跳去,东啄啄,西啄啄。

王小溪迷迷糊糊地爬起来。

李啾啾的鸟笼已经到货了,但热爱自由的李啾啾不喜欢被关在笼子里,所以笼门是开着的,王小溪往笼子里添了些鸟食应付李啾啾,随即去浴室洗漱。刚刚收拾完个人卫生的李澜风倚着浴室门框两手插兜懒洋洋地站着,问:"今天没课,你什么安排?"

"逛街去,"王小溪道,"买买买。"

语毕,打开一个装男士护理用品的小包,对着镜子扑爽肤水。

李澜风好奇:"抹什么呢?"

"爽肤水,日常皮肤护理第一步。"王小溪解释道,"今天打算穿

135

汉服，戴假发，皮肤状态不好的话整体效果差。"

"这样。"李澜风点点头表示理解。

"我戴假发穿汉服有时候会被认成女生，进男装店一张嘴说话店员就吓一跳。"王小溪嘿嘿一笑，神情有点儿狡黠，又有点儿少年的顽皮，很可爱。

二十分钟后，王小溪戴起一顶黑长直假发，娴熟地用发带绑了个古代男式发髻，仙人般飘进卧室打开大衣柜，睡衣一脱，光着膀子叉着腰，在衣柜前走来走去，衣服精精神神地立正挺胸，接受检阅。

男生穿汉服不打理头发也无妨，但王小溪仪式感比较强，喜欢穿全套。

经过这么一通折腾，他们来到商场时已经是中午十二点了，李澜风今天也没什么安排，于是跟着王小溪出来乱逛，王小溪常跑"漫展"，体力超群，一口气扫荡了三家商场的男装部，脸不红气不喘的。

"我去个洗手间。"路过洗手间时王小溪道。

李澜风："同去。"

于是两人肩并肩走进男厕所。

正在小便池前放水的两位倒霉男士纷纷被李澜风身边衣袂飘飘的王小溪吓得一哆嗦，险些把尿吓回去。

王小溪一看就知道又被误会了，却不解释，憋着笑一撩头发一转身，仙气飘飘地走进身后的厕所格间里。

李澜风："……"

原本，当王小溪大大方方地站到小便池前的一瞬间，那两个人也就会意识到王小溪是货真价实的男生，只是误会一场，可王小溪眼下这个举动让那两个男人注视李澜风的目光愈发复杂，李澜风被两人看傻子一

第六章 >> 改善环境

样的眼神看得一阵发毛,在片刻尴尬的沉默后,他也硬起头皮跑进身后的格间锁上门。

"变态吧。"外面传来一声抱怨。

李澜风:"……"

真的不是啊!

这时,隔间传来噗的一声笑。

李澜风恨恨地磨牙:"你还笑!"

隔间的少年音笑得很爽朗:"哈哈哈哈哈!"

愉快的一天结束,王小溪逛完自己想逛的,又帮李澜风参谋了几件男装。李澜风仗着自己本身长得帅,平时穿衣打扮都不太花心思,只是普普通通不减分而已,这次经王小溪之手精心打扮一番换了身新衣服,九十分的帅立刻被烘托到一百分,两人肩并肩走在街上,回头率高得宛如明星出街。

购买欲得到充分满足后,两人打了会儿电动,看了场电影,电影散场后吃了顿大餐,晚上八点多才回到出租房。

"终——于到家了!"王小溪一进门就迫不及待地踢掉鞋子,光着脚丫啪嗒啪嗒一路狂奔并扑倒在沙发上,边活动着饱受煎熬的脚指头边抱怨道,"这鞋走多了磨脚,之前就穿了一次没发现。"

"我看看。"李澜风放下手里的大包小裹,走到沙发前看了片刻,无语道,"这都磨破皮了,怎么不早说?"

王小溪笑着扭过头,满不在乎对李澜风道:"破这点儿皮没事,贴个创可贴就行了。"

这时,李澜风手机响了一下,他摸出手机看看:"对了,我得回寝室取个快递，正好再给你买点创可贴。"

李澜风出门了，王小溪把新买的衣服们拿出来，剪了吊牌，拿回卧室跌坐在床上，没着急收拾，而是打开微信找沈言。

王小溪怕沈言做傻事，所以这两天每天都抽空和沈言简单聊一会儿，确认他的人身安全。沈言很争气，那天大哭过一气之后就冷静下来了，没干什么蠢事，前天还硬着头皮去上学了，昨天回酒店写完作业还拍照给王小溪看，情绪基本稳定，所以今天王小溪主要是想问他点儿别的事。

王小溪："在写作业吗？"

沈言："没，刚写了一个小时，玩会儿游戏继续写。"

王小溪："脸还肿得厉害吗？"

沈言发了个笑脸，道："不厉害，再过两天应该就看不出来了。"

王小溪："你爸今天去学校找你了吗？"

沈言那边过了一会儿才回："没找，我看他是不想要我了，我小妈今天中午倒是来看我了，怕我流落街头给我塞了点儿钱，没说别的……哥你说有意思没，我后妈对我比我亲爸对我还好，我真是服了。"

王小溪安抚了沈言一会儿，道："你如果真的很长一段时间内不会回家的话，不如考虑考虑在学校附近租个小房子住，住酒店钱肯定花得快。对了，你住的什么酒店？多少钱一宿？"

沈言："我也在考虑，两千多一宿，我这钱也撑不了几天。"

王小溪："……"

王小溪语音咆哮："两千多一宿！这位同学，你离家出走还住两千

第六章 >> 改善环境

多一宿的酒店？！"

沈言被吼得一缩脖子，略委屈，语音嘤嘤抱怨道："哥，便宜酒店我真住不了，都又脏又小的，好多都不给好好洗床单，而且他们网速也慢，早餐也难吃，隔音也不好，隔壁有点什么声音我都能听见，地段也不行，要么挨着夜市要么挨着大马路的，还没有浴缸泡澡，我住一宿整个人都颓了，第二天怎么上课啊……"

王小溪被沈言排山倒海般的"嘤嘤"攻势噎得一句话都说不出来。

本来以为沈言是灰姑娘的，没想到居然是个豌豆公主，不，豌豆王子！

——豌豆公主是安徒生童话中的角色，因娇弱至极，睡觉时能感觉到藏在二十床鸭绒被下的一粒豌豆而得名，说她是"嘤嘤"界的鼻祖级人物并不为过。

本来还想着帮沈言租个便宜小房或者叫他来自己寝室住的王小溪陷入沉默："……"

王小溪明白有些娇生惯养的小孩儿是这样的，别的毛病没有，但半点儿吃不了苦，王小溪自己虽没这么娇气却能理解沈言，沈言确实是锦衣玉食着养大的，生活条件下降心态会崩也正常，可是……

王小溪无奈："那你钱花完了怎么办？到时候你要么来我寝室住，我寝室条件还没快捷酒店好呢，要么就得回家了，你又不愿意让你同学知道你家这些事，没办法叫他们帮忙。"

沈言那边静了一会儿，道："哥，我下定决心了，我明天就去住快捷酒店。"

语气之惨烈宛如要上断头台。

王小溪："……"

被沈言一口一个"哥"叫得有点儿飘的王小溪像一位真正的兄长般忧愁地叹了口气,道:"快捷酒店你也住不久,平时坐车吃饭、买书买文具全是钱。算了,我再帮你想想省钱的办法。"

沈言立刻发来一句:"谢谢哥。"

王小溪把帮沈言找个合适落脚处的事记在心上,正要点开租房网站看看,外面传来门铃声,王小溪跑过去开门,只见李澜风捧着一个大快递纸箱站在门口。

"回来这么快,"王小溪好奇,"买的什么?"

"给你的小礼物,你打游戏操作挺厉害的,配件也跟上肯定更厉害。"李澜风把纸箱放在地上,淡定道,"等我下个月宽裕了再给你弄把橙武装备,我们可以肩并肩横扫全服了。"

王小溪探头一看,纸箱里是李澜风同款的机械键盘、游戏鼠标与耳机,完全令人无法抗拒。

王小溪识货,知道这些配件贵得令人咋舌,第一时间推拒:"谢了,但这么贵的我不能收,你快退回去吧,我现在用的那些也都挺好的。"

"跟我客气什么。"李澜风挨着王小溪坐下,"送个礼物怎么了,收着,老实点儿。"

"又不过节,又不是我生日,你送我礼物干什么?"王小溪仍是不好意思收,这要是王大海买的,他肯定就屁颠屁颠地收了,可是李澜风……

"怎么不过节,"李澜风英气的眉一拧,一本正经地开始胡说八道,"再过半个月不就五四青年节了吗?这就我提前送的五四青年节礼物。"

王小溪被逗笑:"青年节送这个,网瘾青年啊?"

第六章 >> 改善环境

李澜风强词夺理:"你学工程的,平时还不拿电脑做个图什么的吗,我送你这多正能量啊,收着收着。"

话都说到这份儿上了,再不收未免就显得矫情,不如先大大方方收下,之后再回赠李澜风一份礼物。王小溪这般想着,下床蹲在纸箱前,把造型炫酷华丽的几样游戏配件挨个拿出来摸摸试试,目光灼亮地回头看看李澜风,道:"那我收下,谢谢了。"

本着收了礼就得办事的宗旨,王小溪又陪李澜风在竞技场大战了三百回合,磨合操作同时也适应一下新设备。

如此这般的一夜过去。

第二天是周日,王小溪严谨地按照惯例赖床到十点,而李澜风比他先起十分钟去买早饭,上午的阳光灌满房间,给一切事物都渲染了一层幸福明快的滤镜。

王小溪惬意地伸了个懒腰,想起昨晚和沈言说过会帮他想办法,便从枕头下摸出手机打开各大租房网站帮沈言看房,然而,在一口气看过二十几条房源信息后,王小溪愁容满面地关掉了浏览器……

以沈言的挑剔程度,他能住得舒心的房子都价格不菲。况且,王小溪仔细想了想,感觉即便真的撞大运碰到租金低廉条件又好的房子,对沈言来说租房也并非长久之计。沈言现在没有任何经济来源,如果按最坏的情况打算,沈言父亲真的就此对他不闻不问的话——考虑到沈言的小妈又生了个儿子,加上沈言父亲一直由于沈言长得太像妈妈而一直看他不顺眼,父子亲情淡漠,这种最坏的情况的确有可能发生——沈言成年之前,他那点儿积蓄再怎么省着花也是不够的,他小妈未必会一直接济他,就算沈言寒暑假去兼职,也不可能挣得出一个学期的房租,所以……

还真得给他找个能免费住的地方，王小溪想。

"除了寝室之外，还有什么免费的地方……"王小溪在床上滚来滚去喃喃自语，忽然之间，一张刚正坚毅、土帅土帅的脸闯入王小溪的脑海。

王小溪如遭雷击，咻地爬起来，一拍手："对了！"

王小溪还在本地念高中时，为了让弟弟上学方便，王大海在学校附近买了一套房，房子离学校步行只有五分钟路程，而沈言正巧也是王小溪的校友。这房子面积不小，三室一厅江景房，而且由于房子是给王小溪上学住，向来节俭的王大海挖空了心思装修，忍痛斥重金聘请了业内口碑极佳的装修设计师，所有东西都用了最好的，天天跑前跑后地跟着忙活，装修效果极佳，王小溪估计就连沈言那么挑剔的人都不可能挑出什么毛病。

王小溪刚上高中的时候是自己在那边住，家政阿姨每天去收拾房间、做一顿晚饭。后来上了高二，王小溪学业繁重了，王大海担心雇来的人照顾弟弟不尽心，便干脆亲自住过去料理弟弟的衣食住行，还把公司也搬到了附近的写字楼里，而王小溪上大学后王大海的公司便没再搬，现在为了工作方便，王大海每周一到周五仍是在那边住，周六周日就带上弟弟或者自己一个人去父母家过周末。

这简直就是完美啊！王小溪兴奋地一握拳，给沈言发微信简单说明了一下情况，询问沈言的意思。

本来沈言正愁眉苦脸地收拾着自己少得可怜的行李为退房做准备，一收到王小溪的消息顿时生出一种流浪小动物找到人家收留的感觉，兴高采烈秒回道："我都行，但是你哥哥能同意吗？"

第六章 >> 改善环境

你都行？你明明是这也不行那也不行，王小溪默默腹诽着，打字道："根据我对我哥的了解，他应该能同意吧，你觉得可以我就问问他。"

沈言冷静下来纠结了一会儿，又觉得不妥："……算了，哥，还是别勉强了，我一个陌生人突然住进家里去，而且还有可能是长住，换谁都不可能同意。我今天订完快捷酒店了，下午我去学校附近看看有没有能租的房子，而且说不定我钱花完之前我爸就让我回家了呢。"

王小溪被这字里行间皆透着委屈的一段话惹得侠义之情顿生，迅速吹捧王大海："一点儿都不勉强，你不知道，我哥这人特别热心肠，你不能用常理揣度他，你就把他想象成蝙蝠侠！"

沈言发来一串省略号。

王小溪见沈言不信，搜肠刮肚地把王大海近些年的好人好事给说了一遍："我哥真的无敌霹雳好，我哥就是个大天使！三年前A市地震知道吧？我哥捐了三百个帐篷，还捐了一大堆医疗用品，还有，他一年献一次血，贫困山区有一个学校，他去年给邮了好多文具和书，还救过流浪猫流浪狗，呃……你让我想想啊，我能说三天三夜。"

沈言那边沉默了一会儿，发来一段轻轻软软的语音："那，哥你帮我问问吧，但是你哥哥要是表现得有一丁点儿勉强你都别强迫他，不然我就太不好意思了……"

和沈言沟通好了，王小溪又开始呼叫王大海，并在征得沈言同意后把他家里的情况简单和王大海说了一下。

亲生母亲远走高飞，暴力倾向的父亲二婚，继母又生了小儿子，听起来就能写出一场"狗血"的家庭伦理大戏，加上王小溪又丧心病狂地渲染了一番凄惨气氛，把沈言说成了一个天上有地上无人身心皆惨遭重

143

创的小可怜，一向路见不平拔刀相助的王巨侠瞬间就坐不住了，大手一挥果断道："让你朋友来，不怕，哥不嫌麻烦，他白天不都在学校吗，晚上回来睡个觉能麻烦我什么，我把家钥匙给他一把就完事了。"

和哥哥谈好了，王小溪又去联系沈言，叫他把预订的房间退了打车来S大。

"今天晚上你就去我家住吧，"王小溪道，"能省两百是两百，以后用钱的地方多着呢，我哥中午来接你，我们一起吃个饭。"

沈言听话地退订了酒店，打车去S大，王大海有工作要处理，大约下午一点才到，王小溪打算带沈言进大学里逛逛，就和李澜风一起等在学校大门口。

校门口，王小溪专心致志摆弄手机，受到冷落的李澜风不甘心地凑过去看，王小溪却捧着手机欸地一转身，背对着李澜风。

不给看！

"背着我看什么呢？"李澜风来劲儿了，又绕到王小溪侧面，王小溪再次迅速转身，丝毫不给李澜风窥视自己手机屏幕的机会。李澜风啧了一声，从后面使出一记锁喉把王小溪勒住，再探头去看，然而王小溪已经锁屏了，活泼的圆眼睛里透出一抹小恶魔式的狡黠，道："我买东西。"

李澜风好奇："什么东西？"

王小溪推开李澜风，神秘兮兮道，"是五四青年节回礼，特别适合你，邮到你就知道了。"

李澜风还欲再问，一辆出租车一个急刹停在两人面前，片刻后，沈言拖着一个撑得鼓鼓囊囊的大书包从车后排下来，一张原本泛着几分忧郁的脸蛋在见到王小溪的一瞬骤然亮堂起来，他冲王小溪招招手，展颜

第六章 >> 改善环境

一笑道："哥。"

作为一会之长，沈言曾在公会里组织过两次同城"面基"活动，那两次王小溪都去了，所以两人之间并没有网友第一次见面时常有的尴尬生疏，沈言的目光扫过李澜风，大大方方地问王小溪："这位是？"

王小溪迅速迈到道边的路缘石上，狡猾地弥补了自己和李澜风之间十三公分的身高差，随即略艰难地用小细胳膊揽过李澜风宽阔的肩，霸气道："这我好兄弟，李澜风，我是他的绑定治疗，他是我的绑定输出。"顿了顿，又向李澜风介绍道，"这位是我们游戏公会会长，沈言。"

……也就是那位在攻防战里被你们恶人谷几十号人齐心协力围击的倒霉武林盟指挥。

两人互相点头致意，王小溪则引着沈言朝校门走："我先带你进去转转吧，学校里有樱花，现在应该还没全谢，我哥一点才能到呢。"

沈言乖巧地应了声好，随两人进了校门，朝博雅楼后身走去。

沈言和王小溪一样是属于美少年这一型的，在二中算是校园几大风云人物之一。沈言的生母是个大美人，而沈言的五官几乎就是照着他母亲倒模出来的。

进入青春期后，在雄性激素的作用下沈言的五官多了几分英气，但整体看起来，漂亮的感觉仍是略多于英俊的感觉，仿佛一只手掌就能遮住的脸盘白皙小巧，五官精致且颇具立体感，侧颜尤其好看，一双漂亮的大眼睛，眼角微微上挑，与眼尾飞翘的睫毛以及左眼下方一小颗浅淡的泪痣相得益彰。

情人湖边的樱花谢了一半，但另一半仍顽强坚守着，景致仍是很美的，沈言把塞得满满的大书包放在岸边，坐在一块大石上，托着下巴跷着脚赏花。另一边，李澜风和王小溪研究拍照发朋友圈，两人的说话声被风吹散了，但仍然能听个大致。

"这张我发朋友圈好不好？"

"你醒醒，这张你丑绝了！什么审美？"

"哪丑了？我有丑的时候？"

"呵呵。"

有人陪真好……沈言从脚边摸了一颗小石子，有气无力地丢进水色缥碧的湖中，心里很空。

这时王小溪的手机响起，他接起，脆脆地叫了声哥，又问："你到哪了？"

对面的人说了些什么，王小溪道："我们在博雅楼后面看樱花，你来这接我们吧，正好你也来看看樱花，花开到现在你都没看过。"

沈言想着自己的心事，对背景音左耳听右耳冒，直到身后不远处传来有人关车门和王小溪与李澜风异口同声叫哥的声音，沈言才回过神，从大石头上站起来旋身望去。

四月下旬的天气已经回暖了，王大海上身只穿着一件夜市买来的T恤，一身结实健硕的肌肉块将T恤填充得鼓胀，被胸肌撑至紧绷的布料给人一种岌岌可危的感觉，仿佛这位穿着者随时会像少年漫画中的角色一样爆衫。所幸王大海不仅肌肉发达，个子也够高，两条笔直的大长腿起到了拉伸与提升气质的效果，所以整体看上去并没有粗野笨拙的感觉，只会令人觉得很有型。

沈言礼貌地一笑，姿态优雅地拂去肩上落花，朝王大海走去。

王大海怔了一瞬，直到听见弟弟在旁边做介绍才忽然醒过神，忙朝

第六章 >> 改善环境

沈言伸出一只手道:"同学你好,我是小溪他哥,以后你也管我叫哥就行了。"

这孩子看着怎么这么眼熟呢……

沈言眨眨眼,握住王大海的手,笑眯眯道:"大海哥好。"

"哎,好。"被沈言握住手的一瞬间,王大海脑子里忽然嗡地一声,就像是被谁兜头狠揍了一拳似的,只是哪都不疼,甚至精神一振。

"哥?"王小溪戳戳铁塔般矗立在原地、双目空茫的王大海,"你怎么了?这一分钟不到你走神儿两次。"

沈言默默把手从王大海的大手中抽出来,感觉骨头被捏得有点儿疼。

"……没事儿。"王大海回过神,总算想起来沈言给自己的那种熟悉感是从哪来的了——他大弟王小河小时候长得就特别漂亮秀气,他领王小河出去玩的时候,王小河总被人误会是他妹妹,而这位沈言同学给人的感觉和王小河有些微妙的相似,说长得有多像也未必,但给王大海的感觉就是"如果王小河能长到这么大,那大概就是这样吧"。

王大海定了定神,露出一个憨厚的笑容道:"估计是早晨锻炼过头了还没怎么吃饭,有点儿晕,走吧,哥先带你们吃饭去。"

语毕,王大海转身上了他的小破车,沈言眉梢微微扬起,用悲悯的目光将小破车扫视了一遍,才和王小溪一起坐到后排。

按照惯例,王大海又是打了三次火才把小破车发动起来。沈言这辈子都没坐过这么烂的老爷车,他倒没什么恶意,只是觉得挺好玩儿,便偷偷勾了勾唇角,而这个笑容被碰巧在看后视镜的王大海尽收眼底,正在偷笑的沈言察觉到有某股视线在窥视自己,遂本能抬眼望向后视镜……两人视线交叠,沈言自知嘲笑别人不对,便飞快敛起笑容,心虚得微微脸红起来,带着一股怕王大海生气的怯弱神色微微睁大眼睛,在后视镜中向王大海无声地认错。

于是，片刻沉默后，一向开小破车开得坦坦荡荡的王大海忽然开口说了句："这车我一直琢磨想换，就是不知道新车买什么好，小溪你没事儿帮我参谋参谋。"

王小溪欣慰得像个老父亲："哥你终于愿意换车了！"

"早就该换了。"王大海挠挠头，笑呵呵地道，"哥这不是工作太忙吗，你以为总裁那么好当啊。"

听见王大海居然管自己叫总裁，王小溪乐得直拍大腿，心想他哥真是太会说冷笑话了。

什么总裁，明明就是农民企业家蘑菇王啊！

王大海载他们去的是一家以做螃蟹闻名的私房菜餐厅，由于王小溪从小就爱吃螃蟹，所以这家店他们兄弟二人常来，王大海征询了李澜风和沈言的意见，见无人反对便驱车前来。

四月下旬还不大是吃螃蟹的时候，店内没有母蟹供应，但公蟹也同样美味。招牌菜上来之后，四人一人抓了一只螃蟹动手开剥。王小溪处理这种带壳食物的速度一向比较慢，常常是别人都吃完两三只了他还在和第一只搏斗，王大海便惦记着先帮弟弟弄好一个自己再吃。如往常一样，王大海用店家提供的工具仔细地把蟹肉一绺绺剔出来，和用小勺挖下的蟹膏一起放进蟹壳里，最后再浇上店里的招牌调味汁，说着话就要往弟弟那边递："你吃这个弄好的……"

"呃。"王小溪动作一滞，望了眼餐盘里李澜风刚帮他弄好的蟹，道，"哥你自己吃。"

"喔，你那有了。"王大海一怔。

第六章 >> 改善环境

李同学也太乐于助人了!

王大海琢磨着,余光瞥见独自默默吃蟹的沈言,觉得小朋友好像有点儿受冷落了,明明他年纪最小,但桌上都没人照顾他,悬在半空的手便转了个角度。

随着当的一声轻响,一个蟹壳落在沈言餐盘上,蟹壳中的蟹肉和蟹膏堆成一个小山尖儿,王大海憨厚的低音炮从旁边传来:"同学你吃这个,剔好的。"

沈言缓缓睁大眼,转脸看向王大海。

他不缺钱归不缺钱,但自从亲生母亲和人私奔后他便一直没人疼没人爱的,父亲迁怒于他,除了塞钱什么都不管,一定要说的话,花钱雇来的保姆对待他都比他父亲对待他要上心些,所以沈言一时间有些受宠若惊。

王大海见他僵住,忙解释道:"我用工具剔的,手没碰,你吃,我给我弟就这么弄。"

"不是那个意思,"沈言展颜一笑,为表示自己不嫌弃忙夹了一筷子蟹肉,礼貌地说了句谢谢大海哥,一双眼睛水亮水亮的。

王大海莫名地精神一振,顿时感觉自己还能再剔十只蟹!

王小溪吃了一会儿,放下筷子低头打字,几秒后,沈言手机响起微信提示音。

沈言拿起一看,是王小溪发来的。

王小溪:感觉我哥人怎么样?

显然是担心他们性格合不来,同住之后处不好。

沈言:很好啊。

王小溪：我哥唯一的缺点就是生活习惯上糙了点儿，别的方面绝对没说的，你哪里住不惯直接和我哥说就行，他人可好了。

"同学你吃菜，别拘束。"这时，王大海笑容憨厚地用公筷往沈言餐盘里夹了块排骨，他眼神儿好，这夹菜时的一扭头就不小心瞥见沈言的手机屏幕了，把"我哥唯一的缺点就是生活习惯上糙了点儿"这句看得一清二楚。

沈言意识到王大海转过来，飞快把手机屏幕一挡，礼貌道："谢谢大海哥，我自己来。"

"不客气。"与"精致"二字八竿子打不着的钢铁糙汉王大海扭回脖子，闷头吃东西。

吃完饭，王大海把弟弟和弟弟的好同学送回学校对面的小区，又载着沈言回家。

进了家门，王大海带沈言在家里转了转，家里是两间卧室一间书房，透过客厅的落地窗能看见不远处的江，景致很好。

"这书房你随便用，我用的特别少。"王大海把书房展示给沈言看，"你在这屋写作业，桌子大。"

沈言看见书房桌上的台式机，眼睛一亮，客气地问："我平时可以用电脑吗？"

王大海连连点头，忙不迭道："可以可以！你随便用，我平时都不怎么用，就处理点儿文件什么的，开机密码0625。"顿了顿，王大海憨厚地补充道，"0625我生日。"

"喔，是巨蟹座。"沈言道，"怪不得，巨蟹座的人喜欢照顾家人。"

"是，你说这真准。"王大海一笑，"我弟总说我照顾人有瘾。"

沈言眉眼一弯，忽然朝王大海凑近一步，王大海呼吸一窒，正紧张

第六章 >> 改善环境

着,忽然感觉头发被人轻轻拂了一下,沈言指尖拈着一小团毛茸茸的柳絮道:"头上沾毛毛了。"

王大海喔了一声,盯着沈言看,心想小河要是能长到这么大,估计就和这位同学差不多。

沈言捻了捻手上的柳絮,正式向王大海道谢道:"谢谢你让我住在这,要不然我真不知道怎么办了。"

"没事儿。"王大海匆忙摆手,生怕沈言跑了似的,"这都是小事儿,不过你要是有机会还是尽量和家里人好好沟通沟通,一家人没什么说不开的。"

沈言神色落寞,垂着眼帘道:"好。"

王大海动作笨拙地一转身:"同学你自便,我冲把脸去。"

语毕,王大海走进卫生间,把水龙头拧到出水最凉的位置,用冰凉的水冲了把脸,告诫自己别总拿人家和自己弟弟比,就算没说出口好像也不太礼貌。

他直起身擦脸时,沈言正巧探头进来,一副也想用卫生间的样子,两人四目相交片刻,沈言的视线便不经意地落在王大海的毛巾上——这条毛巾比较旧了,虽说王大海爱干净,会定期洗毛巾,但织物一旦旧起来颜色就难免显得灰扑扑。察觉到沈言在看什么,王大海往架子上放毛巾的手陡地顿住,出于某种自己也无法解释的诡异心态,突然就把昨天刚刚漂洗过、还散发着消毒水味道的旧毛巾扔进了纸篓里。

沈言神色困惑地看着纸篓中惨遭遗弃的旧毛巾:"……"

"一给你拿新毛巾我就想起来了,我这条也该换换了。"王大海说着,打开盥洗台下的柜子取出两条颜色不同的新毛巾,一脸镇定道,"你要哪个色?"

水手服与白球鞋

"唔，蓝的吧。"沈言指指。

王大海把两条新毛巾在毛巾架上挂好，快步走出卫生间，去玄关把自己脚上坏了一处但不影响穿的拖鞋也换掉了。

我怎么回事儿呢……王大海反思着今天自己略显失常的行为，觉得自己可能是怕在弟弟朋友面前给弟弟丢脸。

卧室里，沈言将自己那点儿行李从书包里掏出来放好，抽出两本练习册去书房，并果断地打开了电脑……

"我就下个客户端。"沈言喃喃自语道，"等我下完客户端作业也写完了。"

五分钟后，沈言翻开数学练习册做题，他数学和物理这两门还能糊弄糊弄拉拉分，其余的科目成绩都比较令人着急，所以做作业时，他也习惯先做顺手的两门科目，其他科目做不完就抄同学的，如此这般恶性循环，成绩就越来越糟糕。

沈言数学作业还没做完，电脑就传来叮的一声下载完毕的提示，沈言脚一蹬，把转椅咻地滑到电脑前，一双眼睛贼亮贼亮的，一边启动游戏，一边甩锅道："这网速下载东西也太快了，打乱我的计划。"

沈言的号也没少砸钱，身上只有三件装备不咋地，沈言兴致勃勃地搓搓手，正打算去战场收割一圈人头，密聊界面就忽然跳出一条信息。

我超凶："你作业写完了吗？"

"我超凶"正是王小溪的大号在游戏里的账号。

沈言硬着头皮撒谎："写完了啊。"

我超凶："写完个头。"

沈言："……"

我超凶："你要是晚上八点上的我也就信了，我们两点半吃完饭，

第六章 >> 改善环境

你回家到现在也就才两个小时，你能写完什么？"

沈言："哥，我就玩半个小时！半个小时！"

我超凶："写完再玩！不然你半个小时就变成正无穷个小时了！"

沈言还想再耍个赖，就见帮会频道里王小溪刷起了公告。

我超凶："会长又没写完作业就玩游戏，弄他弄他！"

倚剑醉千觞："来了，报坐标。"

沈言一看是陌生的账号，顺手点开倚剑醉千觞的属性界面，险些被对方的一身橙装晃瞎眼。

妄言："这哥们儿谁啊？怎么有点儿眼熟。"

妄言："不对啊，你不就是上次攻防战里追着我杀的那个吗？你不是恶人谷的吗？怎么转阵营了？"

倚剑醉千觞："你别管。"

为了方便和自己的绑定治疗王小溪一起做任务，李澜风把号转了阵营还加入了王小溪的帮会。

妄言："大胆，居然这么对一会之长说话！"

倚剑醉千觞："我在你后面了，小屁孩儿写作业去。"

沈言急忙调整视角朝后转，然而后面空无一人，沈言心知上当急忙要转回去，却已被李澜风丢来一个控制技能，他偷袭也就算了，身后还尾随着一群帮众。十几号人一人一个技能放过来，沈言操作再厉害也扛不住，瞬间没了小半管血，沈言急忙解控，可刚解了还不到一秒，就被王小溪操纵的刀客一刀掀翻在地。

沈言委屈大叫："你们不是吧，这么多人打我一个？有没有点儿竞技精神啊？！"

王小溪理直气壮："我又不是打职业的我要什么竞技精神！要的就

153

是以多欺少!"

沈言被自己帮会的干部们追杀得屁滚尿流,堂堂一会之长被活活打成傻子,挣扎未果只得认栽下线,眼含热泪重新翻开数学练习册,恶狠狠地一口气干翻了三道题。

三个人头,还是连杀!贪玩的小沈言默默激愤,把作业想象成敌对阵营玩家。

这时,书房门忽然被王大海推开一条缝,语气憨厚的低音炮传进沈言耳朵里:"同学,晚上我煮点儿牛肉面行不行?你有什么忌口的?"

"行的,"沈言耳朵微微动了动,"我没有忌口,谢谢大海哥。"

王大海笑出一口白牙:"谢什么,反正我自己也得做。"

说完,他转身给沈言带上门,没过一会儿,便有菜刀与案板相碰的声音顽强穿透门板。

沈言心念一动,无声地踱至门口把门拉开一条缝,那笃笃笃切东西的声音便明晰起来,还混合着电磁炉模糊的嗡鸣声和蔬菜嚓嚓被切断的脆响。过了一会儿水滚沸了,随着大团淡白的水汽从锅中腾起,抽油烟机开始工作的声音也加入了豪华音效套餐。沈言想起小学一年级放学回家的场景,那年他妈妈还没跟人走,他在小屋里写作业时,隔着门板听见的就是这样复杂却又有条不紊的声音。

很有家的感觉。

沈言竖着耳朵听了会儿,掩上门回去写作业,心脏像是泡在一汪温吞的水里,令他在这个尚属陌生的环境中渐渐放松了下来。

二十分钟后,王大海来招呼沈言吃饭。

第六章 >> 改善环境

桌上摆着两大碗面条，炖至熟烂的牛肉一块块铺满了大半个碗面，细白面条浸在汤汁里，一小撮香葱像个小宝塔似的垒在面上，肉香浓郁，桌上还有一盘拌土豆丝与一盘皮蛋豆腐，处处透着人间烟火的味道。

"这么快？"十指不沾阳春水的沈小少爷表示惊讶。

"牛肉我提前炖好的，昨天晚上拿小锅煨上焖了一整宿，可烂乎了，你放开了吃，锅里还有。"肉食动物王大海笑呵呵地说着，把冰箱冷藏柜门拉开至最大，把里面冰镇的饮料展示给沈言看，"你看你喝点儿什么？"

"可乐，谢谢大海哥。"沈言含糊不清地说着，嘴里嚼着一块香软得几乎入口即化的牛腩，眼睛缓缓瞪圆了，道，"这个太好吃了，比面馆的还好吃。"

王大海用面巾纸擦擦易拉罐口，帮沈言打开放在桌上，得意得直挠头："哥做饭一般厨师比不了，得我爸真传。"

沈言吃得没嘴说话，只能飞快点头以示同意，几乎快要点出残影。

王大海夹了一大筷子面和肉，吭哧一口全塞进嘴里，一口可顶沈言三口。沈言闭紧嘴唇，脊背挺得溜直，无声而文雅地嚼着面，同时用一种似笑非笑的神气望着吃相风卷残云的王大海。他倒是没什么恶意，只是单纯地觉得王大海吃相挺好玩儿的，像头大老虎，啊呜一口下去好像小半碗都没了似的。

两人对视片刻，王大海咕咚咽下一口面，他那小麦肤色看不出脸红，只是表情好像不太好意思。于是下第二筷子时王大海就少夹了不少，还下意识地模仿着沈言的模样，把铁塔似的身体坐端正了些。

沈言机灵通透的眼睛里泛起一抹笑意，似是看出了什么却不点破，只安静地继续吃面。

两人面对面吃着，沈言冷不丁抛出一句："我想起来我爸了。"

王大海："嗯？"

沈言语气轻快道："我妈刚走那段时间，我爸不会做别的，当时家里也没钱，他就天天给我下面条，也是两个人这么面对面坐一张桌子吃面，我连吃了一个月。"

王大海摸摸自己的脸，闷声道："那意思，我像你爸？"

沈言偏过脸笑出声："不是这个意思。"

当时八岁的小沈言由于长得和母亲太像，是父亲主要的迁怒对象，父子俩在安静得落针可闻的屋子里对坐着，吃着没滋没味的清汤面，沈父体格不算强壮，但在当时八岁的小沈言看来也可算是铁塔般高大的存在。那段时间每晚吃饭的时候，小沈言只要一句话说得不称父亲心意，或是哪里表现得没家教了，就便会招来一通"不愧是你那个妈亲生的"之类的冷嘲热讽，小沈言便只得规规矩矩、悄无声息、小口小口地吃面，大气也不敢喘一下。如果要列举沈言童年最糟糕记忆的话，和父亲连续一起吃面条一个月绝对可以入选前三。

九年后的今天，一样是在家里面对面吃面条的场景，取而代之的却是一份美味得令人恨不得把舌头都吞下去的面，和一个温柔宽厚的人，九年前严重缺失的温度仿佛在今天补了回来，沈言感觉周身暖融融的，好像被大太阳炙热地烤着。

"那是什么意思啊？"王大海问。

"就是……"沈言努力组织了一下语言，却发现这么细腻的想法很难用口头语言表达明白，便摇了摇头，"没事儿，随便说说的。"

王大海只好继续埋头吃面。

第六章 >> 改善环境

饭后,沈言回书房做作业,对时尚的毕生追求只有"干净整洁"的王大海不知是哪根神经搭错,洗完碗就一直泡在卫生间照镜子,把脸转来转去,对面部细纹进行地毯式搜索。

王大海找了一会儿没找出个所以然,愣愣地走出卫生间,坐在沙发上拍着额头掏出手机,点开王小溪的微信界面又窘迫地关上,他如此这般反复几次后,正和李澜风看电影的王小溪忽然收到了一条离奇的微信:"小溪,问你个事儿,哥看着显老吗?"

王小溪:"哥,你被绑架了吗?另类求助?"

王大海:"……"

王大海:"不是,你要不认识我的话,你看我像几岁的?"

王小溪身子往前一探,暂停了电影,又躺回沙发上,打字:"听实话?"

王大海:"嗯。"

王小溪坦诚道:"看脸的话二十六七吧,你一点儿都不显老,不过你如果平时能稍微注意一下皮肤保养的话,肯定还会更显年轻。"

王大海发自肺腑地不解了:"那不看脸呢?不看脸看哪?"

王小溪幽幽道:"穿衣打扮啊,看衣服的话你的年龄就比较飘忽了,有时候像二十多岁,有时候像三十多,甚至有时候……感觉你不是我哥,是我爸。"

今天第二次被人说像爸的王大海如遭雷击,黑着脸僵在沙发上,从一座铁塔变成了一座黑塔。

王小溪:"怎么了哥,终于想提升一下形象了?用不用我陪你逛街,一句话。"

王大海挠挠头,故作镇定:"不急,就随便找你聊聊,下周你有空

157

再说吧。"

王小溪回了个"好"字,就窝在懒人沙发里继续看电影。

十分钟后,王大海又发来一条微信,用的还是那种事不关己议论别人的口吻:"我就想不明白了,怎么有男的也爱保养呢,他们怎么保养的你知道吗?"

王小溪:"……"

王小溪冷静了片刻,表示自己明天会整理出一套系统完善的男士保养秘籍给王大海发过去,王大海假意推辞道:"不用了,我就好奇,随便一问。"

王小溪乖巧道:"好的,那就不发了。"

王大海:"……发。"

我弟这小孩儿,怎么蔫坏蔫坏的呢?

王小溪笑得肚子疼:"哈哈哈哈哈!"

我哥真是太可爱了,简直就是个大宝贝!

凌晨三点,王大海迷迷糊糊地醒来,下地上厕所。

上完厕所回来,路过沈言的卧室时,王大海脚步一顿。

王小溪睡觉素来不老实,小时候蹬褯褓长大了蹬被,所以王大海照顾弟弟的十九年来就养成了一个习惯——半夜只要他醒了,他就会去看眼王小溪的被,防止弟弟冻感冒。所以这会儿路过沈言的卧室时,王大海也出于照料者的本能,蹑手蹑脚地走过去把沈言卧室门推开一条小缝,检查沈言的盖被情况。

沈言的卧室里不是全黑的,床脚的插座上插着一个白光小夜灯,柔亮的光线将室内的一切都照得很清晰,而沈言睡觉也确实不老实——他把被子全弄到自己怀里,像抱毛绒玩具似的抱着,两腿夹着被子。也许

第六章 >> 改善环境

是王大海开门的声音惊扰到他了,沈言嘴唇翕动,含含糊糊地梦呓着,抱着被子翻了个身。

"欸？"王大海吓了一跳。

这时沈言身子动了动,不知是醒了还是又要翻身,王大海一惊,急忙关门。可由于失措加力气太大,王大海这一下没控制好力道,门板重重合上发出砰的一声巨响,沉闷而强劲的声浪在寂静深夜畅行无阻,别说沈言,就连隔壁邻居怕是都听见了。王大海吃了一惊,撒腿就跑,结实的脚底板在地板上砸出一连串砰砰砰的爆响,仿佛有人在屋里放二踢脚。

这一串响动搞下来,床上的沈言已经不是被没被吵醒的问题了,而是被吓得一个鲤鱼打挺直接弹了起来,意识模糊间还以为地震了。

沈言拍拍脸蛋迅速冷静下来,仔细一听便立刻排除了地震可能,睡眼惺忪的小少年坐在床上,回想起自己半梦半醒时听见的开门声以及一声惊讶的"欸？",再联系起关门声、跑步声,一条完整的逻辑链便飞快成形,沈言眼珠地一转,在脑内把王大海这一分钟内的一连串举动还原了个八九不离十,差点儿乐出声。

这个大海哥也太逗了。

另一边,王大海刚回到卧室,门板就被轻轻敲了三声。

卧室门没锁,王大海又只穿了一条四角内裤,他吓得一个飞身扑到床上,床板发出砰的一声巨响,二里地外都快听见了。

"进来吧。"王大海扯过被子盖住。

沈言推开门,只探进去一个脑袋。

王大海之前去厕所,开了床头灯,现在还没关,朦胧的光线从斜上

159

方照下来，将王大海刚毅英俊的脸涂抹得柔和。

沈言大大方方地看着他，问："大海哥，刚才在我卧室里的是你吗？"

王大海起初不想认，可不承认又担心小孩儿会害怕，还是只能承认。因为心虚，沈言还什么都没说，王大海就积极主动地招供了："是我，我就是怕你踹被，我弟天天晚上踹被给我踹出习惯了，总担心别人踹没踹被，我以后就不去看了……"

沈言神色平静，似乎并不在意，只是抬脚往王大海的卧室里迈了一步。

王大海不敢看他，僵硬地盯着自己被子下的腿，摆手道："没，有哥在你就放心睡，什么坏人也打不过我。"

"好。"沈言嘴角噙着一抹促狭的笑，故作困惑道，"哥，你怎么不看我啊？"

"没，"王大海窘得挠挠头又搔搔鼻尖，"没不看你。"

沈言险些被他逗笑，表面却不动声色，只乖巧地说了句"大海哥晚安"，便帮王大海关上门回去睡觉了。

王大海如获大赦，扑通一声栽倒在床上。

第二天一大早，王大海步行送沈言去学校。

从家通往二中的路王大海熟悉得很，走路五分钟，开车更快，这是沈言从这边去学校的第一天，他带沈言走一遍，沈言以后就可以自己走了。

两人肩并肩走在路上，社交苦手王大海神情拘谨，和走在他左边的沈言维持着大约三十公分的安全距离，连走路时左手的摆臂幅度都比右手小一些，像怕碰着沈言似的。

第六章 >> 改善环境

"在这边住上学真方便。"沈言开启闲聊模式,"我从自己家到学校一趟坐出租车要十五块钱。"

"是方便,专门就为了上这学校买的房。"王大海应着。今天沈言穿着学校统一发放的夏季校服,浅色半袖衬衫配长裤,衬衫领口很随意地开着两颗扣子,清爽中透着活泼的少年气。王大海目视前方,道:"你平时上放学走路就行,不过要是下雨下雪的我就开车接送你。"

沈言的小脸盘一亮:"真的啊?谢谢哥。"

"肯定真的。"王大海心想小孩儿也太客气了,"这有什么,一脚油门的事儿。"

沈言一笑:"嗯。"

沈言父亲是在沈言十岁时开始发达的,生意刚有起色不久他就买了车,随着生意越做越大,沈父的车也越换越好,后来还雇了专职司机。

可是从沈言小学四年级直到沈言念高二这些年,无论学校有多远、天气多恶劣,他父亲也从来没接送过他。沈言自小在父亲不喜欢自己的阴影下长大,时间久了察言观色就厉害得很,他看得出父亲不管自己只是因为嫌自己麻烦而已,在对待沈言的问题上,沈父秉承着"能靠钱解决的事儿绝对不靠别的解决"的原则,因为他的钱很多,而愿意分给沈言的时间和精力却很少。

所以在沈言看来,被人车接车送是件有些奢侈的事情。

到学校大门,王大海像位老父亲般站定在校门口,挥挥手道:"晚上见。"

"大海哥晚上见。"沈言乖巧挥手,清朗的少年站在校门口的一丛矮花树前,像幅画似的。

王大海心尖一热，叫住正要转身走开的沈言，温声问："晚上想吃什么？哥给你做。"

送完沈言上学，王大海回公司忙工作。

自从靠种植黑皮鸡枞菌赚到第一桶金后，王大海就一直没有停止拓展业务的脚步。

王大海性格虽憨厚，但偏偏在捕捉市场需求方面有一种天生的敏锐，十年下来，他现已承包了相当大的一片土地，不光种植黑皮鸡枞菌这一种作物，而是什么赚钱种什么。不过因为是种蘑菇起家，所以"蘑菇王"这个响当当的称号还是在头上挂着，当地业内人士一提到蘑菇王就知道是他王大海。

王大海的公司离二中很近，是一个小写字间，这里工作的员工不多，主要是负责处理往来订单、客户销售、财务账目之类的事情，王大海大部分的员工都在郊外的种植场工作。

公司起步之前，王大海天天和这些员工们一起住在种植场，起早贪黑，事必躬亲，甚至还有过亲自撸胳膊挽袖子下地干活儿的经历。如今事业上了轨道，王大海主要的工作场所已变成了办公室，不过他仍然每周都会抽空去种植场看看。一眼望不断的晴空与田野，深浅层叠、在风中起起伏伏的绿浪，奔涌的大河与溪涧……每当看见这些，王大海的种种烦心事儿就会一扫而空，觉得天大地大，除了家人之外没什么是值得挂碍的。

处理完工作是下午三点，他正往公司外走着，琢磨着晚上做点儿什么好吃的，微信提示音便忽然响起，王大海一看，是王小溪发来的长长一篇男士护肤保养秘籍，以及一份详细的护肤品清单。

第六章 >> 改善环境

王小溪："哥，这是我针对你的肤质专门给你写的，你研究研究。"

王大海秒回："好。"

王小溪那边静了一会儿，又道："哥，你怎么变得那么臭美了？"

王大海否认："别瞎想。"

王小溪忧心忡忡："哥，你有事一定和我说啊，我又不会笑你。"

王大海一本正经道："真没有，你哥好歹是个公司老板，一天天地不少见客户，不能总灰头土脸的对不对？"

今天又变成公司老板了？不自称总裁了？王小溪笑笑："哥，你说得对。"

王大海松了口气，上了他的小破车，带着护肤品清单往商业街的方向开。

我这纯是为了见客户有面子，王大海想，客户一看这老板精精神神保养得好，也更愿意下订单不是？

于是十五分钟后，某商场一楼护肤品专柜前突然冒出一座无声的铁塔。

闪闪发光的展示柜后，妆容精致的柜姐冲矗立在前方的英俊型男嫣然一笑，正欲开口招呼，型男忽然原地转体一百八十度，带着两个通红的耳朵大步走开了。

窘迫得脸通红的王大海在各大护肤品专柜间来来回回穿梭了几趟，用眼角四处瞟着，加上那一身肌肉块，比起来买东西的顾客，倒更像是打劫前负责来踩点儿的绿林好汉……

化妆品与护肤品专区内，国际名模与知名艺人或时尚霸气，或美艳绝伦的面容在大幅广告牌上向王大海投之以冷傲的眼神，小巧精致的瓶瓶罐罐们沐浴在刻意设计过的灯光下，在专柜前挑选商品的几个小姑娘

水 手 服 与 白 球 鞋

与柜姐皆是妆容服饰一丝不苟的模样,某一线品牌专柜前的一个小姑娘似乎说错了一句什么,后面的柜姐立时发出一声短促的嗤笑……这林林总总的细节在这一小片区域内织出了一张网,网内的一切都被笼罩在一种昂贵、高傲、且容错率极低的时尚气场中,可怜的蘑菇王什么都搞不懂,他只知道自己只要一张嘴说话就能把卖东西的小姑娘逗笑。

在进行了一番漫长的心理建设后,王大海意识到自己如果再不买点儿东西就要被巡逻的保安盯上了,这才硬着头皮调出手机里的清单,瞅准了一家专柜走过去。

秉承着少说少错的原则,王大海的两片薄唇紧抿成一线,只把手机屏幕转向柜姐,指了指上面自己需要的东西。

"先生是需要购买这款乳液吗?"柜姐好奇地打量着王大海。

王大海言简意赅:"对。"

柜姐二话没说,直接给王大海开了单子,王大海如释重负,拿着单子去交完钱回来取东西,整个过程中只说了三个字,"对"和"谢谢"。

首次试探成功,王大海十分满意,如法炮制了几回合,总算是把清单上的东西集齐了。

很显然,农民企业家蘑菇王即将华丽转身成为"霸道总裁"!

这天晚上,沈言放学回家,一推门就看见王大海系着个小围裙在灶台前忙活,桌上一盘糖醋鱼,一盘红烧肉,一盘炒青菜,王大海还端着一大盆菌菇养生汤往桌上放。

"回来了。"王大海笑呵呵地招呼沈言,"快洗洗手吃饭。"

今早晨王大海问沈言晚上想吃什么时沈言的答复是"什么都可以",

第六章 >> 改善环境

所以王大海就随便做了,沈言洗完手回来,不好意思地问:"大海哥,做这么多能吃完吗?"

"能,放心。"王大海把一满碗热气腾腾的大米饭推过去,豪爽道,"哥的饭量你想象不到。"

沈言哧地笑出声,王大海顿时一阵莫名的后悔,悔得恨不得把舌头咬下来。

毕竟饭量大和精致真的是一点儿都不沾边!

听起来就糙极了!

沈言在桌边端端正正地坐下,举起筷子,却没急着吃饭,而是开口道:"大海哥,我想和你商量一件事。"

王大海忙道:"你说。"

沈言模样很乖,文绉绉地说道:"我每天早晨和晚上都在这吃饭,应该每个月交给你一定数额买菜的钱。"

"不用!"王大海一愣,乐了,"同学你不用见外,我弟托我照顾你,我哪能收你钱。"

沈言坚持:"这和是谁拜托的没关系,就是应该交的,我手里还有很多压岁钱……"

"别别别,你自己留着。"王大海连连摆手,"不然等你压岁钱花完了怎么弄?"

"我去打假期工。"沈小少爷面皮隐隐发烫,"放暑假我就去。"

王大海仍是摇头,语气温柔宽和:"这要是我弟高二好不容易放个暑假还得天天出去打工赚钱,我得心疼死。不然你这样,你就按一个月给我五百算,先记着账,等你大学毕业有工作了再统一还,哥不收利

165

息。再说了，就你这小身板一顿能吃多少？"

"我很能吃的。"沈言拍拍自己平坦的小腹，见王大海只是笑，便也跟着笑了，"哥你怎么这么好啊？你是对谁都这么好吗？"

"没。"王大海憨厚地否认，"对谁都好哪行，也好不过来啊……你夹这块肉，五花三层的，好吃。"

沈言听话地伸筷子，夹起一大块形状格外方正，肥瘦道道相间的红烧肉，感觉这种小小的，却又掏心窝的质朴善意，自己已经很久没受过了，暖得他眼眶泛起一丝细微的酸。

善良的樵夫把小狐狸抱了起来，用温热的手掌攥住四只冰冰凉的小肉垫，给小狐狸取暖，向来狡猾的小狐狸被暖成了一个毫无威胁的毛团子。

饭后，沈言进书房写作业。

一口气写了一个多小时后，沈言伸着懒腰起身，想去个洗手间，王大海家的书房门对着客厅沙发，所以沈言一开门便看见了王大海坐在沙发上的背影。

王大海对面墙上的电视正在播放《乡村爱情》第十部，电视音量调得很小，沙发前方摆着一个泡脚用的小木桶，两条结实的毛腿把小木桶塞得满满登登，一条崭新的擦脚巾叠放在旁边的踏脚凳上，而沙发上的王大海正双手扯着一张面膜的两角，把面膜高高举起对准自己的脸，眼看就要敷下去……

很坏很坏的沈小狐狸蹑手蹑脚地走到王大海身后，忽然喊了声："大海哥！"

"啊！"王大海惊得发出一声低吼，虎躯一震，差点儿把面膜塞屁股底下。

第六章 >> 改善环境

沈言忍笑忍得脸酸，无辜地问："在敷面膜？"

"啊，随便敷敷。"王大海见面膜一事已然败露，便不再多做抵抗，慌慌张张地展开拳头，把被攥得皱皱巴巴的面膜抖平了，他怕沈言笑话，遂睁着眼睛说瞎话，"这都我弟的，他落家里了我就敷着玩儿……"

"哦。"沈言眼珠一转，绕过沙发走到王大海面前，接过王大海手里的面膜问，"你会敷吗？我帮你？"

"好，好。"王大海心虚地连连点头。

沈言一条腿跪在沙发上，一条腿撑着地，将手中面膜仔细地敷在王大海的脸上，又用指肚将面膜不服帖的边缘按了一遍，王大海尴尬得脚趾抠地，脸上凉冰冰的面膜很快就被他焐热乎了。

沈言帮王大海敷完面膜却没马上走，而是站在沙发前看着电视，一字字念着右下角的四个字："乡村爱情？"

王大海怕沈言嫌自己土老帽，急忙调动起脑内的全部时尚知识，回忆着王小溪说话时的惯用词，不伦不类地说道："嗯，《乡村爱情》第十季，我平时闲着没事就爱追追剧。"

第十季……沈言肩膀一颤，好在忍住了，没笑出声。

王大海透过面膜上的两个窟窿眼儿望着沈言，继续笨拙地往自己脸上贴金："我弟说他就没见过我这样的，别的总裁夜生活都特丰富，就我天天在家看电视，哈哈。"

"嗯，的确……我去下洗手间。"沈言敷衍地应了一句，突然尿急似的扭头大步走进洗手间，关上门的一瞬便无声地蹲在地上笑。

这个人……沈言笑得肩膀直颤，怎么这么好玩儿啊？

第七章

别叫我爸

第七章 >> 别叫我爸

平静的几天过去，又到了周六。

周六沈言也上一整天的课，不过晚上六点半就放学，今天早晨吃饭时，王大海提议晚上放学了带沈言出去看场电影放松放松，再吃顿火锅烤肉之类家里不方便做的晚饭，贪玩的沈言同学欣然同意。现在院线热映的一部超级英雄电影他盼望很久了，自打外国上映之后就一直惦记着，中午休息时，沈言在网上订好了电影票，整整一下午加一个晚自习心里都美滋滋的。

晚自习下课铃声响起，已整装待发的沈言跟小豹子一样率先蹿出教室，一路飞奔到学校大门，门外马路两侧停满了来接学生的车，沈言抻长脖子搜寻王大海的小破车。然而，比小破车先闯入沈言视线的却是一辆熟悉的黑色宾利，一个精瘦的中年男人抱肘站在车旁。

男人长得不丑，中等相貌，只是脸上皱纹很深，鹰钩鼻显得有些阴鸷，身子微微佝偻着，不耐烦地咬着嘴里的烟，虽背倚豪车、服饰考究，但气质是一丝儿都没有，一副市侩精明的模样。

沈言瞥见他，心登时猛地一跳——这是他爸，沈峻辉，沈言一看见他就觉得之前被他抡着椅子砸过的腿隐隐作痛。

"言言，来。"沈峻辉也看见沈言，片刻前阴鸷的神色一扫而空，

169

像被加了个和善的滤镜一样，眉眼间皆泛着笑意。沈言被他爸善意的表现弄得一怔，只是七八米的距离而已，他却拔腿朝沈峻辉跑去，冲到父亲面前猛地一个急刹车，忐忑又期待地叫了声："爸！"

沈峻辉笑呵呵地在沈言肩上拍了拍，用一种油滑的温和语气问："你这一个多礼拜不回家，同学家也找不着你，你住哪了？知道爸爸着急吗？"

沈言心头掠过一丝阴翳，可他们父子二人每次起争执都是沈言主动认错，沈峻辉就是犯了天大的错也绝不会主动向儿子放低姿态，向来缺少关爱的沈言一时受宠若惊，脑子晕乎乎的，迅速无视了各种不妥，怀着万分之一的期待盼望着父亲这次或许是想通了，以后真的能对自己好，便急急道："我在一个朋友家里住的。"顿了顿，怕父亲以为自己乱交什么狐朋狗友，又连珠炮似的补充道，"他是S大的，学习特别好，他高中也念二中，比我大两届是我学长。"机智地模糊掉了他和王小溪是在网游里认识的事实！

沈峻辉点点头，捏着儿子的肩膀亲昵地晃了晃，主动承认错误道："爸爸这几天反省了，的确是爸爸态度不对，再怎么生气也不该打你，你不生爸爸气吧？"

沈言把头摇出残影："不生！"

"真是好孩子。"沈峻辉低了低头，意味不明地哼笑一声道，"那跟爸爸回家吧，下个月你爷爷八十大寿，你还得去贺寿呢。"

好不容易被父亲温柔对待了一次，沈言激动得整个身子都微微发颤，可警觉的天性让他还是多问了一句："爸爸，那你还生我的气吗？"

沈峻辉闻言扭头盯他一眼，仇视的情绪有一瞬的外漏，被沈言敏锐地捕捉到了。

"你这个事儿，不是我生不生气的问题。"沈峻辉重新挤出一副与

第七章 >> 别叫我爸

人谈生意时的和善笑模样，跟儿子打着太极拳，"你先和爸爸回家，这个事情我们以后慢慢谈。"

"爸……"沈言皱了皱眉，往后退了一步。

沈言明白，玩游戏这种事父亲不理解，之前自己还偶然流露过对职业电竞的渴望，当时沈俊辉就大惊失色，认为沈言得了"网瘾症"，上次提到这事他一时控制不住脾气对自己说几句气话也无可厚非。可沈峻辉方才那一瞬堪称仇恨的眼神让沈言实在无法欺骗自己，他咽了咽口水，小心地问："爸，你还是觉得我给你丢脸了对吗？"

沈峻辉淡淡道："没有。"

沈言善于察言观色，一听就知道爸爸是在说谎，心里顿时难过得不行。

"走吧，先上车再说。"沈峻辉催促道。

沈言没动，并完全是出于直觉地四下扫视了一圈，结果这么一扫，他便冷不丁地看见不远处还停着一辆越野车，两个人高马大的男人正在往这边看，他们穿着紧身的迷彩T恤，沈言一望过去他们就纷纷别过视线。

"爸，那两个人干什么的？"沈言警觉地问。

"哪两个？"沈峻辉皱着眉问，一副毫不知情的样子。

不得不说老狐狸演技还是不错的，如果换个人八成就要被他诓过去了，但沈言可是他亲儿子，十七年的父子不是白当的，沈峻辉脸上哪怕有再细微的不对劲也逃不过沈言的眼睛。

沈言眸光蓦地一暗，冷声道："爸，你说谎我能看出来。"

父子两人无言对望，一大一小两对眼珠皆像是无感情的玻璃，把种种情绪都封在了里面，一段漫长又短暂的对峙后，沈峻辉用谈生意时蛊感对方让步的语气道:"爸爸去咨询了,你这个网瘾能治,学校这边爸爸先帮你请假。"

沈言好看的脸蛋有一瞬的扭曲:"治什么?我又没病。"

"他们治好过你这样的孩子。"沈峻辉压着火,"言言你不懂,这些症状都是可以干预的。"

沈言发出一声短促的笑,像看个疯子一样看着他爸:"网瘾戒除中心?"

"不是。"沈峻辉一本正经地纠正道,"是青少年拓展训练中心。"

"爸你知道那里面什么样吗?"沈言警惕地瞄着越野车边的两个壮汉,随时准备跑路。

沈言深深吸气让自己保持冷静,瞪着沈峻辉道:"前段时间新闻不是还报了吗?有一个在那种学校训练的十六岁男生……"

沈峻辉不耐烦地打断:"那不一样!这家是有办学资格的!"

"爸!"沈言的手在空中徒劳地比画了几下,拼命试图解释,"这种机构都是换汤不换药,不管有没有办学资格都一样,爸你……"

沈峻辉不再掩饰,大手一挥粗暴打断儿子的话,厉声道:"你是不是非要玩你那些破游戏,非要给我丢人?!"

沈言一抬眼,正对上父亲淬了毒一样仇视的目光。

沈言身子轻轻一晃,感觉地面在塌陷。

"我……"沈言嗫嚅着说不出话,各种解释的话他在挨打那天已经反复说了不知道多少次了。

"闭嘴!"沈峻辉露出了本来面目,精瘦的脖子上青筋暴凸,声嘶力竭地冲着儿子咆哮,"你今天不去也得去!小兔崽子我告诉你,你死在里边,也比你出去给我丢人现眼强!你和你妈真是一模一样!什么能

第七章 >> 别叫我爸

耐都没有,就知道给我丢人!"

沈言的眼圈一下就红了,他狠狠咬了下嘴唇把眼泪憋回去,颤声问:"你真觉得我死了都比给你'丢人'强吗?我是你儿子,你不是做过亲子鉴定吗?爸……"

"别叫我爸!你现在没资格叫!"沈峻辉砰地一拍车顶盖,冲不远处的两个人一招手,沈言见势不妙拔腿要跑,沈峻辉却死命钳住他手臂,一手高高扬起,眼看就要一记耳光抽下去,沈言拗不过父亲,咬牙准备挨揍。

然而,短暂的静默后,预想中的疼痛却并没到来,两个抓人的壮汉也猛地在一米外站定了,沈言泪眼汪汪地一抬头,看见父亲的手臂被一只鹰爪般的大手牢牢攥住了。沈言使劲眨眨眼,被泪水模糊的视线中出现了一张极力压抑着怒气的脸,小麦肤色,英俊刚毅,两道硬气的眉紧拧着。

是王大海。

"有话好好说,别动手。"王大海沉声道。

沈峻辉试图把手抽回来,未果,吹胡子瞪眼地问:"你是谁?"

王大海警惕地瞪着那两个壮汉,强行掰开沈峻辉钳着沈言胳膊的手,把沈言拨到身后,铁塔般高大的身体把清瘦的沈言整个挡在后面了,连一根头发丝都没露出来,做完这些,王大海才自我介绍道:"我弟弟是沈言朋友,沈言同学现在住我家。"

沈言回想着各种关于不正规教育机构的负面新闻,他原本就是半点苦都吃不了的性格,让他进那虐待人的地方真的和让他死没有区别。沈言越想越怕,抖如筛糠,在后面拽了拽王大海的衣服,颤声道:"大海哥，他们是戒网中心的，我不能跟他们走，我进去就出不来了。"

王大海虽然不清楚细节，但听这说话声也知道小孩儿吓坏了，他没回头，只反手攥住沈言一只吓得冰凉的手，声音很轻，却很坚定："放心，待会儿哥还带你看电影呢。"

沈言被这一握握得心一颤，眼泪差点儿掉出来，但又被他忍住了。

沈峻辉冷笑一声，道："我是沈言的父亲。"

王大海早已猜到了，黑着脸粗声叫人："沈叔。"

沈峻辉顿时感觉自己老了十岁："……"

"噗。"沈言一秒破涕为笑，在眼眶里蓄了好久硬是没掉出去的眼泪一下子被挤了出来。

沈峻辉冷静了一下，不悦道："我管教我自己儿子，用不着你一个外人插手，我才是沈言的监护人。"

王大海沉默片刻，道："沈叔，我说不过你，我也不和你说，反正沈言不和你们走。"

沈峻辉被这个不讲理的"反正"噎得说不出话。

"你上车，在那边，看见没？"王大海把车钥匙塞给沈言，沈言扭头就跑，王大海在沈峻辉与两个壮汉面前鼓了鼓肱二头肌，满脸鄙夷，"我知道你们那破地方，孩子一送进去你们就往死里折腾，不拿人当人。"

两个壮汉仰起脸盯着钻进王大海车里的沈言，犹豫着要不要上去抓人，可看着王大海这一身块儿他们又怂。

"你们，"王大海分别指指两个壮汉，目光狠厉如鹰，粗声威吓道，"我是拿你们学校没办法，但你们要是敢碰我们家小孩儿，我把你俩四条腿儿全掰折，这个话能不能听明白？"语毕，王大海又勉强维持

第七章 >> 别叫我爸

住礼貌对沈峻辉道,"沈叔,你可能是不知道,他们那地方真的不是人待的,你回去搜搜新闻吧。"

两个壮汉阴沉地绷着脸不吱声,沈峻辉仿佛还想说点儿什么,可王大海没等他们回话,转身就往车的方向走去。

沈言坐进副驾驶,想起父亲的话仍伤心得喘不上气,眼睛里含着新酝酿出的眼泪,却不掉下来。

过了一会儿王大海进了车,没说什么,只是先把车开走以防节外生枝,他开的方向是商业街,显然是还惦记着要带沈言看那部沈言盼了很久的超级英雄电影。车里很静,沈言粗重的喘气声、吸鼻子的声音,还有因为一直强忍着不肯落泪而不断不受控制地逸出鼻腔的闷哼声,声声清晰入耳。

沈言小时候是个爱哭包,然而妈妈走后就没人再纵容他这个毛病了,沈峻辉很讨厌他哭,觉得男孩哭就是没男孩样儿,没出息,沈言小时候无论是因为什么,总之只要是一开始掉眼泪,沈峻辉就会劈头盖脸斥他一顿,而沈言也深深地把"男生哭等于没出息"这一扭曲的价值观刻进脑袋里,长年累月这么憋屈下来,沈言已练就了一套憋眼泪大法。此时此刻,沈言正死死攥着拳头,清瘦的身板因愤怒、伤心与克制而战栗着,他奋力睁大眼睛以增加眼球与空气的接触面积,想让眼眶里的眼泪加速风干。

几个路口等灯的间隙,王大海一直偷眼瞄着想哭却拼命压抑自己的沈言,车子又开出一个路口后,王大海忽然一脚刹车把车靠路边停下,解开安全带。

沈言这会儿脑子里是蒙的,反应正迟钝着,只模糊地觉得王大海可能是有事要下车,他正这么想着,左手边安全带的锁扣就被王大海按了一下,安全带咻地缩了回去。

沈言呆兮兮地转脸看王大海,眼里噙的泪岌岌可危,仿佛脑袋轻轻一晃就要掉下来,他还没想明白怎么回事,王大海的身体就忽然越过车中间的变速杆飞快贴近,紧接着,沈言整个被籀进一个结实宽厚的怀抱,王大海低沉的声音在耳畔响起:"想哭就哭,不丢人,别憋着,哥有时候难受了还哭呢。"

"唔……"沈言先是从喉咙眼里发出一声细小的哽咽,还想负隅顽抗一下稳住情绪,可这个怀抱实在太温暖、太踏实了,加上王大海的手掌还哄小孩儿一样一下下在自己背上拍着,沈言心底被强行压抑多年的软弱如泄洪般倾落而下,来势汹涌且理直气壮,沈言吸足一口气,把脸贴在王大海胸口,不带任何内疚与自责,哇地一声哭了出来。

王大海只觉自己的心脏都被沈言哭得直抽抽,他起初只是轻轻拍着沈言的背,拍了一会儿,又像触碰一枚随时会炸裂的地雷一样小心翼翼地抚了下沈言的头发,见沈言没抗拒,才像摸王小溪的头一样用力摸了摸沈言的头,问:"你和你家里是因为什么?是不是因为你爱玩网络游戏?"

"差不多。"沈言尽情发泄了一通,已经平静下来不少,可他仍旧把脸埋在王大海胸前,用面颊贴着那一块沾湿的布料,小声道,"但也不全是。"

"玩玩游戏也不是什么大事儿,"王大海见他情绪不佳,不是谈心的好时候,忙道,"你什么时候想说了再说。"

"嗯。"沈言这次被亲爹伤了个透,加上刚刚这一气儿哭得缺氧,现在只感觉全身轻飘飘的,踩着地面的双脚仿佛踏在软绵绵的云上,只有王大海的胸膛是坚实的、令人心安的,于是沈言就这么一动不动,听

第七章 >> 别叫我爸

着王大海隔着厚实的胸肌传来的踏实心跳。

"那个……同学。"过了好一会儿,王大海才拍了拍沈言肩膀,破坏了车中温暖静谧的气氛,老实巴交地问,"还看电影不,再过二十分钟就开场了。"

"今天不看了。"沈言抹了抹眼泪,深吸一口气。

还去电影院看什么超级英雄?超级英雄就在他眼皮底下呢。

王大海便把手放回沈言背上,继续一下下捋着,帮他顺气,又问:"那火锅还吃不吃?"

"吃吧。"沈言情绪基本平复了,也开始感觉饿了,乖乖坐好系上安全带。

"今天电影你没看上,"导航开始,王大海发动起小破车,边开边琢磨着怎么才能让小孩儿高兴高兴,"那哥明天带你去玩点儿别的?"

"好啊。"沈言问,"玩什么?"

"嗯……"王大海挠挠头,露出一个憨厚中透着一抹神秘的笑容,压低声音道,"哥带你开飞机,怎么样?真飞机。"

"开飞机?"沈言带着鼻音问,"去哪里开?"

王大海嘿嘿笑了两声,那副兴奋又强捺兴奋的模样有那么一瞬很像一个要带小伙伴去秘密基地的小男孩儿:"先保密,你到那就知道了。"顿了顿,又道,"不光能开飞机,还有别的玩的东西,可多了。"

沈言好奇心被勾起来,伤心劲儿就下去了些,猜测道:"能开飞机,还能玩其他东西……是度假山庄吗?坐水上飞机?"

水上飞机沈言坐过,现在很多景点都有这种项目,新鲜倒不算新鲜,但确实好玩儿,沈言就是个贪玩的心性,一想着去玩就又来了些精神,脸上浮出一抹笑意。

177

"你当度假山庄理解也行。"王大海嘿嘿一乐,神秘地卖着关子,"不是水上飞机,不用水也能飞,而且不光飞机好玩儿,别的项目你肯定也都没玩过。"

"我没玩过?"沈言的眉毛不服气地一挑,"我连蹦极都玩过。"

王大海仍然只是笑,目不斜视看着前面的路。

"度假山庄一般就是那些项目,"沈言掰着手指头数,"骑马、射箭、温泉、高尔夫、狩猎、真人CS、游艇,还有什么……你等我想想……"

王大海愈发得意,大手一挥道:"一个都没猜中,哈哈!"

沈言好奇地睁大眼睛,彻底被王大海撩起来了:"真的假的?到底是什么啊?登山?漂流?"

王大海摇头:"不是,你别猜了,你猜不着。"

沈言的注意力被吸引走了,搜肠刮肚地想着有什么自己没玩儿过的,倒是不怎么难过了。

火锅店到了,王大海停好车,扭头把沈言端详着,沈言抹了把红肿的眼睛,问:"我现在是不是可难看了?"

"哪难看?好看。"王大海倒不是违心安慰,他是真的觉得沈言怎么着都好看,"就是能看出来哭了。"

说着,王大海打开车上的储物盒,拿出一包没开封的湿巾递过去,道:"你先擦擦。"

沈言接过,发现这包湿巾是自己惯用的牌子,便拿在手里晃了晃,大大方方地问:"这个牌子是你刻意挑的吗?"

王大海不好意思地挠挠头:"嗯,我前两天看你用来着,就囤了一箱。"

第七章 >> 别叫我爸

沈言唇角翘起,王大海见他笑,有些臊得慌,他也知道自己性格和外形的"反差"太明显。于是他忙下车回避沈言的视线,绕到后面打开后备箱翻了翻,又拉开副驾的门,往沈言头上扣了一顶黑色棒球帽,道:"这我弟落车上的,你帽檐压低点儿就看不清你眼睛了。"

心情恶劣时,美食永远可以为"吃货"带来慰藉。

王大海包揽了下肉、涮肉和捞肉的任务,专心"投喂"受了委屈的小朋友,沈言化悲痛为食欲,一直吃到感觉肉都堆到喉咙口了才罢嘴,满肚子的羔羊肥牛成功中和了一部分痛苦。

在今天之前,沈言对父爱还有期待,这份期待是他的软肋,也是沈峻辉可以攻击的弱点,然而现在沈言已彻底不再幻想父亲能善待自己了,期待没了,自然也就怎样都无所谓了。吃完最后一口,沈言重重放下筷子,把父亲说的那些扎心的话一股脑扫进了精神世界的垃圾桶,他现在只想躲沈峻辉躲得远远的,再也不见了才好。

隔着锅子蒸腾的白色水汽,沈言望着王大海的脸,叫了声:"大海哥。"

王大海温和地应着:"嗯?"

沈言在桌下绞紧了手,忐忑道:"我怕他们以后再来学校找我。"

"你不用担心。"王大海安抚他道,"下周一开始我天天接送你,就那俩人那样儿的我能打他们十个来回。"

沈言又问:"但是万一万一,他们趁你不注意把我抓走了呢?"

王大海眼睛一瞪,透出几分护犊子的凶悍神色,道:"那我就带人到他们学校去,爱谁谁,闹大了正好让媒体好好曝光曝光。"撂完狠话,王大海又难得地开起了玩笑,敛起凶相乐呵呵地逗着沈言道:"哥手底下人可多,还全是种地的,一个比一个劲儿大,到那一锄头轮倒一个!"

听起来完全就是农民揭竿起义的架势!

沈言被他逗得止不住地笑,望着王大海的一双眼睛水亮水亮的,像是从井中捞起的一弯明月化进了眼底。

"反正你别怕,你把心都放在学习上就行了。"最后,王大海把手伸过热气蒸腾的锅子,在沈言头上重重揉了一把。

吃完火锅两人回到家,为了周日能玩个痛快,沈言换了拖鞋后一秒没耽误,直接钻进书房写作业。

他以前对学业不是很上心,总惦记着玩儿,作业经常是半写半抄着完成的,可现在他知道以后绝对靠不了家里了,如果考不上好大学,前途真的会成问题,职业电竞这种事他这几天也想清楚了,梦想很美好但希望太渺茫,眼下这状况不得不脚踏实地,所以脑内那根一直松弛的弦便自动绷紧了。

沈言从八点半马不停蹄地写到十二点半,其间王大海进了书房三趟,分别送了一杯热牛奶、两小碗切块去皮的芒果和香梨,还有一盘王小溪最喜欢的那种日式点心——昨天周五,是王大海固定给王小溪输送补给的日子,王大海去采购水果零食时每样都买了双份,一份就是给沈言的——沈言这嘴就一直没停过,被王大海喂得直打嗝。

这么一直写到十二点半,沈言只剩两科比较少的作业没写了,他正纠结着是加把劲儿再写一科,还是明天玩完回来再说,书房门就被王大海轻轻敲了两下。

沈言正想应门,忽然眼珠一转,转出了一个捉弄王大海的坏点子。

第七章 >> 别叫我爸

于是,沈言抿紧嘴唇没出声,把笔随意地一丢,趴在桌上装睡。

可怜的老实人在书房外敲来敲去没人理,只好打开一条门缝朝里看,沈言心里暗笑,身子一动不动,睫毛在瓷白面容上落下两道静止的灰影。寻常人装睡时常常会因为闭眼闭得太用力或是因为紧张睫毛发颤而露出马脚,但这么点儿小细节难不倒沈言,他这睡装得可以给满分,王大海一点儿都没怀疑,只心疼地想着小孩儿真是累坏了,明天必须带他好好玩。

"同学,同学,"王大海碰碰沈言胳膊,"起来回屋睡,待会儿着凉了。"

沈言纹丝不动,一副睡得很沉的模样:"……"

王大海又叫了几声,未果。

类似的事情在王小溪身上也发生过,学着学着就睡着了对学业繁重身心疲惫的高中生来说也不奇怪,王大海给弟弟当了两年陪读,已习惯应对这种情况。于是,王大海将沈言身下转椅往后推了推,一手捞起沈言,像抱只小猫儿一样轻松地把沈言从转椅上抱了起来,随即,他放轻脚步朝沈言卧室走去。

走进沈言卧室后,王大海弯下腰,试图把沈言安置在床上……

然而,就在王大海弓着后背重心不稳的当口,他怀中的沈言忽然梦游似的抬手勾住王大海,把他往下一拽,王大海毫无防备,脚下一滑整个人重重扑倒,在床上摔了个大马趴,不疼,但吓了一大跳。

沈言瞬间睁开眼,一副睡眼惺忪的模样,眼睛眨了两眨才顺利对焦,戏很足地迷茫道:"大海哥?你干什么呢?"

"啊!"王大海猛地跳起来,一秒憋出一张大红脸,结结巴巴道,"我……你在书房睡着了,我抱你回来……一下子没站稳……"

"哦。"沈言轻轻应了一声,"我刚才做梦了。"

"那,没给你压疼吧?"王大海老脸通红地问。

"没压疼。"沈言好笑。

王大海用力抹了把脸,低声道:"那个,你快休息,明天哥九点半叫你。"

"好。"沈言钻进被窝里,把被子扯到下巴,乖巧道,"哥晚安。"

"晚安。"王大海笨拙地一个向后转,差点儿撞门框上。

沈言急忙把脸往被子里一缩,怕王大海看见自己脸上的笑。

第二日上午十点半,坚挺的小破车吭哧吭哧地奔驰在郊外坑洼不平的土路上,王大海集中精力把控着方向盘,朝他的种植基地行驶。

今天王大海早晨八点就起来收拾东西,把去野外玩可能用上的各种东西都准备齐全了,又下楼买了现成的早点,这才叫沈言起床。来时这一路上,沈言仍是好奇地东问西问,王大海憨笑着不答。道路颠簸,沈言虽没有晕车的毛病但也被颠得眼皮直打架,脑袋一歪就在副驾驶位上睡过去了。

半个小时后,车子停稳,王大海用指尖轻戳沈言手臂,唤道:"同学,到地方了。"

沈言睁开惺忪的睡眼,小动物似的在座椅上拱了拱,又哼哼唧唧地伸了个懒腰,王大海按下沈言那一侧的车窗,道:"你看外面。"

沈言一扭头。

车子此时正停在一大片芦苇荡附近的堤岸上,不远处柔亮的河水被小丛小丛的芦苇分割成流动的迷宫,在太阳下粼粼地闪着光,水汽与植物的清新味道乘着微风拂面而至,瞬间吹去了沈言心底最后一丝阴霾。

沈言精神一振,飞快开门下车,踏着泥土间错落的大石块敏捷地跑

第七章 >> 别叫我爸

到水边,昂着头张望片刻,兴冲冲地回身大喊:"太漂亮了!这是什么河啊?"

王大海见小孩儿高兴,也跟着傻乎乎地高兴起来了,笑着高喊道:"这河没名儿!"

"没名儿?"沈言理解不能。

王大海也踩着石头走过去,道:"就是'村后面那条河',这么一说就都知道了,也不是景点,没人叫名。"

沈言东看看,西看看,"这是什么地方?"

王大海扬手朝一个方向指去,介绍道:"再往那边开一公里是我的蘑菇种植基地,我每周来检查一次工作。"说着,又指向另一个方向,"往那边走就进村儿了,他们村里挺多人在我这干活儿的。"顿了顿,王大海换了个洋气的说法,"挺多都是我们公司的员工。"

这么一换个说法,农民企业家王大海和霸道总裁王大海的区别不就显出来了吗?

早已看穿一切的沈言在心里偷笑:"那这边有什么玩儿的?这河里能划船吗?我想划船。"

"能!"王大海道,"哥就是想带你划船,就在前面,几步就是。"

王大海回车取了些东西,两人一前一后沿着河岸向前走,到了地方王大海也就不卖关子了,向沈言说明起蘑菇种植基地一日游的计划:"你看这样安排行不行,哥先带你在芦苇荡里划船,找找野鸭子什么的,再捞点儿鱼摸点儿虾,划船完事儿带你上山采蘑菇、挖野菜、野炊,野炊完事儿你要对种树感兴趣,哥带你种棵树体验体验,种树完事儿差不多太阳就开始落山了,然后哥带你开飞机,太阳落山的时候开飞机看风景最好看,飞机是我们自己家的,平时那个……"王大海不好意思地搔搔鼻尖,"主要是给田里撒农药用。"

沈言一直神情雀跃地听着,毕竟这些东西他一个城里长大的小孩儿从来没玩儿过,确实觉得新鲜,直到听见"撒农药用"几个字他才忽然破了功,嗤地笑出声。

王大海最怕沈言笑话自己,一听见笑声就急了,面红耳赤匆忙解释道:"但是坐俩人没问题,而且哥会开,你想坐多长时间就坐多长时间……"

"没,我喜欢。"沈言摆手,表示自己没有嘲笑的意思,"就是觉得特别可爱。"

王大海放下心来,两人往前走了一小段,脚边的河岸便忽然凹进来一块,形成一个小水湾。水湾中泊着两艘细长的小渔船,一个老头儿叼着烟坐在其中一艘上,低头数着水桶里的鱼虾,见王大海来了,老头笑眯眯地冲他打招呼。

"刘伯。"王大海和气地叫人,头往沈言那边一摆,商量道,"带我们家小孩儿出来玩,船借我们划划行吗?"

"哎,你们划!"刘伯的儿子在王大海的种植基地工作,收入比在家种地强多了,刘伯忙不迭地为大老板收拾出一艘小船,往上放了一个捞鱼虾的网兜和一个水桶,乐呵呵地指了个方向道,"你从那边那一大片芦苇绕过去,全是鸟。"

小船下了水,沈言迈上船,王大海用手臂在一块坐人的木板上抹了两把,把上面的两滴小水珠抹掉了,道:"你坐这。"

沈言从来没坐过这种小渔船,遂兴致勃勃地坐下,前后看了一圈,道:"大海哥,没有救生衣。"

第七章 >> 别叫我爸

王大海乐了:"这地方没有救生衣,打鱼的没有不会水的,你放心,你万一真掉下去,哥肯定能把你捞上来,哥游泳可厉害了。"

沈言乖巧点头,并牢牢把住船舷。

王大海用竹篙轻巧地一撑,小渔船破开碧缎似的水面无声滑行,朝刘伯说有水鸟的方向行去,葱绿的芦苇摇曳在煦风中,它们一片片生长得很紧凑,宛如小座小座青玉刻就的浮岛,比起很多名声在外的旅游景点也不逊色,沈言东张西望着,愉悦地享受着风景。

王大海撑了会儿船便撂下竹篙与沈言面对面坐下,任由河水推着小船行进。船体擦过一大片密集的芦苇时,王大海伸长手臂扯下一片芦苇叶,卷起来放在唇边吹了声哨,沈言见了,伸手去讨那片叶,活泼道:"我也要吹。"

王大海忙又摘了一片叶给他,渔船很小,两人面对面坐着贴得很近,沈言学着王大海把叶子卷起,放在唇边吹,但吹了几下都只有"吁吁"的气声,沈言面露不悦,把叶子往水里一丢,去抢王大海的:"你那片好,我这片是坏的,吹不出来。"

"不是,这都一样的,你多试试就能吹出来了。"王大海正说着,贴在唇边的叶子就被沈言抽走了。

沈言把从王大海手里抢来的叶子放在嘴边,又是"吁吁"了一气。

"吹不出来啊。"沈言把自己吹过的叶子又往王大海手里一塞,无理取闹道,"肯定是这片也坏了。"

"不是,是你没学会使那股劲儿。"王大海讷讷地说着。

"不可能吧,我就是像你那么吹的。"沈言不信,"那你再拿这片叶子吹一下我看看,你现在肯定也吹不出来。"

"我……"王大海看看这片叶,无奈又宽厚地摇摇头,把叶子贴在自己嘴上，吹出一声变了调的哨响，吹完，王大海放下叶子，道："这回信了吧。"

"嗯，这回信了。"沈言心满意足，总算放过了王大海。

这倒霉的一片芦苇叶被两人抢来抢去，你吹吹我吹吹，已然委顿不堪，王大海把惹事的叶子往水里一丢，忽然有个小东西飞箭般蹿出芦苇丛，啪嗒一声落在船板上，是只小青蛙。

沈言欢乐道："哇！青蛙蹦上来了！"

城里小孩儿接触不到大自然，连青蛙都没怎么见过活的，王大海想让沈言多看看，便轻手轻脚地把小青蛙拢起放在手心，把它贴近沈言，讲解道："这东西叫气蛤蟆。"

"蛤蟆？"沈言疑惑，"这不是青蛙吗？"

"是青蛙，但俗称气蛤蟆，它气性可大了，你看。"王大海说着，用指甲在青蛙身上轻轻一戳，片刻前还小小一只的小青蛙呱的一声膨成两倍大，整个儿变成一只青蛙气球，模样十分滑稽。

沈言先是惊得一愣，随即捂着肚子狂笑："哈哈哈哈，它这张脸！都能做表情包了，哈哈哈！"说着，沈言直起身子一掐腰，给小青蛙配音："超生气的，哼！"

王大海也被逗乐了，两个人在渔船上笑成一团，小青蛙都气成个球了，趁王大海不注意，呱的一声跃回了芦苇丛。

这时小船已经离刘伯指的地方很近了，王大海起身撑起竹篙调整方向，小船绕过一丛芦苇，一片开阔的水面上几只细脚伶仃的水鸟正伸着长长的喙捕鱼，沈言掏出手机拍鸟，王大海则打开拎了一路的登山包，翻出一个单反塞进沈言怀里："拿这个拍，我弟淘汰的，我不怎么会用。"

第七章 >> 别叫我爸

沈言接过单反,简单调整了一下,咔咔拍了好几张,他虽然也是纯门外汉,但审美不错,构图抓得很漂亮,小船慢悠悠地漂过,沈言拿着相机凑到王大海身边,把照片一张张按给他看,得意地问:"大海哥,看我拍的怎么样?"

"真好看。"王大海发自肺腑地赞美,"比我拍的强多了。"

沈言又美滋滋地拍芦苇和水,边拍边问:"刚才那些鸟在抓鱼吗?这水里鱼多吗?"

"多。"王大海抄起捞鱼虾的网兜,"拿这一捞就上来,就是都不大。"

"我要试我要试!"沈言雀跃举手。

王大海把网兜递给沈言,口头指挥:"……对,就那么放水里,放低点儿,放太浅捞不着,再低再低。"

沈言不得要领地捞了一会儿,把水淋淋的网兜一举,内里空空如也。

"抓不着啊。"沈言皱眉。

"你放太浅。"就这么简单的事儿,王大海简直不知道还能怎么说了,"你就使劲儿往深里放……"

"我感觉放得够深了,"沈言紧紧握住船舷,想再把上半身探出去些,却觉得不稳妥,求助道,"我还怎么深啊?我怕我重心太往下翻下去,哥你过来扶着我点儿。"

王大海一心想让沈言体验一把成功捞鱼的感觉,便挪过去贴在沈言身后,用一条有力的手臂紧紧揽住沈言,道:"好了,这样肯定掉不下去,你有多深就放多深。"

"好。"沈言应声,拿着网兜的手臂尽最大努力往下一伸,过了几秒,猛地直起身,举着只网住了三两条小青虾的网兜兴高采烈地叫道："捞到了！"王大海本来就在后面揽着他，他一直身子，王大海险些挨他一记头槌。王大海急忙往后一退，一屁股坐回自己的位置，整艘小船都被他笨拙的动作弄得晃了三晃。

沈言扑哧笑出来，笑了一会儿笑够了，才转身将三条小青虾倒进水桶里，郁结多日的心情难得愉悦了些。

"还是我捞吧，"王大海接过网兜，"看你那两下子……还真怕你掉水里，你去照照相什么的。"语毕，把T恤下摆往下扯了扯，弓着腰开始摸鱼大业。

一个小时后，王大海拎着小半桶活蹦乱跳的小鱼和青虾，和沈言一起上了岸。

"我们上山上野炊去。"已经冷静下来的王大海把桶放进车后备箱，"有一块地方特别适合野炊，我以前带我弟去过几次。"

"除了鱼还有别的吃的吗？"沈言这会儿也饿了，肚子咕咕叫着想吃肉。

"有！待会儿我们上山路上碰见蘑菇、野菜就弄点儿。"王大海说着，见沈言脸蛋瞬间垮掉，忙补充道，"还有别的，这些就是弄着玩儿，我带的切片牛肉、羊羔肉、鸡翅鸡心，都腌好的，还有茄子土豆、馒头辣酱……还有两个大地瓜，待会儿生个火把地瓜埋下面，火一灭拿出来，香死你。"

沈言听得直吞口水，碰巧这时车子路过一片菜田，道边排列整齐的黄瓜架子上一根根小黄瓜长势喜人，王大海一脚刹车停下，招呼沈言道："下来一下。"

沈言就乖乖跟着下去，王大海指着黄瓜架，神态无比自然地说："这

第七章 >> 别叫我爸

种还没长成的小黄瓜扭子可好吃了,又嫩又水灵,哥给你偷几个去。"

第一次见到现实版"偷菜"的沈言:"……"

"不要了吧,"沈言一窘,急忙阻止,"偷东西多不好啊。"

"没事儿,几个黄瓜怕什么。"王大海说着,跳下去揪了几个小嫩黄瓜,沈言站在车边,既内疚又紧张地帮王大海望风,他神经正高度紧绷着,王大海忽然急匆匆地抱着一捧小黄瓜跑过来,低声道,"快跑快跑,看田的来了!"

沈小少爷吓得一蹦,根本顾不上察言观色,疯一般钻进副驾驶,在车里急得直冲王大海喊:"哥!你把黄瓜还他吧!"

王大海充耳不闻,捧着一堆小黄瓜坐进驾驶位,发动起小破车一脚油门蹿了出去,沈言满怀罪恶感地看着王大海腿上那些黄瓜,惭愧得脸通红。这时,王大海忽然低低笑了一声,沈言察觉到不对,挑着眉毛细细观察王大海神色,越看越觉得王大海这憨里面透着丝儿坏,沈言琢磨了一下,幽幽道:"大海哥,那片菜地……就是你的吧?"

王大海再也装不下去,噗地笑出声。

"你吓我!"沈言万万没想到自己会被王大海骗到,冷酷地捡起一根小黄瓜打了王大海一下。

"哈哈哈!"王大海被打得十分受用,嘿嘿一笑道,"你现在眼睛能看见的所有土地都是我承包的,我不光种蘑菇。"

"黄瓜你快吃一根,可好吃了。"王大海催促道。

沈言拿起一根,用面巾纸擦擦,咔嚓咬了一口。

王大海:"怎么样?"

"好吃,很清香。"沈言认真评价道,把咬了一口的黄瓜递到王大海唇边,"你尝尝。"

王大海一低头，吭哧一口就咬了下去。

沈言自然地把黄瓜拿回去接着咬了一口，一边咔嚓咔嚓嚼得清脆，一边惬意按下车窗欣赏绿波万顷的农田。

二十分钟后，车子停在一处山脚下，这是一座小山包，山上没有修路，只有一条村民走出来的小径，宽度只能容一人通行，小径两旁是葳蕤的野草花木。

王大海从后备箱取出一个方方正正的保温箱和一个登山包，一个拎着一个背着，指指那条小径介绍道："这山矮，二十分钟就能爬到顶，顶上是平的，还光秃秃的，往下看风景视线开阔，野炊也不怕起火。"

"好。"沈言懂事地去拿王大海手里的保温箱，道，"给我拎一个吧，我能拎动。"

"有哥在还用你拎？"王大海笑笑，这两个东西都挺沉，他怕沈言拿不动，但见沈言不想两手空空，王大海便体贴地塞过去一瓶矿泉水，"你拿这个，帮哥减一斤重量。"

沈言："……"

王大海指指山路道："你先上，我跟你后面，你万一摔下来也先摔我身上。"

其实这山路并不如何崎岖，王大海只是出于保护者的本能，想杜绝一切可能的坏情况。

沈言心里暖融融的，拿着矿泉水瓶开始爬山。

二十几分钟后两人登顶，王大海打开登山包，先拿出一张塑料布铺在地上让沈言坐，又从登山包里掏出野炊炉、碗盆筷子，以及……一口

第七章 》 别叫我爸

大煎锅。

沈言瞥见王大海一脸憨厚地往外掏锅,喝到一半的水全喷地上了:"哈哈哈哈哈,大海哥你可真是……"

王大海好脾气地跟着笑:"怎么了?"

沈言抹去唇边的水:"真是特别可爱。"

这辈子从没被人用"可爱"形容过的王大海手足无措地挠挠头,一股暖融融的情绪在内心澎湃着,可他文化程度低,不知道怎么描述这种情绪,只得化温暖为力量,愈发迅捷如风地准备野炊的东西,沈言在他旁边不停地打转,想帮忙摆摆东西或者跟着烤烤食物,待了一会儿却发现自己根本插不上手,只好放弃,在塑料布上坐下等吃现成的。

煎锅里,腌制好的肥美肉片滋滋冒着油,吸足了油的茄子片与土豆片被烤干了水分,干巴巴地只剩下要命的香,距野炊炉不远处还有一个自顾自烧着的原生态小火堆,下面一对儿地瓜正肩并肩躺在一起慢慢变熟,王大海还把他们上山沿途采的几朵小蘑菇用山溪水洗了洗,丢进锅里烤着,虽然吃不了几口但主要是个情趣。

"这三朵是我摘的。"沈言用筷子指指三朵迅速被油煎成金黄色的小白蘑菇,公正地执掌分配权道,"我们一会儿一人一个半。"

这可是劳动果实!特别有意义!

王大海宽和地望着他笑,道:"好,一人一个半,我摘的这四个灰蘑菇一人两个。"

午后的山间空地宁静又温馨。

一顿烧烤吃下来,沈言撑得滚瓜溜圆,起身坐到一块平整的大石上,捧着微微烫手的餐后甜点烤地瓜,边吃边欣赏山下的风景。他虽长得清瘦，但十来岁的少年常常会有与身材不相称的旺盛食欲，好像干吃不胖只长个儿。王大海见小孩儿吃饱了，才放心地放开肚子大吃起来，一点儿食物都没浪费，保温箱里只剩下几个装冰块的密封袋。

下山时，两人的顺序就换成了王大海在前沈言在后，两人走着走着，娇里娇气的沈小少爷忽然脚下一滑，在山道上摔了一跤，发出一声短促的惊叫。

"没事吧？！"王大海吓了一跳。

沈言狼狈地坐在地上，感觉脚腕崴得挺疼，他第一时间转了下脚腕，发现活动没受限。

沈言张了张嘴正想说没事，脑袋里却暗搓搓地冒出一个缺德主意，于是一个"没"字在唇边打了个转，便被沈言咽进肚了。

"嘶——好疼。"沈言眉一拧，将嘴唇咬得发白并强行酝酿出一点儿泪意，眼睛周围脆弱的皮肤泛起淡淡的红。

老实人王大海顿时心焦得仿佛心脏被切片！

"你别动。"王大海半跪在沈言脚边，动作极轻地卷起沈言的裤腿，查看沈言脚腕的情况，额头急出冷汗，喃喃道，"没红没肿，还好还好，你试试能不能动？"

沈言望着为自己着急的王大海，眼珠转了一圈，心想装得太过分怕不是就要提前回去看医生了，但他还想和王大海一起开飞机呢，遂适当转了转脚腕道："活动没问题。"

"那应该没伤着骨头。"王大海松了口气，搂着沈言的胳膊将他扶起来，"你慢慢踩一下地试试，看看能不能使劲。"

沈言听话地踩了一下地，觉得完全站得住，只不过就是疼些，但也是完全能忍受的程度，真要让他自己从山上走下去那咬咬牙都能走，但

第七章 >> 别叫我爸

本着欺负老实人的宗旨,沈言还是狡猾地措辞道:"能使劲,骨头肯定没事,就是疼,可能是筋抻着了。"

"扭伤得先冷敷,过半天再热敷……"王大海念叨着自己知道的常识,忽然一拍大腿打开保温盒,从里面拎出一个半化的冰袋,"这不正好冷敷吗!"

语毕,王大海迅速脱了上身的白T恤,先把湿哒哒的冰袋放在T恤里裹住,再将T恤折了两折弄成一长条,缠在沈言脚腕上,虽看着挺笨重的,但好在确实能起到冷敷的效果。

"好了,这么就行了。"王大海固定好冰袋,直起腰拍拍手。

"谢谢大海哥。"沈言乖乖道。

王大海没带备用衣服,只好忽视掉别扭的感觉,背朝沈言半跪在地,道:"你上来,我背你下山。"

沈言美滋滋地趴了上去,动作敏捷极了!

王大海一手勾着保温箱和登山包,背沈言下山,他体力好,十分钟后就下到山脚了,脸不红气不喘的。走到车边,王大海拉开副驾驶车门将沈言放进去。两人这一分开,沈言才发现自己前胸的衣服都被浸得发潮,显然这一路王大海后背没少出汗。

王大海光着膀子坐进驾驶位,用毛巾抹了圈汗,又从后排座捞过一件备用的T恤套上。

他担心沈言脚疼,本来想着提前回市里上医院看看,但在沈言接二连三的"现在已经不怎么疼了"、"肯定没事儿不用看医生",以及"我想开飞机"的攻势中败下阵来。

王大海早些年为了住宿方便在这边置办了一个小农家院,他有时来这边检查工作或者处理些事务,晚上懒得开车回市里的话就会在农住,

193

里面生活用品一应俱全。王大海先回农家院找出一件上衣换上,然后按原计划带沈言去开飞机。

虽然沈言一直说着没事没事的,但王大海车一停,沈言的脚却又是疼得走不了路了,从车到飞机这么短短的一段路王大海便干脆背着沈言一路上了农用飞机。

两人在飞机上坐定了,王大海仍是不放心,小心地叫了声:"同学。"

沈言:"嗯?"

王大海担忧道:"你脚真没事儿?可别硬挺。"

沈言坚定摇头:"没事儿,现在这样不疼。"

简直就是薛定谔的脚疼!

王大海农场里的飞机虽说是农用的,但对这方面没什么研究的沈言也看不出来它和普通的小型直升机有什么本质区别,上了飞机系好安全带,兴致勃勃地东摸摸西看看,确认道:"大海哥,你飞机开得怎么样?"

"开得不错,放心,哥前几年考过私照,绝对有证驾驶。"王大海指指降噪耳机示意沈言戴上,笑呵呵道,"耳机戴一下,待会儿我们交流用耳麦,这东西噪音大,除了会飞跟拖拉机也没啥区别。"

沈言好笑地戴上耳机,心想这和想象中的"'霸道总裁'开私人飞机"差得有点儿多……

起飞前的准备工作进行完毕,旋翼在周围卷起微型的飓风,细碎的草叶与尘土四散飞舞,飞机飘飘悠悠地起飞,没多一会儿,地上的农田就变成了一个个边缘清晰、深浅不一的色块,霸道总裁王大海颇为自豪地向沈言介绍他的"商业帝国":"东边那一片种的是特种玉米,南边那一大片种的是蓝莓,种蓝莓特别赚钱,现在市场上蓝莓果干、蓝莓汁,都卖得好,供不应求,种多少卖多少……"

第七章 >> 别叫我爸

沈言笑吟吟地听着，乖巧地点头，天边将暮的太阳将山峰与云层的巨大阴影投射在一望无垠的大地上，浓重的暗影与暖橙色的夕照将地面分割得很有艺术感，被勾勒出淡金轮廓的云朵仿佛触手可及。沈言掏出手机自拍，把王大海的侧脸也框了进去，王大海面部线条英气有棱角，所以侧脸比正脸更好看，说是完美侧颜也不为过，沈言一口气咔咔拍了好几张。

飞机朝着落日与群岚的方向飞去，一切都很美好。

由于本来就没多大事，沈言极力抗拒去医院，王大海无法，只得忧心忡忡地直接拉他回家，两人到家时，天已经黑透了。

沈言还差着两科作业没写，这么一天玩下来体力消耗挺大，他本来纠结着要不要偷个懒，像以前一样明天起早去学校抄抄，但想起自己当下不容松懈的处境，沈言便立即清醒过来，打算还是先洗个澡灌杯咖啡去写作业。

王大海把沈言背进卧室放下，便在客厅收拾东西，卧室门没关，沈言单腿蹦跳到柜子前翻出换洗衣物——仍然是那套家居服，他当时满心绝望地离家出走，没怎么认真收拾东西，还能记得带一套家居服和一套常服就已经不错了，但现下实在是不够穿了。

下周六放学得去买买衣服，沈言想着，悄悄瞥向客厅里着装朴素得令人发指的王大海，心想下周六正好可以帮王大海挑几套衣服，他大海哥这么好的身材，这么英俊的脸，全让那一身身土里土气的穿搭给埋没了。

沈言抱着换洗衣物，浑身是戏，单腿蹦向浴室。

果然，王大海放下刷到一半的煎锅，在围裙上擦着手就要过来："你别动，我扶你。"

"不用了哥，我能行。"沈言笑笑，随即一路单腿蹦到浴室门口。

王大海凝望沈言背影，按按胸口，一颗心脏几乎要被沈言伪装坚强的模样融化了，浑然不知沈言不是在伪装坚强，而是在伪装"伪装坚强"！

沈言跳进浴室关上门，又做戏做全套，咣咣一路蹦到莲蓬头下，演得天衣无缝。

真正的"戏精"，即便在没有观众的时候也不会忘了表演。

把两人换下的衣物洗好晾上，又将烧烤用具整理完毕，王大海如打下了一场硬仗般长长舒出一口气。

沈言不肯去医院，王大海只好去储藏室翻出医药箱，把红花油点在纱布上，然后去书房送蘸了药的纱布。

"同学，"他晃了晃手里的纱布，"把这个红花油敷一下。"

沈言从书堆中抬起头，转椅往后退开些，朝王大海伸出伤腿，王大海本想把纱布递过去就走，但小孩儿这么一伸腿，他也不好说让他自己弄，只得往身后另一张转椅上一坐，动作轻柔地捞起沈言的小腿，让他把脚搭在自己大腿上，再将散发着浓烈药味的纱布缠在沈言脚腕上。

纱布缠完，王大海讷讷道："我在网上查了，说扭伤四十八小时内不让按摩，但是可以敷药，你也记着点儿，别按它。"

"好。"沈言用最甜的嗓音道，"大海哥辛苦了。"

"没事儿。"王大海起身道，"哥下楼跑几圈去，回来给你带点儿消夜，前几天那凉拌鸡爪爱吃不？"

"爱吃！"沈言欢快地答道，一想起前几天那份特别好吃的凉拌鸡爪，顿时觉得还能再马不停蹄地学四十分钟。

没到四十分钟，沈言就又搞定了一科作业，接下来就只剩一套英语

第七章 >> 别叫我爸

卷子，沈言决定先奖励自己玩十五分钟再继续写。他先是打开常玩的手游登录签了个到，又刷了刷朋友圈，把今天在飞机自己和王大海的自拍合影传上去，配了一个开心的颜文字表情。

没过一会儿，沈言看见王小溪点了个赞。

沈言正想着要不要回一下，王小溪的微信就杀了过来："今天上我哥那蘑菇基地玩去了？"

沈言："嗯，划船、野炊、开飞机。"

王小溪那边静了一会儿，打趣道："我哥笑得可真甜。"

沈言回道："哈哈哈。"

王小溪："小屁孩儿好好学习听见没？就我哥那性格，我拜托他照顾你，他肯定对你千依百顺的，别光顾着玩儿哈。"

沈言态度端正："我好好学习了，作业一点儿都没耽误，昨天写到十二点半呢，现在就差一科英语了，而且这一周我都没怎么上游戏你知道，哥你就放心吧。"

王小溪又叮嘱了沈言把心放在学习上，高二、高三这两年这么重要，王小溪是真有点儿怕自己给沈言找落脚处是不小心帮了倒忙把沈言学业毁了。

见他言之凿凿一顿保证，发誓会好好学习天天向上，王小溪才放下心，把手机往身边李澜风的裤兜里一揣，抚了抚没口袋的演出服，道："我们回去吧。"

再过两天就是五四文艺汇演，前几天有个文艺部的男生临时有急事回老家，一个舞蹈节目少了个领舞，上学期碰巧排过这个舞的王小溪就被文艺部学姐拉过去救场，这几天每天晚上六点到八点都在活动室和妹子们一起练舞。李澜风天天晚上跟着去，王小溪练舞，他就在场外看。

今天的排练已经结束，路过寝室楼时，王小溪顿住步子道："对了，我有个快递在寝室，等我一下。"

"坐那等。"李澜风指指寝室楼下的长椅，"我上去拿。"

语毕，撒开大长腿三两步跑进寝室楼。

李澜风取回来的快递箱轻飘飘的，他掂了掂，好奇道："你买的什么？"

王小溪看了看发件人，开心得眼睛一亮，道："五四青年节回礼，定制的，才送到。"

"现在可以拆吗？"李澜风急切地问。

"拆拆拆。"王小溪抢过快递箱，三下五除二徒手撕开，打开纸箱从大团大团减震填充物中翻出两个精巧的小盒子，随手丢进李澜风怀里一个，道："打开看看。"

李澜风匆匆打开："戒指？"

"准确地说，是陨铁戒指。"王小溪从戒指盒里挑出一枚造型古朴大气的蓝灰色戒指，举得高高地看着，透过戒指中空小小的圆环碰巧能看见一颗星，戒指内环刻着三个字母，"你不是对天文感兴趣吗，其实我也挺感兴趣的，就买的这种戒指，也不知道是从哪颗星星掉到地球上来的。这不是正好五四青年节嘛，这份礼物就象征着我们对宇宙的不断探索，特别有一种进步青年的感觉……怎么样，这份回礼还算满意吧？"

这个问题根本不用问，陨铁戒指这样的硬核礼物对李澜风的喜好绝对是精准打击，李澜风乐颠颠地戴上戒指，美了一会儿，又瞥向王小溪的手指头，佯作不悦道："不对啊……你给我回礼，然后自己也买了一个？"

"啊哈哈哈，"王小溪打着哈哈，"主要是给你挑礼物，但是我也

第七章 >> 别叫我爸

挺喜欢的，咳……真的，我给你挑礼物的心特别诚。"

"好吧。"李澜风唇角一勾，揉揉王小溪的脑袋。

第二日早晨，王大海按之前说好的那样亲自送沈言上学，还一路搀扶沈言，送到教室门口，宛如一位含辛茹苦的老父亲。

"大海哥……"沈言小声道，"我自己进教室吧。"

教室里的同学已到了大半，沈言在王大海面前是卖萌装乖无所不用其极，但在同龄人面前却很不好意思，这么大男孩子上学还要人送，就很没面子。

王大海松开搀着沈言的手，不放心地压低声音叮咛道："上厕所还有出去吃饭什么的不方便就开口让同学帮一把，别逞强。"

"好的。"沈言乖巧地笑笑，朝教室里走去，"大海哥晚上见。"

王大海语声温和："晚上见。"

他道别完，人却没走，像个被罚站的超龄高中生一样姿势规矩地在走廊站着，等沈言班主任出现。

过了一会儿，早自习铃打响。

沈言坐在倒数第二排靠教室后门的座位，能听见走廊传来的声音，先是班主任老秦的高跟鞋由远及近"哒哒"叩击地面的声音，随即，是王大海土苏土苏的低音炮把老秦叫住了："您好，请问是秦老师吗？"

"是我，您是学生家长？"老秦脚步声顿住，随后说话声响起。

沈言忙竖起耳朵，贴在门上偷听班主任和"家长"谈话。

"我是沈言同学的哥哥……那个，表哥。"王大海扯了个谎。

见秦老师没有表示异议，王大海便向秦老师说明了沈言昨天脚不慎扭伤、活动不便的情况，意思就是想帮沈言请接下来几天课间操和体育课的假。

一般来说老师只认学生父母，表哥这种级别的所谓"家长"并没有和老师沟通学生状况的权利，然而秦老师从高一上学期就开始带这个班，对沈言家的特殊情况有了解，知道沈峻辉对孩子一直是能不管就不管，加上王大海其人与旁人交流时自带质朴诚信的光环，方圆五米范围内一切人形生物每秒增加两点信任值，所以秦老师并没有难为王大海，只简单追问几句便给沈言准了假。

这星期不用做课间操，也不用体育课跑步啦！

由于脚确实已经不怎么疼了，所以连自己都忘了这茬儿的沈言趁秦老师从后门走到前门这短短几秒的空档给王大海发了几条微信："大海哥，我可太爱你了！"

沈言发了个小奶猫卖萌的表情包。

老秦走进教室，沈言用桌上堆成长城似的书挡住老秦视线，继续观察手机屏幕。

王大海的微信界面上方不断出现"对方正在输入"的字样又消失，却好半天什么都没发过来，显然是不知道怎么得体地应付沈言的表情包轰炸，沈言觉得好笑，又发了一条信息过去打破僵局："谢谢你帮我跟老秦请假，哈哈。"

王大海挠挠脑袋："应该的，你好好上自习。"

放松下来之后，想到沈言片刻前给自己发的一连串表情，企图追赶年轻人潮流的王大海点开微信自带表情，抓耳挠腮地也给沈言回了几个表情，以显示自己和沈言的年龄差也并没有很大。

王大海：微笑（表情包）。

第七章 >> 别叫我爸

王大海：玫瑰（表情包）。

王大海：龇牙（表情包）。

沈言："……噗。"

沈言又发了个表情包，随即在老秦走过来之前把手机往桌膛里一划拉，一脸认真地写起数学课外拓展的习题集。

老秦是数学老师兼班主任，所以每天早自习都会来班级巡视，于是"心机"的沈言固定在早自习时学数学，没有哪个老师不愿意看见学生认真对待自己教的科目，加上沈言整体成绩中下游，但数学确实学得挺好，在老师面前又是一副乖巧嘴甜的样子，所以秦老师对他观感还不错。

秦老师走到沈言座位旁，让沈言把伤脚给自己看看，沈言便挽起裤腿展示了一下自己涂了红花油的脚踝，秦老师点点头，没说什么，转身走开了。

下午四点，天边逐渐汇聚起积雨云。

马鬃般丝丝缕缕的云絮散发着阴郁的微光，堆叠成厚重的云墙沉沉地压在城市上空，最后一小节晚自习快下课时，一道骇人的巨雷隆隆地炸响，顷刻间便是大雨倾盆。

王大海有每日看天气预报的习惯，知道今天晚些会有雷阵雨，给沈言带了伞，但也有很多学生被早晨的好天气迷惑了，放学铃响起时教室里一片怨声载道。

沈言慢吞吞地收拾书包，婉言谢绝了要扶自己走路的热心同学，等同学都散得差不多了，才吹着口哨悠悠地朝教学楼门口走去。教学楼前房檐下聚集着一群没带伞的学生，沈言想着自己有王大海接，就打算做做好事，他抬眼一扫，瞥见同班的一个女生张珊珊，便单脚跳到她身

201

边，问："你怎么回去？"

张珊珊原本苦着脸，看见美少年后，小小的脸盘顿时一亮，说的是抱怨的话，语调却轻快："坐232路公交车，走过去得五分钟呢，愁死我了。"

沈言和善地一笑，撑起折叠伞："一起。"

张珊珊清秀的脸蛋瞬间涨得通红，摇头摆手疯狂拒绝："不了不了，我等雨小……"

和沈言这种美少年打一把伞走到车站？走到一半非原地窒息给他看啊！

"别客气，"沈言朝校门扬扬下巴，"门口有人接我，你先陪我走到门口，然后这把伞你用，明天记得带回来就好。"

"喔，好的！"张珊珊松了口气，发自肺腑地赞美道，"太感谢了，人美心善就是你！"

沈言笑出声，撑起伞并很绅士地把大半都打到张珊珊那边，张珊珊见他脚不方便，规规矩矩地伸手托住沈言小臂让他借力。两人间隔着十公分的礼貌距离。

沈言一路瘸着走到校门口，看着挺行动不便的，实际上张珊珊觉得自己手都没怎么用劲儿，她正迷糊着，沈言把伞往她手里一递，往前蹦了一步蹦到王大海伞下，冲她挥挥手，笑容清爽："明天见。"

"明天见。"张珊珊也挥挥手，单纯地觉得沈言真好看，这么好看的人是我们班的，简直与有荣焉！

一阵裹挟着雨点的凉风吹来，沈言耸肩抱怀，搓着胳膊上的鸡皮疙瘩打了个冷战："好冷好冷。"

王大海没吱声，拉开副驾车门让沈言进去，又去后排座拿了件自己

第七章 >> 别叫我爸

的外套递过去——他就猜到晚上下雨沈言会冷，特意带了衣服。

"谢谢哥哥。"沈言得救一样用王大海的外套裹住自己，冲他一笑，可王大海却只是嗯了一声，绕了一圈坐进驾驶位。

车内静了一阵，只有引擎打火的声音，王大海则沉默不语，这不是正巧这会儿没话可说导致的普通沉默，而是乌云般的负面情绪在两人头顶沉沉压下的沉默。

很会读空气的沈言眼睛一转，从过长的袖口中伸出一小截手指，戳戳王大海的手臂，小声问："大海哥，你今天不高兴了？"

王大海笑笑："没，对了，你晚上想吃点儿什么？哥今天忙工作忙太晚没做饭，带你上饭店吃去。"

雨天车不好开，尤其学校前面这条路堵得厉害，沈言趁小破车被堵在车流中动弹不得的当口把手在王大海眼前挥了挥，接着整个凑到离王大海极近的地方，道："你怎么了？"

王大海低声道："真没什么，就是工作一天有点儿累，哥开车呢，别闹。"

毕竟不是亲弟弟，他也不方便教育人家。

车子里的沉默持续了一段时间，王大海才装出一副随便的口吻道："对了，刚才那位女同学……和你挺好的？"

沈言无辜道："和我打一把伞那个女生？我们平时都不怎么说话，我就是看她没带伞，才和她打一把，助人为乐嘛。"

王大海风轻云淡地喔了一声。

沈言抿了抿嘴唇，道："大海哥，我知道你想问什么，我没有交女朋友。"

王大海松了口气，点点头："不交是对的，你现在学习是第一位。"

幸好小孩儿够机灵，看出他想说什么了，省得他自己瞎纠结了。

两人在一家川菜馆解决完晚饭，回家已将近十点。

沈言愉快地进书房写剩下的两科作业，王大海惯例打开电视收看《乡村爱情》。

雷雨丝毫没有停歇的迹象，炸雷一道接着一道，仿佛附近有妖怪在度雷劫。一转眼到了十一点半，王大海打着哈欠四下摸索遥控器准备关电视，可遥控器还没摸到，电视屏幕便先一步暗了下去，整个房子都随之陷入黑暗。

——停电了。

"大海哥！"书房里传来沈言的叫声。

王大海忙跑进书房："怎么了，没事儿吧？"

沈言飞快走到他身边，道："没事，就吓我一跳。"

"……可能打雷打的，把哪边线路打坏了，"王大海分析，"作业做完了吗？"

"就差一道大题，"沈言不太自然地黏在王大海身边，"我明天早晨做就行了。"

"那洗洗睡吧。"王大海摸出手机打开手电筒，"找找你手机，把手电开开。"

沈言回身拿起桌上的手机，吞吞吐吐道："大海哥，有个事儿你能不能答应我？"

王大海："什么？"

沈言拽着他胳膊不撒手，怕他跑了似的："你先说能不能答应？"

王大海傻笑了一下："能，说吧。"

第七章 >> 别叫我爸

沈言不好意思道:"我不敢一个人关灯睡觉,今天晚上我去你卧室睡行吗?"

王大海一下想起那天半夜他去检查沈言盖被情况的一幕,当时沈言的卧室里确实开着一盏小夜灯。

都这么大孩子了,还跟人挤一床,感觉不太合适,王大海犹豫道:"哥去你屋,坐你床边陪你睡,等你睡着了,哥再走。"

"我知道我一睡着你就走,我就睡不着了。"沈言得寸进尺,把王大海肌肉强健的手臂拽来拽去,"大海哥,拜托拜托,不然我要吓死了。"

王大海被沈言抱着的手臂绷得钢筋一样硬。

他平时宠弟弟宠习惯了,拿撒娇的沈言是一点儿办法都没有,纠结了下,小声道:"那……你,你睡觉能不能穿点儿衣服?"

"我今天穿着衣服睡。"沈言痛快地同意了。

沈言用最快的速度洗漱完毕,洗漱完,他用手机照着亮回卧室穿上家居服,就抱着被子和枕头跑到王大海卧室,占了一小半的床,然后缩进被窝里装乖。

王大海见床上那只隆起的小山包一动不动,心想沈言睡得还挺快,于是放轻脚步小心翼翼地挨着床边侧身躺下。

沈言本来是怕王大海撵他才装睡,结果白天学习太累,装了没一会儿就真睡着了。

海潮般柔和的呼吸使屋子更添静谧,王大海渐渐也在这暖融融的温馨氛围中合上了眼皮。

第二天一早,王大海被手机闹铃惊醒,眼睛还没睁开就往身边摸了一把,没摸着人,被窝也是凉的。

沈言惦记着昨晚停电没做完的最后一道大题，所以比王大海早二十分钟起了床，他正在书房埋头做题，王大海忽然穿着背心短裤探头进来，问："那个……言言，早晨想吃什么？面条行吗？"

　　因为前两天沈言抱怨说他们两个都这么熟了王大海还张口闭口"同学同学"地叫，感觉太生分，让王大海叫言言，王大海不太好意思叫那么亲，今天才忽然改口。

　　沈言一笑，点点头："行。"

　　王大海傻笑了一下："哥这就去做，二十分钟就能吃。"

　　他正要转身往外走，又觉得不对——在此之前沈言每天早晨都是手机闹铃加王大海三请四催才能勉强爬起来的小懒蛋，今天居然还这么利利索索地起早做题？

　　王大海："对了，你今天怎么起这么早，困不困？"

　　"困。"沈言用力搓搓脸蛋，一秒斗志昂扬，"但我可是要考上S大的男人，这么一点点困不算什么。"

　　王大海眼睛一亮："想考S大了？"

　　沈言瞄他一眼，嘀咕道："我们市好大学就这一所，我考不上的话要么去差的，要么就得去外地念……我不想去外地。"

　　另一方面也是因为被在S大念书的王小溪和李澜风天天夹击包抄式洗脑，一上游戏就"S大S大"的，弄得沈言梦里都是"S大"。

　　王大海憨笑着点头："嗯，还是在本地上学方便。"

　　王大海早饭做到一半，搞定了作业的沈言腿脚麻利地跑过来，嘿地一声从后面扑向王大海，随即探头看锅里煮的面。

　　王大海一愣，忽然意识到不对："言言，你脚……好这么快？"

　　"本来也没扭得多重。"沈言轻咳一声，"大海哥，和你说个事儿

第七章 >> 别叫我爸

你别骂我。"

王大海基本猜到了,转身正面对着沈言,无奈又温和道:"说吧。"

沈言仰脸,可怜兮兮地望着他,交代罪状道:"我脚当时崴得是挺疼的,但没我表现得那么疼,我说我走不了路,是想让你背我……对不起,你生不生我气?"

王大海脾气好得很,没来气,只拿大手揉揉沈言的头发,笑了:"这么点儿小事,哥还能和你置气?"

"我以后再也不骗你了,真的。"沈言挠挠头,"这几天总感觉良心不太安稳。"

"好,"王大海一拍胸口,诚恳道,"我是真把你当弟弟看的,有什么要求你就直说,只要哥能做到的,有求必应。"

转眼又到了周五,这周末王大海和王小溪说好了,兄弟俩一起回家陪陪爸妈。

晚上,王大海先去S大接了王小溪,又照例去学校接沈言放学。

沈峻辉自上次和沈言彻底闹崩之后没再带人来学校找过沈言,但也不能排除有人来找过,只是被王大海吓退了的可能。所以王大海仍然放心不下,毕竟这种事不怕一万就怕万一,小孩儿现在就他一个能依靠的人,王大海半点也不敢疏忽。

第八章

绝不简单

第八章 >> **绝不简单**

车在二中校门口停下了,离放学时间还有三分钟,王大海按下车窗,翘首以盼。

"哥。"王小溪都观察他哥一路了,怎么看怎么觉得不对劲,一定要说的话,就是他哥好像特别开心。

这时,学生开始涌出校门,王大海这边的车窗正对着学校大门,沈言跑过来时没看见坐在副驾的王小溪,几步开外便呼唤王大海:"大海哥——"

王大海还没来得及回应,王小溪忽然身子前倾,冲沈言挥挥手,道:"……嗨。"

沈言用无比正常的语气招呼王小溪道:"哥,你也来了。"

王小溪:"……嗯。"

语气差太多了啊这个小混球!

沈言抱着书包坐到后面,王大海惯例献上关怀:"言言饿了吧,哥先拉你们回去,然后带你在家附近吃点儿东西行不行?"

沈言乖巧回答:"行,我课间吃饼干了,不怎么饿。"

王大海不放心沈言自己住,所以这周回家陪父母就把沈言也带上了,这样明天周六他护送沈言上放学也方便,这都是事先商量好的。

王小溪慢悠悠地一回头,慈祥呼唤:"言言。"

沈言："……哥你没事儿吧？"

王小溪啧啧道："差别对待啊，我哥这么叫你就答应。"

沈言乐了："但是你平时不都叫我沈言吗？"

王大海憨厚地笑笑道："对了小溪，待会儿回家你就和爸妈说言言是你朋友，你带他回家住两天。"

王小溪缓缓眨了眨眼，道："……事实就是这样，为什么还要先统一口径？"

王大海被问得一愣。

对啊，事实不就是这样吗？

王大海打开广播，回家的一路上沉默得活像一枚紧紧合拢的大蚌，王小溪觉得他哥傻乎乎的样子特别好玩儿，就故意逗他开口说话，王大海打定主意不吱声，被逗得狠了就在等红灯的间隙黑着脸瞪王小溪，用目光无言地传递着下个月要扣生活费的威胁！

王小溪："噗。"

我哥怎么这么可爱！

带两个小朋友去家附近的饭店把肚子填饱后，王大海开着小破车进入别墅区，停在一户人家门前。

王大海父母都已年过半百，在大儿子发家后他们辞去了县城小工厂的工作，搬进城里享清福。

考虑到父母有养小动物与种菜的爱好，王大海专门为老两口购置了一套独门独院的小别墅，老两口平时就在院子里种种菜养养鸡。每周大儿子回家，老两口都会给他打包一车绿色纯天然作物，偶尔还会有一只

第八章 >> 绝不简单

被五花大绑的鸡,并殷殷叮嘱大儿子烧给小儿子吃,院子里这一轮长大的鸡都宰干净吃光后,老两口就相携出去旅游,小日子过得自在逍遥。

老两口上了点儿年纪,喜欢家里热闹,三人一进屋他们就跑来跑去给三个孩子拿吃的,有些"颜控"属性的王妈妈对沈言赞不绝口,直夸沈言长得好看,还笨手笨脚地试图给沈言削梨。

"你可把刀给我吧。"王爸爸嗔怪地夺过王妈妈手里的梨和刀,貌似不耐烦道,"待会儿再把手指头切了,我还得给你上药。"

王妈妈飞去一枚眼刀,转而去攻克难度小的香蕉,掰下一根直往沈言手里塞:"你吃水果,别客气。"

沈言冲王妈妈甜甜一笑:"谢谢阿姨。"

王妈妈双目炯炯有神,转向王小溪,感叹道:"我要是天天看着你这个同学,我能多活十年。"

王小溪瞪圆眼睛,狂指自己的脸蛋:"我呢我呢?我也好看啊!"

王妈妈嫌弃脸挥挥手:"你我都看够了,看十九年了。"

王小溪端着杯子默默喝茶,心想确实是亲妈。

王妈妈沉稳道:"你要玩玩那个什么Cosplay,我还能多看你两眼。"

王小溪一口茶喷了满地:"噗——"

"妈你看你,你还总挥掇小溪。"王大海卷起袖子擦地,"我劝他都劝不过来。"

"他穿得挺好看的嘛,他又高兴穿,那就随他便。"王妈妈云淡风轻地一摆手,冲王小溪努努嘴,"妈妈说的对不对?"

王小溪疯狂点头:"对!对!"

王妈妈本是青城山下蜀地人士,十几岁时随父母来到北方安家,不知是不是在性格成长期受到了道家文化熏陶的缘故,性情向来恣意潇洒，两大人生信条分别是"关我锤子事，你开心就好"，以及"关你锤子事，我开心就好"。

王妈妈年轻时追求者众多，其中不乏条件好的领导家儿子，可她却不顾家人反对，挑了个和她一样在工厂车间上班、家里穷得叮当响、个人也没多大前途的王爸爸，就是看中了王爸爸长得帅、懂浪漫，又知道疼人，贯彻了开心就好的人生准则。王爸爸和她在一起过了大半辈子，也渐渐被感染成这样的性格，两人活得像对儿不问世事的神仙一样，年轻时穷有穷的开心，上了年纪儿子有出息又孝顺，富也有富的开心。

几人正聊得起劲，一只肥嘟嘟软绵绵的橘猫从楼梯上流下来，身后还陆续跟着四只和它一样胖滚滚的奶猫，五只猫咪一水儿的橘色。

"哇，太可爱了！"沈言捞起一只奶猫，放在膝盖上怜爱地抚着，其他几个人也各自逮住一只猫，五个人正巧五只猫。

"这只猫……是我救的。"王大海见沈言喜欢猫，便突兀地插了句话。

沈言仰脸看他，一副在认真听的神情，王大海挠挠头，继续道："去年春节我在路边捡的，有几个小学生往它尾巴上绑鞭炮，让我看见了，我就把它救回来了。"

沈言规规矩矩道："哥，你人真好。"

王大海嘿嘿笑了两声，把自己膝头上放的奶猫大撸特撸。

"叔叔，阿姨，我得去写作业了。"沈言放下奶猫，拎起书包。

"我带你去书房。"王大海抱着被他救过的大猫，殷勤地在前面引路。

三楼的书房平时没什么人用，书桌上落了层灰，王大海一手托着

第八章 >> 绝不简单

黏人的猫,一手从纸抽里扯了两张纸,帮沈言擦桌子:"言言你就在这做作业,待会儿我给你送点儿水果零食,我爸妈都爱热闹,喜欢家里来客,你千万别和他们见外。"

"好。"沈言眉眼弯弯的,笑着答应。

沈言保持着做四十分钟作业玩十分钟手机的节奏,十一点,三科的作业都做完了,他伸着懒腰抱着英语书走出书房,想着睡觉前再温习一下单词,因为睡前记东西效果好。

王大海没关卧室门,正挥汗如雨做着俯卧撑,一身肌肉被汗水浸润得湿亮,沈言探进一个脑袋,问:"大海哥,我今天住哪?"

"你住客房,我给你收拾好了。"王大海本来光着膀子,一见着沈言就飞快把背心套上了。

沈言乖巧地应了一声,把英语书放在王大海床上,问:"客房在哪?"

客房就在王大海卧室隔壁,王大海带沈言去了,指指床上宽松的旧T恤衫和沙滩裤,道:"哥平时睡觉就穿背心大裤衩,没有睡衣,小溪也没有多余的,你穿这套凑合一下,后天放假哥带你去商场好好买趟东西。"

沈言前几天穿的睡衣今早洗了,在另一个家里晾着,他确实需要添置些衣物了,便点点头,道:"我换衣服。"

王大海转身往外走。

沈言穿上王大海的大T恤和花花绿绿的土气沙滩裤,溜进王大海卧室。王大海还没来得及开口,沈言就在他床上坐下,抓起事先放在床上的英语书,问:"大海哥,能不能帮我考一下单词?明天上课老师要听写。"

王大海为难地摇摇头:"哥的英语也不行啊。"

"我把每个字母都拼出来,你照着看就好了。"沈言道。

王大海认字母还是没问题的,只好应下:"那行。"

沈言往床里面退了退,把书塞给王大海,道:"就这页的两竖行。"

"喀,第一个词,获得、实现。"王大海一板一眼地照书念。

"achieve,"沈言秒答并拼写,"A-C-H……"

王大海一脸认真:"正确,下一个……"

过了一会儿,两列单词都考完了。

"就错三个,挺好的。"王大海自言自语着把书放在床上,"回屋睡觉吧。"

沈言却没做声。

王大海:"言言?"

仍然无声。

王大海一回头,发现顶多就在三十秒前还在开口背单词的沈言已紧闭双眼卧倒在床,居然已经睡着了。

王大海:"……"

沈言:"呼——"

王大海狐疑道:"言言?别装睡。"

沈言睡得天昏地暗。

"言言起来,回你屋睡去。"王大海轻轻推推沈言肩膀。

沈言纹丝不动,像焊在床上了似的。

王大海跪在床上,弯腰想把沈言抱起来,无奈道:"怎么就这么懒呢,非得让哥给你抱回去是不?"

沈言睡觉被打扰,不悦地拧了下身子,不让王大海碰。

卧室里静了几秒,王大海纵容道:"那得了,你在这睡吧,你压着

第八章 >> 绝不简单

被呢,你往那边去一下,我给你盖上。"

王大海这边家里的床是摆在卧室正中央的,二中附近家里的床却是贴墙放的,沈言迷迷糊糊的,还当身后有墙,叽里咕噜一滚,咣当一声掉在地上。

沈言摔得哼哼唧唧的。

王大海吓了一跳,三步并两步跑过去把人捞起来,沈言揉着摔疼的脑袋,彻底精神了,怒戳王大海:"都怪你。"

王大海老实道:"都怪我都怪我。"

时间过得很快,一转眼高二下学期便宣告结束,四十天后,至为关键的高三上学期拉开帷幕,沈言的十八岁生日也随之来到。

这天是周六,晚自习下了课,沈言单肩斜背着塞得满满的书包,怀里捧着大小不一的礼物盒,胳膊下还夹着一只毛茸茸的小狐狸公仔,边灵巧地绕开堵在过道的同学们往外走,边礼貌地向每一个送了生日礼物的同学道谢。

作为一个性格亲切的美少年,沈言一直被高三四班全体同学视为"班宠",所以今天十八岁生日他收礼物收到手软。走到教室门口时,几个平时和沈言关系不错的同学拦住他,提议晚上一起出去庆生,却被沈言委婉谢绝,表示待会儿有安排了。

几个同学闻言纷纷起哄。

"有安排,跟谁啊?"

"此事绝对不简单!"

"行了行了,成年人的事儿,你们这些未成年人少问两句。"

沈言粲然一笑,道:"就是和我哥吃饭去。"

同学们不信，仍然半真半假地开着玩笑，沈言也懒得多解释，只加快步子往校外跑去，由着同学们瞎猜。

王大海早早就等在校门外了，在沈言的影响下，王大海的穿衣打扮早已摒弃了往日的"地摊清仓甩卖风"，一身恰到好处的搭配将他的身材烘托得既有型又不显粗野，他抱着怀，背倚一辆造型豪迈霸气的越野车，乍一看简直像是给越野车拍广告的硬汉风男模。

"大海哥——帮我开车门！"沈言离老远就喊起来了。

王大海忙不迭拉开车门，让沈言把东西放进车里。

这辆新车是三个月前沈言和王小溪一同帮他参谋的，两人都认为这款很贴合王大海的气质，之前那辆年事已高的小破车终于光荣退出历史舞台。由于它是王大海人生中的第一辆车，王大海舍不得白菜价转卖或是送去报废，就把它停放在父母家常年闲置的车库里。

回家看父母时，王大海偶尔还会偷偷溜进车库看看小破车，回首一下它陪自己四处征战打江山——也就是拉着他到处见客户，以及往返于田间地头看庄稼的峥嵘岁月。

后排座上放着王大海订的生日蛋糕与花束，沈言把礼物挨着它们放好，直起身看看王大海，眉眼浅浅一弯，道："大海哥，周围人都看你呢。"

王大海冷静地低头检查裤子拉链。

"是看你帅。"沈言好笑。

王大海："我照你给的搭配表穿的，能不帅吗！"

沈言高高抬起手，像摸一只大召唤兽一样摸摸王大海的头，道："大海哥真乖。"

王大海这人属于"直男"，什么衣服搭配什么裤子，什么裤子搭配

第八章 >> **绝不简单**

什么鞋这种事情能活活难死他。为了让王大海能每天潇洒帅气地出门,沈言先是陪王大海狠狠买了几趟衣服,又不顾王大海的长吁短叹,强硬地把那些土掉渣的地摊货全清理了。

接着,沈言利用课余时间,把自己给王大海挑的每件单品都单独拍了照片,导入电脑进行编号、排版,再打印出来装订好,上书"衣物编号对应表"七个大字。

做完这些,沈言又给王大海量身打造了春夏秋冬四份服装搭配攻略,每份攻略中都详细记录了十种左右的全身搭配,如"休闲套装一:1号上衣+2号长裤+4号皮带+1号鞋","商务套装一:1号衬衫+1号外套……",简明易懂一目了然,即便是审美再如何无药可救,只要严格按照攻略执行也绝对不会出错。

一边是王小溪提供的护肤攻略,一边是沈言打造的穿搭攻略,王大海总算从土帅土帅的农民企业家摇身一变成了时尚型男,这些日子不仅走在大街上回头率一路飙升,每次周末回家陪父母时也会收到弟弟、爸爸和妈妈的神秘目光礼。

为了给沈言庆生,王大海提前两个月预订了一家人气爆棚的私房菜餐厅,这家餐厅每天只接待三桌客人,客人无法点菜,能吃到什么全仰仗老板当天的心情,且价格昂贵,可当地的美食爱好者偏偏趋之若鹜,恨不得把这家店吹捧到天上,王大海就想着带他家的小朋友们来体验体验,王小溪和李澜风从S大出发,和他们在餐厅会合。

王大海从没来过这种餐厅,起初有些别扭拘谨,可沈言和王小溪都对这些精致宛如艺术品的菜品喜爱非常,两人高兴得脸蛋都在发光,王大海看着他们开心,也就忘了旁的事。餐厅提供的菜式上齐之后,王大海摆出生日蛋糕,用粗壮的手指拈着两枚小巧的数字蜡烛插好点燃,温声道:"言言,吹蜡烛许愿了。"

沈言闭上眼睛双手合十,静了几秒,一口吹熄了蜡烛,隔着缭绕的轻烟望向王大海,道:"大海哥,我许的愿是……"

王大海急忙制止,慌得险些把蛋糕掀翻:"别说,说出来该不灵了!"

沈言失笑:"那行吧,你怎么比我还像小孩儿呢。"

王小溪也笑:"我哥就这样,大小孩儿。"

四人将桌上饭菜风卷残云般扫荡一番,个个吃得滚瓜溜圆,还给沈言合唱了生日快乐歌。

沈言从小到大都没像模像样地和家人过过生日,眼角泛起一点细碎的水光,他急忙抬手抹去。

或许他前十八年缺失的东西,都能在这里找回来。

前一天晚上吃完饭四人又去KTV玩到深夜,连一向对娱乐活动敬而远之的王大海都倾情献唱了一首,王小溪和沈言憋笑憋得肚子疼。因为熬夜熬得太晚,第二天沈言上午十点多才爬起来。

为了能没有负担地过生日,沈言充分利用了昨天周六的自习课乃至课间十分钟,拿出拼命的架势疯狂做题,所以周末两天的作业已做了不少,沈言感觉有必要奖励自己一下,吃过上午饭就直奔书房打开电脑,登录游戏。

这几个月沈言很少上游戏,而且因为不敢乱花钱,代练也不敢请了,身上的装备已跟不上大部队,操作再厉害也玩不动,只能当个随便休闲一下。

这时,王大海走进书房,按照惯例给沈言送水果。

他手里端着一个大号玻璃碗,小颗小颗红玉似的石榴籽堆得冒尖儿,玻璃碗壁上还结着一层淡白霜气,看着很凉似的。

第八章 >> 绝不简单

"言言吃石榴。"王大海把玻璃碗放到沈言手边,递过去一个汤匙,"舀着吃。"

看着这一大碗剥好的石榴沈言眼睛都亮了,忙舀了一大口塞进嘴里,石榴籽在口腔内颗颗爆开,满嘴都是鲜甜冰凉的汁水。沈言满足不已,道:"好甜。"

王大海见沈言喜欢吃,眼底透出几许得意的神色,絮絮地道:"哥去早市买的,挑的最大的两个,放冰箱冻一上午了,知道你爱吃凉的……"

沈言吃石榴吃得欢,直到音箱中传来角色的死亡音效他才放下勺子定睛看去,屏幕里角色已经回复活点了,一个刀客站在沈言角色的尸体上,还蹦了两下。

沈言不悦道:"我被人打死了。"

王大海凑过去看那令他眼花缭乱的游戏界面,皱着眉,一脸护犊子地问:"谁打你的?"

沈言气呼呼道:"王小溪,他游戏里总欺负我。"

"……这人是小溪?"王大海护犊子的表情有一瞬间的凝滞,似乎拿不准应该护哪只犊子好。

我超凶:"你作业写完了吗?"

妄言:"写完了。"

我超凶:"撒谎!"

妄言:"……我就玩一个小时,真的。"

我超凶:"别以为我不知道你。"

妄言:"那是我以前,过了昨天我已经是真男人了,真男人讲信用,说一个小时就一个小时。"

219

我超凶："怎么就真男人了？"

沈言十指翻飞："昨天我过十八岁生日，成年了，真男人。"

我超凶："……小屁孩儿你好好学习啊，高三最重要，别分心。"

妄言："我知道轻重，就玩一个小时，哥你带我打个战场呗，我这装备进去就被人按在地上摩擦啊。"

我超凶："去去去，作业写完我再带你，再不下线组团追杀你了啊。"

沈言委屈地扭头看着王大海，开始告状："哥哥，王小溪要组团追杀我。"

王大海犯愁地抓抓头，商量道："要不然咱先把作业写完？"

"我都计划好了，玩到十二点，然后下午和晚上专心学习。"沈言眼巴巴地望着电脑屏幕。

"好好，哥给你说。"王大海一个电话拨过去，"喂，小溪？言言就玩一个小时，我看着他，没事儿……"

顿了顿，王大海又嘱咐王小溪道："那什么，你再带言言打个战场，是叫战场是吧？"

王小溪："……哦。"

撂了电话，王大海乐颠颠地向沈言邀功道："我让小溪带你打战场了。"

"哈！哈！哈！"沈言发出小人得志式的大笑，扑到电脑前，点王小溪组队。

妄言："啦啦啦，哥，**我来了**，战场走起。"

我超凶："小屁孩儿你等着，让我风哥收拾你。"

妄言："**你哥**在旁边看着呢。"

我超凶："……手滑，开玩笑的，谁不收拾谁。"

第八章 >> 绝不简单

沈言被王小溪带着进战场，一路躲在王小溪身后，敌对玩家来了就躲开，敌对玩家残血就补刀，连没玩过网游的王大海都看出端倪了，忍不住问："言言你怎么不打？"

"我装备太烂了。"沈言随口解释道，"这游戏上个月开新赛季了，我这身装备还是上个赛季的，走哪都让人吊着打。"

王大海半懂不懂地听着，心想小孩儿一周也就玩这么一两个小时，玩得还不尽兴，那多难受，便问："那你装备怎么才能好？"

"要么就是自己经常上来玩，做任务赚点数，或者打副本从Boss身上爆装备，但我肯定没时间。"沈言耐心地解释，"要么就是找代练，让代练做这些。"

"那咱们就找代练。"王大海飞快道。

流落在外的沈小少爷唇角一翘，道："不找，做全套的话代练费挺贵的。"

上次和沈俊辉彻底闹翻后，沈言又接到过几次沈俊辉的电话，每次这个爹都是先好言好语地哄哄沈言，接着话锋一转就转到戒网中心上。而一聊到这个，沈俊辉的冷血动物本性就会显露出来。在几次令人绝望的沟通后，沈言确定自己这辈子都不会和父亲有什么交集了，未来只能自力更生，所以从家里带出来的钱沈言完全不敢挥霍。

王大海一怔，这才发现自己确实没怎么关注过沈言的零用钱问题，毕竟沈言平时就是家和学校两点一线，衣食住行的花销全被王大海承包了，确实没什么特别需要花钱的地方。而且，之前王大海也提过两次要给沈言零花钱，但都被沈言以"我还有钱"为理由拒绝了，王大海知道沈言心思重，怕他有心理负担，也就没敢再提。

"贵不要紧，你玩得开心就行，"王大海道，"哥以后每个月给你零花钱。"

"不要。"沈言连忙摆手，僵硬地盯着屏幕，"我没那个意思，我如果缺钱早就和你开口了……我这还有存款呢，有挺多的。"

王大海："但是……"

沈言急急打断："我都满十八周岁了，我们两个都是成年人，是平等关系，我不用你给我零花钱"

沈言之前问沈俊辉撒娇讨零花钱时从来没觉得有什么羞耻的，毕竟那是他父亲，父亲给孩子零花钱是很寻常的事。至于王大海，对沈言来说虽然像哥哥一样，但毕竟不是亲哥哥，向王大哥伸手要钱一来不合适，二来会刺痛沈小少爷的自尊心，这几个月虽然衣食住行都是王大海主动掏钱，但这和直接给钱的感觉还是很不一样的。

沈言焦躁地敲打键盘释放技能，开始后悔刚才不小心和王大海提到代练费的事。

我怎么犯这种低级错误！丢死人了！沈言恼恨地磨着牙，脸蛋因为羞耻而慢慢变红了，看都不敢看王大海，生怕王大海一言不合就打钱。

"言言。"王大海轻声叫他。

沈言搓搓发烫的脸，试图逞强："我真不用，我的存款花到高中毕业都没问题。"

王大海不吱声了，起身走出书房，过了一会儿又回来，手里拿着沈言前段时间帮他挑的1号钱包，从里面抽出两张银行卡放在桌上，道："言言，今天开始这两张给你用，密码都是我生日。"

见沈言梗着脖子不看也不搭腔，视两张卡如空气，王大海便把沈言的转椅转了个方向，迫着他看向自己，道："言言，你别和我见外，我

第八章 >> 绝不简单

是真把你当弟弟看的,你也知道我家庭情况……小溪肯定和你说过。"

王小溪确实和沈言提过自己曾经有个二哥的事情,提这个主要是为了让沈言在王大海家住得踏实一点,沈言现在孤苦无依,需要个落脚的地方,而王大海也一样有遗憾需要抹平。王小溪觉得照顾沈言的过程可能也是王大海治愈内心那道陈年旧伤的过程。

"我没见外。"沈言脸蛋通红,"我真的不需要。"

"那你要我这个大海哥不?"王大海在沈言对面的转椅上坐下,温和地看着他。

沈言点点头,眼睛亮亮地看着他:"要你这个哥。"

"这些,"王大海朝那些卡一努嘴,"也是我的一部分,你要我这个哥,就得连这些一起要。"

沈言张了张嘴唇,不敢相信这些话居然出自王大海之口。

"哥有公司,钱能一直赚着,你现在是学生,还得读好几年书,"王大海语气很诚恳,"你身上没点儿钱,心里肯定不踏实。这个事儿哥之前疏忽了,早想到的话早就处理了,这两张卡里的钱你自己琢磨着买点儿理财,盈利也够你日常开销了。你说得对,我每个月给你转零花钱不是那么回事儿,所以就这么处理。你就当是帮哥托管这笔资金,那些有钱人不是都买那什么信托基金吗?让钱生钱什么的,我不懂那些玩意儿,也不敢乱买,这些钱天天就搁卡里放着,也吃不着什么利息,都白瞎了。你脑瓜那么聪明,肯定知道怎么买,你就当是给我当那什么……理财顾问了,你看行不行?"

"我……"沈言的话哽在喉咙里,不知道说点什么好。

"言言,你别不好意思。"王大海捏捏沈言的手,用他质朴的乡村亲情观梳理这件事，"不管是亲情还是友情，不都得互相照顾、互相扶持吗？我把你当弟弟看，你念书、我工作，我有能力就多照顾你一点儿，都是捎带手的事。将来万一我公司干不下去了，你有大成就了，你不是也能一样对我这么好吗？你能不能？"

沈言泪眼汪汪，狂点头："能！"

王大海笑笑，在沈言头上重重揉了一把，道："那你就别多想，拿着，听话。"

转眼又是一周过去，上周为了给沈言庆生王大海没回父母家，这周五晚上二中放学后，王大海接上弟弟和沈言，三个人一起回去。

这四个多月来，王大海每次周末回家都会让沈言以"王小溪朋友"的身份跟着去。

本来王大海对这件事比较忐忑，毕竟朋友偶尔回家做客正常，但哪有周周都跟着的。王小溪看出来王大海的担心，把当时和王大海讲过的那套"亲妈出走多年亲爸二婚后妈生小儿子"的家庭伦理剧梗概又给爸妈讲了一遍，以解释自己为什么周周把沈言往家里带。

"……他这不是和家里关系闹僵了吗，他爸前段时间嫌他不听话，就想把他送戒网中心改造，"王小溪拼命渲染恐怖气氛，"就那种竖着进去横着出来的。"

王妈妈倒抽一口冷气："这还是亲生的吗？这人怎么当爸的？一家人有什么不能好好商量的，有了小儿子就不管大儿子了啊？"

"就是的，太过分了，我和我哥听说的时候都惊呆了。"王小溪绘声绘色地进行表演，"上次他爸带两个壮汉去学校堵人，让我和我哥给撑走了。我哥就说这也不行啊，万一沈言上放学路上被他们带走了怎么

第八章 >> 绝不简单

办，我就说那周末让他和我们一起回家吧，不然万一真被抓走他这辈子不就毁了吗，我哥就说行。"

王妈妈欣慰地拍拍王小溪肩膀："我儿子是个好样儿的，这件事做得对。"

在王小溪的倾情演绎下，王爸爸王妈妈顺利接受了沈言每周一起过周末的设定，王妈妈更是把长得好看又嘴甜的沈言当成了半个儿子，一到周末就忙前忙后地催促丈夫和大儿子给沈言做他爱吃的菜。

王妈妈被丈夫宠了一辈子，没怎么下过厨，拿手菜就只有一道烧开水，只能通过催别人做拿手菜来表达对沈言的喜爱之情。

这天，王小溪妈妈过生日，为了热闹些，王小溪把李澜风也带回家了。

四人回到家，沈言先是帮王妈妈参谋她这周买的新衣服，提了些穿搭建议，又在看衣服的过程中不着痕迹地把王妈妈从"颜值"到气质全方位暗暗夸了一通，刷爆了本周王妈妈好感度后，沈言愉悦地晃着小狐狸尾巴去三楼书房写作业。

王大海闲着没事，去后院帮父母干活。秋天正是作物大批量成熟的时候，有不少蔬菜水果可收。院子里，王爸爸用竹竿捅树上的果子，王妈妈美滋滋地端个小盆边捡边吃，享受甘甜的劳动果实，王大海在后院的另一角挑拣长成的作物，脚边的筐里堆满杂七杂八的蔬菜，气氛温馨融洽。

饭点儿到了，李澜风跟在王大海与王爸爸身后帮忙干活儿，想增进一下糟糕的厨艺，王爸爸只要一个溜号，手里的土豆与削皮刀、正在搅拌的鸡蛋、淘到一半的大米……就会瞬间被李澜风偷走并强行打下手。

虽说有人帮忙是好事，可这位十指不沾阳春水的李大少爷帮的时常

225

是倒忙！

最后，忍无可忍的王爸爸与王大海左右一边一个将李澜风押解回客厅，把这个挣扎着还想回厨房的捣蛋分子按回沙发上，塞给他一袋橘子，勒令他陪王小溪与王妈妈吃水果看电视。

"走，炖排骨去。"镇压好为害一方的妖怪，王爸爸霸气地一甩头。

"好。"王大海低吼一声，捏着拳头跟上。

很显然，厨房，是成熟男人的战场，毛头小子不得染指。

李澜风垂头丧气地用包着创可贴的手指抠橘子皮，王小溪碰碰他的手，关心道："怎么弄的？口子大吗？"

"不大，没事儿。"李澜风的"狼狗耳朵"耷拉着，把剥好的橘子塞到王小溪手上，略挫败，"切土豆，刀滑了一下。"

王小溪摸大狗一样摸摸李澜风的头，安抚道："橘子剥得真好。"

李澜风唇角一翘："哪好？"

王小溪一本正经地赞美："看这橘子瓣，一瓣儿一瓣儿的，特别分明。"

李澜风乐了，仗着王妈妈坐在电视前的小板凳上头也不回地专心看电视，把王小溪逼到沙发边缘好一通打闹。

或许是因为太单调，高三的日子虽辛苦却过得飞快，为了能在本地念大学，沈言铆足了劲儿，彻底收起吊儿郎当的懒散习气，全身心投入备考。

上学期沈言还偶尔允许自己放松一下，到了关键的下学期，他自发杜绝了全部娱乐活动，平日连手机都上交给王大海保管，只专注学习。

第八章 >> 绝不简单

进入高三下学期后,学校将晚自习下课时间调到十点,一整天高强度脑力劳动轮转下来,沈言每晚放学走出校门的步子都是虚的,从学校开到家这一脚油门的路也恨不得争分夺秒地打个盹儿,所以王大海在副驾驶靠背上方固定了一个小枕头,还在下方放了个腰枕,靠背角度一调,约等于一张小床。

"晚自习一口气做了两套卷子,累死我了,"沈言瘫在副驾上。

王大海凑过去,用毯子把他盖住,温声道:"你闭眼睛眯会儿。"

沈言听话地合上眼,他一坐进王大海的车,嗅到王大海身上熟悉的气息,听见王大海的声音,就仿佛小动物钻进了温暖干燥的巢穴,紧绷了一整天的神经立刻就松弛下来了。校门口有点堵车,车子在拥挤的马路上缓慢爬行,发动机发出令人困倦的噪音,沈言静了片刻,脑袋一歪,睡得像昏过去了一样。

过了几分钟,车子开到家楼下,王大海不舍得把小孩儿叫醒,但怕锅里的甲鱼汤会凉透,只好拍拍沈言的头,低声唤:"言言起床了。"

沈言困倦地睁开眼,哈欠连天道:"这几分钟我都能睡着……"

"学习太累了,小溪高三那会儿也这样。"王大海下车打开副驾门,把沈言打横从车里捞起来,用脚关上车门,背着沈言走进电梯。晚上十点多钟,进楼的一路上都没别人,沈言配合地伸手按电梯,把头搭在王大海肩上,像只归巢的倦鸟。

沈言吃过晚饭,回书房继续挑灯夜战,下学期开始后他就几乎没在前半夜睡过觉。

过了一个小时,估计着沈言的胃应该空出来些了,王大海往书房送了一盘切好的水果与热牛奶,又轻手轻脚地给书桌旁装满的纸篓换了个垃圾袋,宛如一颗奔波在体内运输养分带走废物的大号红血球。

水手服与白球鞋

　　平静充实的一天又一天缓缓流逝着，六月初，万众瞩目的高考终于到来，并宛如一阵持续了两天的飓风卷去了高三带来的一切压力束缚，最后一科考完时，被用作考场的整座学校就仿佛有什么结界被冲破了一样，空气中的每一颗微粒都洋溢着新鲜自由的气息。

　　沈言出教学楼的一瞬就风一般朝考场学校大门外掠去，左躲右闪避过堵在门口的考生家长，一头撞进王大海怀里，欢快大叫道："哥哥！我解放了！"

　　高三一年他不要命地学，二模、三模都稳稳当当地超过了S大去年的录取分数线，加上沈言心理素质不错，这两天顺利发挥出了正常水平，想上S大不成问题，沈言想想大学后无拘无束的生活，脸蛋都亮起来了。

　　王大海笑着，两条结实的手臂顺势把沈言往上一托，沈言就树袋熊似的挂在他身上了。王大海很实在地替沈言高兴道："明天你就能睡懒觉了，想几点起几点起。"

　　"就这？"沈言像只小野兽似的嗷呜了一声，把脸埋在王大海肩头猛蹭一通，发了顿疯紧接着发狠道，"我要今天晚上想几点睡就几点睡！"

　　"行行行！"王大海忙不迭地应下，把沈言往地上一放，拉着他上车。

　　高考结束后的一段时间，沈言把被压抑了一年的贪玩本性完全爆发了出来，每天驻守在电脑前疯狂打游戏。

　　不用提心吊胆被王小溪组团追杀，沈会长总算是有个会长的样子了，天天带着帮会里的小弟们搞事情，一呼百应，在野外浪到飞起。

　　沈言："哥。"

第八章 >> 绝不简单

我超凶:"嗯?"

妄言:"叫二哥。"

王大海是完全把沈言当成亲弟弟一样了,俩人好得像一家人一样,沈言于是得寸进尺,企图给王小溪当哥。

我超凶:"咳——呸!"

倚剑醉千觞:"小屁孩儿挨打没够?"

妄言:"我也有橙武了,根本不虚。"

倚剑醉千觞退出了队伍。

倚剑醉千觞斩杀了妄言。

倚剑醉千觞:"哥不仅有橙武,还有橙操作、橙走位,小屁孩儿不要太嚣张。"

我超凶:"厉害!"

妄言:"……"

妄言:"又杀我,我要告状了。"

李澜风想起王大海的黑脸,沉默了片刻。

我超凶:"我怕你啊?"

倚剑醉千觞:"别啊,二哥。"

我超凶:"……"

一物降一物,是为天道。

沈言天天宅在家里昏天黑地打游戏,也有一部分原因是为了排解成绩没出来的忐忑。

好在,最后成绩出来,比沈言估的还高十分,S大已经稳了。接下来,沈言除了等录取通知书没别的事,心里一块大石落了地,沈言总算可以放开了玩儿，王大海便认认真真地制定了一个十五日自驾游计划，打算带自家的小朋友们去玩一圈，之前买的越野车也终于可以发挥发挥实力，在野外驰骋一下了。

"路线我定好了，"王大海捧着一摞装订齐整的打印纸，憨厚道，"沿途住宿的地方我也查了，只要行程出入不大，一路都保证你能住上五星级酒店，我听小溪说你不住五星级就睡不好觉。"

沈言怔了一下，乐了，想着王大海素来节俭，怕他住动辄三四千一宿的酒店会心疼，忙道："那是以前，现在我在哪都能睡，怎么都行。"

"不不，"王大海摇头摆手，"我不能让你降低生活标准，再说哥也没住过那么高档的，正好带你和小溪一起体验体验。"

原本计划十五天的旅行持续了二十多天才宣告结束，这时录取通知书也邮到了王大海父母家，一家这也算是出了三个S大的高才生，王爸爸王妈妈都得意得满面红光。

暑假期间，除了李澜风时不时回他自己家之外，另外三个人大多数时间都是在王爸爸王妈妈的小别墅里悠闲度假。

开学第一天，王大海一车把他们三个都拉了过去，车后备箱里满满当当的全是行李，王小溪和李澜风东西少，两人在出租房里简单安顿了一下，就和王大海与沈言一起去学校报到。

这次开学王小溪和李澜风就是大三了，他们报到很简单，去导员办公室给学生证盖个章，再签个字就算完事。

李澜风和王小溪分别报到完，本来该分别去自己学院帮忙迎新，但王小溪给王大海打了电话，问了他们在哪后，便屁颠屁颠地跑过去，充当起迎新学长的角色，拉着办完手续的沈言和王大海在学校里转来转去地参观。

第八章 >> **绝不简单**

"这边是食堂,那边是博雅楼,再那边是博文楼……"王小溪把各种常去的地方一一指给沈言看,"再往后是图书馆。"

王大海走在沈言左侧,提着东西,听得比沈言还认真。

李澜风走在王小溪右侧。

开学时是初秋,有几片急性子的叶子已经挣脱树枝的束缚,飘落在地上。

几人有说有笑地走过林荫小路,阳光被树冠零散地筛下来,洒了一地,前路尽是星星点点的,明亮的光斑。

有树叶被踏碎的声音,沙沙作响,浮起落下。

番外

相亲

番外 >> **相亲**

春末夏初。

一阵温吞的风从拥堵的道路中央横穿而过,大力摇撼树冠,将一朵广玉兰从枝头晃了下去,擦着车玻璃掉在地上。

下班高峰期加前方车辆肇事,车子十分钟还没开出一米,林舒窈捋了把头发,将全部怒火与不耐烦都倾泻到即将见面的相亲对象身上。

"今天我策划案要写不完就全赖他,是工作太悠闲还是手机不好玩,大好光阴干点儿什么不好?"林舒窈自言自语着,在身上暴躁地摸索了几下。

一个小扁盒刚从口袋里抽出一个角,就被猛地想起什么的林舒窈飞快塞回去。

林舒窈面无表情直视前方,想装成什么都没发生过。

"……姐。"片刻安静后,一个夏风般温软的声音在她旁边响起。

林舒窈脸一垮:"你就当没看见。"

"我看见了。"声音柔和而坚定。

林舒窈试图贿赂:"姐给你发个红包。"

"我不要。"那声音怯怯地靠近了,两根细长白净的手指轻轻探进林舒窈的裤子口袋,小偷夹钱包似的夹出一盒女士香烟。

林舒窈拍着方向盘大叫:"我烦死你了!"

副驾驶上，林星何无辜地垂着眼，朝姐姐伸出另一只手，轻声问："打火机呢？"

林舒窈老母鸡护蛋一样按住另一侧裤子口袋，生怕弟弟抢，狂躁道："没有！"

林星何："那你……怎么点烟？"

林舒窈露出一个职业假笑，咬牙道："钻木取火。"

林星何收回手，车内静了一瞬。

眼见前方的车流毫无移动迹象，林星何打开车门，探出半截身子一弯腰，拾起方才落在地上的广玉兰，捧着那一团新雪似的白往他姐鼻子下递了递，讨好道："姐，你烟瘾要是上来了……"

林舒窈斜眼瞪他："嗯？"

林星何被瞪得一缩，小声道："就闻闻花吧。"

林舒窈恨得直磨牙，却拿弟弟没办法——林星何此行是奉父母之命专程来监督她相亲，顺便监督她戒烟的，这小孩儿平时性格软软的，但一旦认准什么事就拗得八头牛都拉不回来，和林舒窈约好了帮她戒烟，就必须帮她戒烟，一天到晚像条缉毒幼犬似的，全方位搜缴林舒窈的粮草，并一次次驳回林舒窈"姐后悔了，姐不戒了，得肺癌就得肺癌吧，死得早就死得早吧，反正爸妈还有你呢"的没皮没脸式哀求，而林舒窈对着这个温文尔雅的美少年也暴躁不起来，只能默默认栽。

这时，堵塞已久的车流终于动了起来，林舒窈一脚油门，车子像条撒欢的小狗般飞蹿出去，驶向一公里外的饭店。

"姐，"眼看着离会面地点不远了，林星何开启唐僧模式，絮絮地念着他姐，"这次的相亲对象条件真挺好的，照片你看了，一米八五,"颜值"高,自己开牙科诊所,有房有车,还和我们家是世交,知根知底的,简直就是完美男朋友……"

听说两家的妈妈还订过娃娃亲呢!

林舒窈虎着脸打断:"你再唠叨我就跳车。"

林星何一秒抿紧嘴巴。

半分钟后,林星何不甘心地缩到车门旁,嘟囔道:"姐,你至少跟人家好好聊一聊,别一上去就痛斥婚姻制度的弊端好吗?"

"我压根儿就不想谈恋爱,"林舒窈找了个车位,利落地停进去,"浪费时间。"

见林星何还欲辩驳,林舒窈白眼一翻,连珠炮地堵了回去:"再说了,我初、高中男同学都有学口腔医学的,学校里女多男少,出来工作周围一群水灵灵的小助理小护士,去看牙的女患者也动不动就心思活络,男牙医找对象简直太方便了,他条件好成这样还能单到二十七岁被家里撵出来相亲,不是生理有问题就是心理有问题。"

林星何虚弱地反驳:"姐你这么说也太武断了。"

林舒窈喊了一声,姐弟两人下车,朝咖啡店走去。

林舒窈今年二十六,比弟弟大七岁,性格随了当兵的爷爷,雷厉风行,坚忍果决。

她高中时和"学霸校草"有过一段地下恋情,惨遭父母搅黄,一气之下宣称自己如果嫁不了他,这辈子也绝不嫁别人。当时父母觉得她年纪小不懂事,自作主张约对方父母见面商谈,一个月后"校草"出国,音讯全无,林舒窈大闹一阵,见无转圜余地,绝口不提此事。

大学毕业后，林舒窈进了外企工作，成日陀螺般转个不停但薪水不菲，一旦得了闲就天南海北到处旅游度假，恋爱结婚的事完全被搁置了。

如此这般逍遥了两年后，父母的念叨渐渐天罗地网式压了下来，今年二老还对女儿下了军令状，勒令林舒窈必须在年底之前弄个男朋友，哪怕不喜欢，至少也先处着，林舒窈无奈，硬着头皮相了几次亲。

然而，前段时间有媒人和林爸爸林妈妈告状，表示林舒窈一见了男方的面那嘴就跟加特林机关枪似的突突个没完，把一个个渴婚的大龄男青年突突得落荒而逃，根本就不可能成。

林爸爸林妈妈急了，问林舒窈是不是还想着她那高中同学，林舒窈却一脸茫然地反问"哪个同学"，父母无法，只好把一向乖巧听话的小儿子派上战场，让林星何管着点儿林舒窈那张嘴，毕竟这个当姐姐的还挺疼弟弟，林星何说点儿什么，她有时候还能听听。

姐弟两个一前一后走进饭店，一进门便同时瞥见落地窗边某个外形很吸睛的男人，那人低头啜了一口冰水，抬头的一瞬也碰巧朝他们望过来，目光跳过林舒窈，轻轻落在林星何脸上。

林星何带着一点无辜的神气睁大眼睛回望着他，天生的笑唇柔和地微微翘着，心想这个人比照片里还好看，姐姐这回肯定能满意了。

两人对视片刻，那人又礼貌地看回林舒窈，起身微笑致意："你好，是林舒窈吗？好久不见。"

林舒窈点点头，拉着林星何坐下，道："好久不见。"

这位相亲对象名叫顾清孟，林顾两家的爷爷是战友，两位老人家都在世时两家时常走动，小学的某年暑假顾清孟家里出了些事，父母无心照管孩子，还把他送到林家住了半个多月，两家关系很不错。

可随着爷爷们相继过世，两家的联络也就逐渐淡了，长辈们逢年过

番外 >> **相亲**

节还会互相拜贺一下聊几句,这三个小辈则是很多年没见过面了,林舒窈记得自己上次见到顾清孟好像还是念中学的时候,当时林星何还是小学生。

两人打过招呼,顾清孟眸光一转,温声道:"这是星何?"

林星何礼貌道:"是我,哥哥好。"

顾清孟含笑:"变样子了,差点没认出来。"

林星何小时候瘦瘦小小的、五官也没长开,说不上多好看,初中开始才像抽条的小树苗一样脱出一副漂亮又不失俊气的轮廓,并一直朝着正确的方向发展,完美诠释着了美少年这个词。

故而,林星何知道这句"变样子了"是在夸自己,冲顾清孟露出一个面对长辈称赞专用的乖顺笑容,面颊浮起两枚小梨涡,因为腼腆加紧张,表情管理失控,笑容中透着股憨气,像朵面朝太阳的向日葵。

顾清孟失笑,他与林星何多年不见,但大致知道他什么问题,于是收回视线,唤来服务生点菜。

林星何有轻微的社交障碍,对家人和极亲近的朋友还好,言谈举止自然,在网上打字聊天也没问题,一旦与不熟的人面对面交谈就会展露出较明显的问题。

这种障碍是在林星何小学时形成的。他生就一张与其说是俊美帅气倒不如说是漂亮的脸,生性也向来腼腆安静,说起话来轻声细语,从小到大就与周围毛毛躁躁的半大小子们玩不到一起去。因为这些"偏女性化"的特质,初中时林星何受到男生群体的严重排挤,男生都认为他像女孩子,以羞辱、讥讽、孤立他为乐,在某次被几个男生嘻嘻哈哈地往女厕所里推时,铁青着脸咬牙抠住门框的林星何被新同桌王小溪救了下来。

　　林星何甫一挣脱钳制，便立刻兔子似的蹿到离女厕所远远的地方。

　　被王小溪威胁着要叫教导主任的几个坏胚欢乐地跑开了。

　　和林星何一样纤细得像棵豆芽菜似的王小溪挥着拳头怒吼："等我找人揍你们！有种到时候别尿！"

　　坏胚们的笑声登时沸腾了。

　　林星何面红耳赤地向王小溪道了谢，两个小少年的伟大友谊就此萌芽。

　　至于"某天晚上放学，有个铁塔般魁梧的男人在学校南门堵了那几个男生，让他们列成一队，从东揍到西，再从西揍到东"的校园传说虽无法求证，但那群人突然集体请了好几天病假，回来之后都收敛了不少，却是看在大家眼里的事实。

　　这口恶气虽然出了，但心理的阴影却很难驱逐干净，因为那些坏胚，林星何对自己"缺乏男子气概"的外形与性格都有些自卑，加上王小溪也不可能二十四小时跟在他身后当保镖，周围人不敢做得太过分，但各种阴阳怪气和若有似无的嘲弄是从来没断过的，因此在不熟悉的人面前林星何总是很局促，生怕不慎做出什么会被旁人认为是"娘娘腔"的举动，惹人嘲弄。

　　点完菜，顾清孟与林舒窈礼貌地寒暄了一会儿，按公式般的流程简单追忆了一下童年，又三言两语各自说明了近况。寒暄结束，林舒窈喝了口水，清清嗓子，正欲表明自己的不婚主义态度，顾清孟却先她一步开口道："有一件很抱歉的事情我要向你坦白……"

　　"嗯？"林舒窈捕捉到风向，笑逐颜开地抢答道，"你也是被家里逼着来相亲的吧？"

番外 >> **相亲**

"……是这样。"顾清孟本来似乎还想说些什么,被林舒窈截住话头便索性不再多言,只将手一翻,变出一个小礼物盒,把小盒子放在桌上推向林舒窈,彬彬有礼道,"一份小礼物,很抱歉浪费了你的时间。"

"谢谢,但是不用。"林舒窈摆摆手,坦诚道,"我也是被家里逼着出来相亲的,我理解你。"

"不用客气。"顾清孟收回手,把小盒子留在林舒窈面前,"这是我上个月去国外旅游带回来的小饰品,没多少钱,只是个心意。"

林舒窈懒得再虚情假意地客套,道了声谢,收下了。

相亲监督员林星何左看看,右看看,一脸被打乱阵脚的茫然,在桌下用膝盖猛撞他姐的膝盖。

他觉得顾清孟条件真的很好,怕姐姐错过这么优质的男性以后会后悔,林舒窈却不耐烦地把腿挪开,不给他撞。

"呃……"林星何嗫嚅着,心想"被家里逼着相亲"不等于"绝对不会结婚",或许顾清孟只是暂时没有结婚的计划,但是让他和姐姐熟悉一下,今后常联络总是好的。

然而,林星何不知如何巧妙地挑起话题,不说巧妙了,他连开口都有些艰难。但为了姐姐将来的幸福着想,他斟酌了片刻,还是硬起头皮,磕磕巴巴地发问:"那个……请、请问……您是暂时没、没有结婚的计划吗?"

"噗。"林舒窈被弟弟稚气十足却强装成熟的腔调逗乐了,她跷着脚,边笑边头也不抬地在手机上打字,似乎有什么急事。

顾清孟向林星何瞬间红涨的脸蛋投去含笑的一瞥,道:"是的,我的计划是在三十岁之后再考虑婚姻问题。"

"哦……"林星何不会接这话，蔫蔫地耷拉下脑袋，"好、好的。"

餐桌上尴尬地静默了几秒，林舒窈晃了晃已摆弄了好一会儿的手机，唇角无奈地一翘，道："我这边公司临时有急事，得马上过去加班，现在全部门就差我一个，真是太不好意思了。"

顾清孟十分通情达理："没关系，工作要紧，你先去忙。"

"共同认识的人忽然离席"的可怕程度对"社恐"而言和闹鬼不相上下，林星何慌得像只被饲主丢进狼窝的小白兔，拽住林舒窈衣袖道："姐，能、能不能吃完饭再去？"

"真的着急，突发状况。"林舒窈没撒谎，她急急抽出手，"我半小时就得到，这会儿还堵车。"

林星何急得耳朵都红了："那你还得饿着肚子加班……"

林舒窈："没事儿，我叫外卖。"

"那我也跟你一、一起……"林星何一抬屁股，想跑。

顾清孟柔声打断道："菜都点完了，别浪费。"说着，又转向林舒窈，"吃完饭我送星何回去，你放心吧。"

"谢谢，改天我请你。"林舒窈说着，一阵风似的飘走了。

林星何与顾清孟大眼瞪大眼。

姐姐走得这么突然，毕竟有些失礼，他如果也强行跑路就实在说不过去了，于是只得硬起头皮陪客。

顾清孟轻轻笑了，眼底墨色温润，柔声道："别紧张。"

林星何在桌布下攥紧拳头："好、好的。"

顾清孟安抚道："不用把我当陌生人，你小的时候我还抱过你。"

番外 >> 相亲

林星何愈发尴尬："哦，是、是吗……"

顾清孟哈哈一笑，大发慈悲地没提起自己小时候帮婴儿林星何换过尿不湿的事情。

这时，服务生开始陆续上菜，每道新菜上来顾清孟都会帮服务生调整一下桌上菜盘的摆放，上着上着，林星何发现口味偏甜的菜品都摆得离自己比较近，唯一一道带辣椒的菜则摆在顾清孟面前。

"尝尝桂花凉糕，"顾清孟招呼林星何动筷子，"我记得你爱吃甜食。"

"啊……是！"这么多年没见，顾清孟居然记得自己的饮食习惯，林星何受宠若惊，甚至可以说是有些感动。

岂料顾清孟却慢悠悠地回味起林星何的"黑历史"："我在你家住过半个多月，那时候你应该是四岁，我记得你每天晚上临睡之前把糖和巧克力派藏在被窝里，半夜就爬起来偷偷吃……"

林星何猫儿般温顺的大眼睛缓缓睁圆了："呃……"

当时林星何四岁，已经开始和姐姐分房睡了，而家里只有三间卧室，所以顾清孟在林家借住的半个多月都是和林星何一张床。四岁的小孩儿已经记事了，林星何现在还能隐约想起某个停电的夜晚顾清孟代替电风扇，耐心十足地给自己扇扇子的一幕。

顾清孟打趣道："我当时还以为是哪来的小老鼠钻被窝呢。"

自以为半夜在被窝里偷吃巧克力派的"黑历史"只有天知地知被窝知自己知的林星何顿时羞耻得恨不得钻桌子下面去，结结巴巴道："您、您知道啊……"

顾清孟好笑："每天半夜十二点，客厅里那个报时钟一响，我旁边那条被就鼓起个小包。"

林星何啪地一捂脸，不好意思看人。

"然后床上就一股巧克力味儿，"顾清孟佯作幽怨道，"给我馋的……结果后来你就被押去看牙医了。"

顾清孟还记得当时他和林舒窈在客厅打扑克，拒绝看牙医的小林星何被林爸爸林爷爷一边一个死命钳住，上刑场一样生生拖出家门，杀猪式的惨嚎声从三楼一路飘到一楼，直到被塞进车里还隐约可闻。

小顾清孟无奈，放下一手好牌："这把算你赢。"

"怎么叫算我赢？我本来也能赢！"小林舒窈抓着一把烂牌大声嚷嚷。

顾清孟："……俩王、四个二都在我这。"

林舒窈："我是赌侠，赌侠会变牌你知道不？"

顾清孟跑到窗边，冲楼下大喊："叔叔爷爷，等等我，我也去——"

林舒窈："你干吗去啊？"

顾清孟："你弟都哭成那样儿了，你还有心玩。"

"我不玩扑克他就能不哭吗？"林舒窈理智反驳，并打开电视。

顾清孟飞跑到楼下，钻进车里，小林星何在后排座张牙舞爪，手脚几乎扑腾出残影。

"来，哥哥抱。"顾清孟把小团子拢进怀里，给他擦鼻涕眼泪，轻声细语道，"你不用怕，牙医叔叔等会儿给你打麻药，麻药打上你就不疼了，你看我掐你胳膊肘你是不是也不怎么疼？打完麻药就是这个感觉。"

或许是因为顾清孟天生就有一种令人安心的温和气质，小林星何又

番外 >> **相亲**

嚎了几嗓子就不喊了，只窝在顾清孟怀里吧嗒吧嗒掉眼泪，仿佛遭受了天大的委屈。

……

"哎，您、您不要说了……"林星何面红耳赤地垂着头，反复拨弄着碟子里的一块桂花凉糕。

"好，不说了，"顾清孟的"恶趣味"已得到充分满足，笑眯眯道，"吃菜吃菜。"

林星何面皮薄，被这与其说是"回忆杀"倒不如说是"黑历史"的一段追忆弄得挺不好意思，席间不大说话，被问一句才礼貌地答一句，其余时间一直闷头默默吃东西，专心致志地祈祷顾清孟别再逗自己，回过神来才发现两道甜食都快被自己吃光了。

和其他人一起吃饭时自己独占某道菜是失礼的行为，林星何心重，望着两个见底的甜食盘子，面颊一阵发烫，尴尬补救道："您也尝尝这两道。"

顾清孟摆手："我不吃甜食，都是给你点的。"

林星何松了口气。

"我小时候吃甜，"顾清孟笑得有点儿坏，"后来眼看着你三天两头去牙科诊所报到，给我造成了心理阴影，渐渐就不喜欢了。"

林星何一怔，想到自己竟在不经意间扼杀了顾清孟的一项人生乐趣，顿时内疚不已，臊眉耷眼道："不好意思……"

"逗你玩儿呢，"顾清孟乐了，忙向对面说什么信什么的大宝贝解释道，"其实我是因为天天接诊牙病患者，反面教材看多了，自己生活习惯上就会特别注意。"

听到牙病患者四个字，林星何嚼东西的动作一滞，感觉近日来右侧不大安分的某颗后槽牙又开始隐隐作痛。

"怎么了？"顾清孟问。

"……没事。"林星何换用左侧牙嚼东西。

因为嗜甜，林星何从小到大没少和牙医打交道，刺扎挑钻拔钳拧，万般苦楚尝尽，对看牙一事心理阴影颇大，故而明明牙疼却还在脑中自我麻痹——幻觉，都是幻觉。

饭毕，顾清孟将林星何送回家。

车上，乖宝宝林星何向林舒窈报备行程："姐，我们吃完饭了，我马上到家。"

林舒窈："正好我也快了，你先别上楼，在楼下便利店等我。"

林星何："啊？"

林舒窈："我俩一起回去，你别和爸妈说我去公司了，就假装我和你们一起吃的饭，不然他们得念死我，你也和顾清孟说一声。"

林星何："我一说谎话就脸红……"

林舒窈："不用你主动说谎，我说谎的时候你不戳穿我就得了呗，就这么定了。"

林星何无奈，他盯他姐戒烟盯得狠，是因为抽烟实打实地危害健康，戒了绝对是好事。可相亲这件事，他和林舒窈犟不起来，他觉得姐姐可能还想着当年那"校草"，如此一来，和别人恋爱结婚对林舒窈来说究竟是不是好事，他不敢下定论。

于是，片刻挣扎后，林星何向姐姐势力屈服，轻声细语地和顾清孟

番外 >> **相亲**

商量:"那个……能不能麻烦您和家里人说一下,我姐姐是和我们一起吃的饭?如果我爸妈知道她没好好相亲,她就要挨骂了。"

顾清孟一口应下:"没问题,我暂时不打算结婚的事情你们也帮我保密。"

林星何拍着胸口保证:"我和我姐绝对保密,放心!"

顾清孟亲昵地望了他一眼,总结道:"我们互相打掩护。"

林星何用力点头:"好、好的!"

车子拐过熟悉的街角。

林星何忙道:"您停在那个便利店门口就好。"

"好。"顾清孟停靠在路边,冲林星何挥挥手,柔声道,"回见。"

路灯将橙暖色的光轻轻打落在顾清孟脸上,令那张线条清俊的脸看起来格外温柔。

林星何干咽了一下唾沫,在车门外立得溜直,道:"嗯,再见。"

语毕,逃也似的溜进便利店。

小兔子跑了,顾清孟解开领口两颗纽扣,靠在驾驶位上长长舒了口气。

顾清孟漫不经心地回忆着自己少年时期与这姐弟俩度过的青涩时光,头一转,透过玻璃朝便利店里望去。

林星何已买好一杯奶茶,正坐在窗边,边喝边玩手机。

他先吸上一大口,把脸蛋撑得鼓鼓的,再慢慢咽下,脸蛋也随之瘪下去,鼓起,瘪下,鼓起,瘪下……周而复始。

顾清孟莫名看得入神,忽然手机提示音响起,是顾妈妈发的微信。

"吃完饭了吗?顺利不顺利?感觉满意吗?"着急抱孙子三连问。

顾清孟低头打了两行字，一脚油门开走。

几分钟后，加班归来的林舒窈去便利店和弟弟会合，一起上楼。

两人一迈进家门，连拖鞋还没换上，就被在门口等候多时的林妈妈堵住，小老太太硬是凭一己之力制造出了一种包围圈的效果，不住嘴地绕着姐弟俩打转："怎么样？感觉还行吗？你好好和人家聊没？星何你姐表现好不好……"

林舒窈抢答："我表现得特好，什么不该说的都没说，对不对星何？"

林星何诚信附和："我姐什么不该说的都没说。"

当然了，该说的也没说……

毕竟坐了五分钟就跑路了。

林妈妈对乖巧的小儿子是百分之百的信任，遂放下心来，喜笑颜开道："那就好，你陈阿姨刚才也和我说了，说清孟对你特别满意，过两天还想约你出去，就是不知道你这边什么意思。"

陈阿姨也就是顾清孟的妈。

林舒窈一愣："啊？他这么说的？"

"我看看原话啊，这是你陈姨给我发的截图。"林妈妈低头照着手机念，"'吃完饭了，相处得很愉快，可以的话还想见面'……"

林舒窈瞬间回过味儿来，眼睛一瞪，骂了一句粗话后道："妙哇！"

以后可以假装对彼此很满意，互相打掩护！

林妈妈脸都绿了："你说什么呢！你弟听你说这个粗话都脸红！小姑娘家家嘴巴不干不净的，还不如你弟一个男孩子文静……"

"我错了！"林舒窈自己打了一下嘴巴，扭头挑着眉毛盯了弟弟

番外 >> **相亲**

一眼,见林星何一副面红耳赤的小模样,急忙贫嘴打圆场,"我就是惊讶,人家条件好那么好,还真看上我了,我受宠若惊啊。"

林妈妈略得意:"再怎么说也是我闺女。"说着,转向林星何,"星何,你看你这未来姐夫怎么样?"

林星何结巴道:"我看也……挺、挺好的。"

"哈哈哈哈哈!"林舒窈放声大笑。

林妈妈笑眯眯地嗔怪道:"这疯丫头,在清孟面前可别这样,再把人吓跑了。"她不明所以,只觉得自家闺女"脱单"有望,喜滋滋道:"清孟还想见面呢,你现在就给我个准信儿,哪天见?"

林舒窈扭头问林星何:"哪天见?"

要和弟弟串好口供才行!

"你问他干什么?"林妈妈不解。

"喀,开玩笑的。"林舒窈眼珠一转,"就这周六吧,几点都行。"

林妈妈兴高采烈地打字回复,一直在旁边插不上嘴的林爸爸也眉开眼笑地走进厨房,拿出罕见的和蔼道:"换完衣服下来吃西瓜,冰一天了。"

"我给你们洗樱桃去。"林妈妈也跟上。

姐弟两人换了鞋进屋,林舒窈在客厅大爷状地啃西瓜吃樱桃,美滋滋地对林星何说:"哎,我这一和爸妈说相亲顺利,待遇一下提升好几档,有点儿爽。"

林星何默然不语,撒谎令他产生了一些罪恶感。

林舒窈:"我看我就先这么顺水推舟装着吧,让我好好清静一段时间,不然我真快被唠叨出精神病了。"

林星何："随便，你们商量就好了。"

林舒窈："别装傻，周六你想去哪玩儿？你得帮我圆谎。"

林星何："我在寝室写论文。"

林舒窈作耳背状："啊？你说什么？游乐场啊？行，正好我也想去。"

林星何："……"

我姐需要看看耳鼻喉科。

周六，游乐场人流如织。

树荫笼罩的长椅上，林星何面色青白地委顿成一团，几米外，顾清孟正拿着瓶装水与纸巾向他走来。

"喝口水压压。"顾清孟拧开盖子，递过瓶装水。

"谢谢。"林星何小口抿着水，试图压下胃中翻江倒海的呕吐感。

隔壁长椅上也瘫着一对手软脚软的情侣，一浪接一浪的尖叫声正从不远处的大摆锤上传来，三百六十度疯狂旋转外加前后疾速摇摆，比过山车还凶残，林星何怀疑这排长椅就是专门为从大摆锤上下来的游客预备的。

"感觉好点了吗？"顾清孟抽出纸巾，拭了拭林星何被冷汗濡湿的额角。

林星何忙道："好多了。"

他们三个在十五分钟前一起去坐大摆锤，林星何一下来便四肢瘫软、恶心欲呕，顾清孟见状主动提出陪他休息并劝林舒窈自己去玩，林舒窈从善如流，欢乐地跑去排过山车了。

林星何看了眼手机，才上午十点四十。

番外 >> **相亲**

他们是九点半在游乐场大门会合的,林星何原本拘谨得要命,所幸另外两人态度放松,仿佛只是普通朋友一起出来玩,林星何便渐渐放松下来,只是这会儿与顾清孟独处还是有些拘谨。

想到因为自己太菜害得顾清孟也浪费宝贵的周末时间在这傻坐着,林星何歉然道:"您也去玩吧,我休息一会儿就去找你们。"

"没关系,"顾清孟用手臂随意地搭着椅背上沿,微笑道,"我的目的本来也不是玩儿。"

"嗯。"林星何捏着矿泉水瓶,努力进行社交,"……您这样和我,我姐姐假装约会一段时间也好,两边都能……能缓解一下家里的压力。"

顾清孟低低笑了一声,往林星何的方向转了一个角度,问:"你平时都有什么爱好?周末休息一般喜欢去哪玩?最近有空就一起出来玩玩,演戏演全套。"

林星何一板一眼答道:"也没什么特别的爱好……对了,最近在玩网游,和他们一起下副本,挺有意思的,别的……我台球打得还行……您呢?"

"看电影、唱歌、打打台球和电动,"顾清孟掰着手指数,"我台球打得也不错,周末我还喜欢游泳、泡温泉,天气合适的时候偶尔去冲浪。"

顾清孟眉眼微弯,慢条斯理地问:"下周末我们三个去游泳,或者泡温泉?"

林星何不太习惯在公共场合裸露身体,害羞拒绝:"不了不了,还是看电影打台球什么的吧。"

瞬间就把下周末给交代出去了。

249

顾清孟笑出声："好，周六还是周日，几点见面，你定，我都可以。"

"我也都可以，"林星何只轻声道，"我问问我姐。"

"好的。"顾清孟愉悦地应下。

夏日的风掠过长椅上的两人，林星何又歇了会儿，胃里翻江倒海的感觉缓缓褪去。

不适感消失，理智也随之回笼，林星何想起自己方才一路狼狈地干呕着被顾清孟搀扶过来的场面，越想越觉得丢面子。其实他平时很少会顾及什么面子啊、男人的尊严啊之类的东西，但这会儿也不知怎么，浓浓的羞耻与挫败感忽然铺天盖地地袭来。

……太丢脸了，简直菜得抠脚，林星何用指甲小幅度抓挠着裤子，欲哭无泪。

于是，急于找回场面的林星何扬手向远处一指，提议道："我休息好了，那个……您想不想去那边玩？"

顾清孟眼皮一抬："鬼屋？"

林星何点头："嗯。"

顾清孟确认道："不害怕？"

"不怕！"林星何声音响亮，十分霸气！

顾清孟忍笑："那走吧。"

林星何胆子算不上大，尤其怕疼，但对鬼神与黑暗两大惊吓源却是天生免疫，他从很小的时候就清楚地明白神鬼之说都是假的，四岁时便可以毫无障碍地关灯自己睡一间卧室，还时常半夜摸黑溜进厨房找点心吃。

番外 >> 相亲

某年春节，顾清孟去林星何家玩，几个大人晚上凑了桌麻将干通宵，小孩子们就围在电视前看鬼片。顾清孟怕小哭包害怕，全程把林星何搂在怀里，一有吓人镜头就去捂林星何眼睛，如此反复几次，再一次捂眼时小林星何忽然把顾清孟的手扒开，道："哥哥，不给眼睛捂上。"

顾清孟："小孩儿不能看，晚上该不敢睡觉了。"

林星何一本正经道："我不怕，这个世界上没有鬼，鬼都是骗人的。"

顾清孟好笑："……"

这小人精。

看完电影已是后半夜，顾清孟惯例去林星何屋里睡，在床上躺了一会儿想去厕所，走到厕所门口才发现身后有条小尾巴。

"自己在屋里待着害怕？"顾清孟好笑。

"不是，"林星何摇头，目光清澈，用小孩子糯糯的嗓音道，"哥哥害怕，我保护哥哥。"

顾清孟乐了，觉得这小东西可真够甜的，平时一点儿都没白疼。

他转身进了厕所，林星何在外面，咿咿呀呀地背古诗，给顾清孟壮胆……

顾清孟正回忆着，两人面前的棺材里忽然弹出一只扮相狰狞的僵尸，僵尸扮演者倾情表演，一边低吼着，一边缓缓起身试图爬出棺材。

林星何小脸一板，极力展现自己勇敢无畏的一面，开启保护模式道："喀，这个妆化得还挺逼真的……"

话音未落，一只手忽地从旁伸来，一把捞起林星何的手。

林星何僵住，下意识地轻轻一挣。

顾清孟却攥紧他的手，一脸无辜道："我害怕，借个手。"

说着害怕，声调却是淡定从容，仿佛还在偷笑。

林星何憋出个嗯字，犹豫了片刻，道："您是不是……故、故意逗我啊？"

"没逗你，"顾清孟轻笑，"还不许我害怕了？"

林星何不语。

顾清孟不依不饶地催他："说话，许不许我害怕？"

"……许。"林星何小声道。

僵尸扮演者在棺材里百般腾挪翻转，又是张牙舞爪地怪叫，又是迈出棺材僵尸跳，就差真冲上去照着林星何白净的脖子咬一口了，然而这俩人不仅不怕，还像散步似的轻松惬意，僵尸赌气地合上棺材，往棺材板上一坐，跷着二郎腿儿歇着。

"继续走，前面好像挺有意思。"顾清孟指指前面。

林星何道了声好便大步朝前方走去。

僵尸进行最后的试探："吼——"

真不害怕一下？

二人已肩并肩走远了。

鬼屋门口有卖棉花糖的摊位，顾清孟走过去买了个现成的。

这摊位上的棉花糖二十块一个，贵虽贵，但好看，每个棉花糖都有造型，不是普通的一团圆球，有雪人形的、小女孩形的、花朵形的……顾清孟挑了一个，递给林星何，道："给，小星星。"

"小星星"是林星何四岁时顾清孟给他起的外号，林星何已经很多年没听过有人这么叫自己了，而且现在除了林舒窈和父母外周围也没人

番外 >> 相亲

知道这孩子气的外号，故而这突如其来的一声呼唤就仿佛道破了什么只属于他和顾清孟的秘密，林星何心脏骤然一缩，有点儿不好意思。

"里面有个小星星。"顾清孟指着棉花糖道。

林星何定睛一看，发现这团白色棉花糖内里确实有一颗用彩色棉花糖勾画出来的小星星。

林星何默默一窘。

"对了，我记得你小时候我给你起了个外号，就是小星星。"顾清孟把棉花糖递到林星何手上，"还能这么叫你吗？"

林星何轻声道："能，您怎么叫我都行。"

"怎么叫都行？"顾清孟确认道。

"呃，"林星何一窘，察觉到顾清孟在给自己下套，忙笨拙地补充说明，"我的意思是，正常的称呼，怎么叫都行。"

顾清孟一脸绅士且纯良地问："什么称呼是不正常的？你说说，我以后好注意。"

林星何被问得噎住，干脆不答，一口咬下棉花糖小星星的一个角，大嚼特嚼起来，以示自己的嘴巴非常忙，并没有办法开口说话。

以后和顾清孟说话要谨慎，这人一句一个坑，林星何忧心忡忡地想。

游乐场一日游结束，林舒窈拿着两人份的门票和餐厅小票回家交差，享受着老爸老妈提供的公主级待遇，吃个冰镇西瓜都是剔了籽儿的，整个美得冒泡。

"星何来吃西瓜！"林舒窈喊。

"我不吃了——"林星何的声音闷闷地从洗手间传出。

253

中午在游乐场吃了棉花糖后,他某颗不安分的牙一直在隐隐作痛,可林星何站在镜前大张着嘴,怎么看都看不出那颗牙有什么毛病,许是蛀在什么隐蔽的地方。林星何甩甩头,怏怏地驱散去看牙医的念头,仔仔细细地刷了遍牙,在心中虔诚祈祷这颗大牙不要再疼。

假约会进行顺利且成果喜人,在接下来的一段日子里,林舒窈一直与顾清孟保持着大约一周一到两次的见面频率,而且每次都很识趣地把林星何这条小尾巴带上。林舒窈享受着无人唠叨的清静,恍惚间有种饮鸩止渴的感觉。

转眼又是一个周六,顾清孟依约载林星何去泡温泉,黑色轿车拐过一个弯,驶入温泉山庄大门。

山庄建在郊外,四下草木葱郁,凌晨的一场细雨洗得空气清甜洁净,车子一进大门,副驾上的林星何坐姿立时变得有些僵硬。

今天林舒窈没来。

泡温泉的计划其实上周就定好了,林舒窈当时表示支持,这周却临时变卦了。变卦原因有二,一是林爸爸林妈妈突然报团跑去东南亚旅游,林舒窈的表演没人看了;二是因为她负责的项目进展不顺,这一周她天天加班到半夜,体力严重透支,迫切需要休息。

"你看看我这眼睛,"昨晚回家时,林舒窈先是将自己布满血丝的眼睛指给林星何看,随即当当两脚踢掉高跟鞋,疲惫地朝卧室走去,"我现在就要睡觉,而且要一觉睡到明天下午,你帮我和顾清孟说一声吧,温泉我不去了,明天起早我铁定猝死。"

"……那我们改成明天下午出发好不好?"林小尾巴屁颠屁颠地跟

番外 >> **相亲**

上,手一翻,递过去一小瓶抗疲劳眼药水,"姐,你睡前滴两滴。"

"算了,"林舒窈无精打采地接过眼药水,"这周末我哪也不去了,想想要出门就烦。"

说着,砰地关上卧室门。

于是,温泉之行就只剩他们两个……

顾清孟停好车,从后排座拎出装两人换洗衣物的小包,去前台取房卡。

"好了,走吧。"顾清孟晃晃手里的房卡,一张卡,一间房。

他们两个住一间房是之前商量好的,那天约好来这边泡温泉后顾清孟就在网上订了房,订房时还询问了林星何的意见——

"我们两个住一间,你姐姐自己住一间,可以吗?"顾清孟问。

一向习惯于顺从他人的林星何先是条件反射式地答了句"可以",话音落定才觉出不妥。

他可是个"社恐"患者啊!和别人住一间房是要命的节奏,他正欲改口,一旁手速超神的顾清孟却抢先道:"我订完了。"

"……好。"林星何不好意思麻烦人,只得硬着头皮应下。

一周多时间过去,林星何本以为自己心理建设已经做得够足了,可真和顾清孟一起进了房间,他仍然窘迫得险些同手同脚。

"怎么了?"顾清孟佯作讶异,"这么紧张。"

"没、没怎么。"林星何机械地走到床边,坐下。

顾清孟了然状:"是不是和我一间房不自在?"

"怎么会!"林星何疯狂摇头。

"是就直说，"顾清孟柔声道，"我再去给你开一间。"

林星何仍是否认："真的不是。"

他是不大愿意和顾清孟一间房，可这不愿意的成分是害羞、紧张、社交恐惧，而不是厌恶顾清孟。

顾清孟见小东西快炸毛了，立即收手，指指衣柜里的浴衣，道："换上吧，我去个洗手间。"

语毕，便朝洗手间走去。

林星何如蒙大赦，趁顾清孟不在迅速换上浴衣。

两人来到室外露天的浴场，温泉区是一片很大的区域，其内有很多一个个单独的小池子，顾清孟挑了个没人的僻静池子，道："就在这泡会儿吧。"

只穿了条泳裤的林星何得救一样哧溜一下钻进水里，只露出个脑袋。

顾清孟低低一笑，下了水，问："你紧张？"

"没。"水面上的小脑袋晃了晃。

顾清孟从容道："你姐姐说你性格很内向，和不太熟悉的人独处时会紧张得连话都说不好……怎么，一起出来玩这么多次还是和我不熟吗？"

"不是不是！"林星何嘴上说着不是，实际上却连头都不好意思抬。

他有点品出林舒窈的意思了，姐姐可能是看他朋友太少——这么多年也就王小溪一个——和外人又不敢接触，怕他自闭了，这才回回和顾清孟假相亲时都拉着他。

"我泡得差不多了。"二十分钟后，林星何爬上岸。

番外 >> 相亲

他不太好意思在别人面前露出身体,因此站姿有些遮掩。

顾清孟见状,揣着坏轻描淡写地抛出一句:"你小时候我还帮你洗过澡呢。"

林星何原地窒息,隐约想起某个夏天家里停水,他被顾清孟和林舒窈带去公共浴池冲凉的场景。

白净得像颗大白兔奶糖一样的小林星何十分自立自强地拎着自己装香皂和儿童洗发水的小网兜,一只手牵着顾清孟的手,走在去浴池的路上,林舒窈乐得不用照顾弟弟,悠悠地趿拉着拖鞋跟在后面。

"哥哥。"小林星何奶里奶气地叫。

"嗯?"当时也只是初中一年级的顾清孟低头看看他。

林星何暗搓搓地和他商量:"不给我洗头行吗?"

顾清孟柔声道:"不行。"

林星何不死心:"不给我用洗发水行吗?"

顾清孟笑眯眯:"不行,不用洗发水洗不干净,头发臭了,哥哥不喜欢。"

林星何心如死灰。

这个冷酷无情的、需要洗头的世界!

顾清孟捏捏林星何写满不高兴的小脸蛋,道:"你乖乖的,回去哥哥给你买冰激凌。"

林星何的脸蛋一下就被喜悦映亮了。

…………

"……为了让我给你买两块钱的冰激凌,你还主动帮我搓背。"去往更衣室的小路上，顾清孟复述着这段回忆。

当时林星何家附近的小卖店，普通的冰激凌是一块钱一个，两块钱的是豪华版冰激凌。

"您别说了……"林星何啪地一捂脸，别过头。

小时候的自己居然为了给冰激凌升级出卖劳力！可耻！

"嗯，不说了。""恶趣味"得到充分满足，顾清孟不再出言逗弄，嘴巴闭紧了，眼底却满是笑意。

两人吃吃喝喝，散散步，泡泡澡，去娱乐室打打桌球之类，一天的时间便不知不觉地过去了。

第二天，两人醒得都挺晚。

林星何睁眼时，顾清孟刚从床上坐起来："早，睡得怎么样？"

林星何不语，跳下床趿拉着拖鞋啪嗒啪嗒走进浴室。

顾清孟下地跟上。

浴室里，林星何正用沾水的手大力镇压翘起的乱发，见顾清孟跟进来，争分夺秒地埋头用水泼了两把脸，才直起腰道："早。"

"刚才躲我干什么？"顾清孟好笑。

"呃……没躲。"林星何目光闪烁，拿起牙具刷牙。

"没躲？"顾清孟在林星何脸蛋上捏了一把，"说实话。"

"真没……"林星何澄清道，"就是……我牙也没刷，脸也没洗的……太邋遢了。"

美少年包袱还挺重……顾清孟低低笑了一声，道："我的洁癖没有那么严重，你和我相处的时候可以放松一点。"

"嗯嗯——"林星何一边用鼻音答应着，一边却忙不迭地把挤好牙

番外 >> 相亲

膏的牙刷塞进嘴里,生怕说话时口气不够清新。

"来,牙医教你正确的刷牙方法。"顾清孟握住林星何拿着牙刷的右手,"这个叫巴氏刷牙法,很多人不知道牙应该这么刷才刷得彻底……牙刷摆成这个角度,让一部分刷毛可以进入龈沟,一部分尽可能地进入牙齿间隙,然后让牙刷这样水平颤动几下……"

可怜的"社恐"患者林星何险些咽下一口牙膏沫。

顾清孟教了林星何一会儿,一套刷牙法教完了,便开启"恶趣味"模式:"然后用左手拿起漱口杯,含一口水,吐掉。"

"这个……我知道。"林星何含糊不清地说着,低头漱口。

过了一会儿,顾清孟也洗漱完毕,走出浴室,林星何坐在床边低头摆弄手机。

"刚才刷牙学得不错,"顾清孟走过去,"闭眼睛,给你个奖励。"

林星何闭上眼,嘴唇微微动了动。

顾清孟:"张嘴。"

林星何把嘴巴张开一条缝,紧接着,嘴里便多了一个甜丝丝的东西,他一睁眼,看见顾清孟手里拿着一张大白兔奶糖的糖纸。

"是糖啊。"

"从来看牙的小朋友那没收的。"顾清孟眉眼微弯,有点儿坏。

林星何噎住,顿感嘴里吃的不是奶糖,而是某位小朋友的怨念。

这颗奶糖在字面意义上甜得令人牙疼——林星何之前一直蠢蠢欲动的某颗后槽牙在吸收了这颗奶糖的糖分后果断揭竿起义了,在连绵不断的隐痛持续了整整三天后,"佛系"牙病患者林星何终于无法欺骗自己，嘶嘶抽着冷气，用后槽牙咬着一块冰，心怀内疚地在网上搜索离学校最近的牙科诊所。

明明顾清孟就是开牙科诊所的，结果自己看牙却跑去找别人……林星何换位思考了一下，越想越觉得这事儿还是不告诉顾清孟为妙。

但要让林星何去找顾清孟看牙也是万万不可能的，毕竟就是再无懈可击的美少年，一旦大张着嘴巴躺在治疗床上，被牙钻钻得五官扭曲，吱哇乱叫，血沫与牙屑齐飞，都绝对会形象全毁！

林星何只要想象一下自己那副丑样被认识的人尽收眼底的情景，就崩溃得想去上个吊。

绝对不能让顾清孟给我看牙！林星何默默攥紧拳头下定决心，挑了一家离学校比较近的牙科诊所，打电话约了周五下午两点。

去看牙之前，林星何又靠止痛药和稀粥顶了两天。

为了不被顾清孟看出自己牙痛，上次温泉之行结束后林星何就一直没和顾清孟见面，顾清孟不明所以，本周接连三次试图约林星何出来未果，不禁有些焦虑。

林舒窈觉得林星何有自闭倾向，前阵子拜托顾清孟多拉着林星何出来玩，可是上次一起泡过温泉之后林星何的自闭程度不仅没有得到缓解，反而还有加重的趋势……

"……今天？今天可能也不行，对不起。"周五下午一点，林星何走在通往学校大门的小道上，准备去看牙医。

顾清孟："你已经一周没出校门了。"

"但是今天我真的有事。"林星何用手拢着手机和嘴巴，怕顾清孟听见外面的环境音。

"什么事？"顾清孟用笔敲击着粘在办公桌桌角上的一张课程表，"你周五下午没课。"

"嗯……就是学生会的事。"林星何此时已走出校门，朝地铁站方向走去，放出之前想好的借口，"那个，学姐临时给派的活儿，要做一个……那个，宣传板，下周一要用的。"

因为字写得漂亮还能临摹一些简单的画，林星何入了学生会宣传部，经常被部里的学长学姐们抓壮丁，这个情况顾清孟也知道，这么撒谎按理说是没什么漏洞的。

"喔。"顾清孟不冷不热地应了一声。

林星何根本就不会撒谎，说谎话时语调会不自觉地拔高，还会一直"这个那个"的结巴。

"那……我先挂了？"林星何小心翼翼地问，"学姐叫我帮忙画宣传板了。"

这时，一辆大卡车轰隆隆地从路边驶过，车喇叭声响彻云霄。

林星何："……"

顾清孟无语："你在外面，写生呢？"

林星何目送闯祸的大卡车远去，惊恐得宛如一条烈日下迅速风干的海带。

"不是不是，"林星何慌得舌头打结，"是那个，其实学姐让我先去……买、买颜料！"

怎么看个牙搞得像做坏事一样？！

顾清孟好笑又无奈："去哪买，我送你一趟？"

林星何一脑门儿冷汗，腿一软，几乎就要如实招来了，可话到嘴边，又实在放不下背上三吨重的美少年包袱，生怕说了实话会被顾清孟抓去亲自治牙，便仍是硬着头皮拒绝："就去批发市场，我坐地铁可方便了，你不用过来。"

　　"……知道了。"

　　林星何："那，拜拜。"

　　由于顾清孟没追问，林星何满以为成功逃过了一劫，坐地铁朝预约的牙科诊所去了。

　　给林星何看牙的牙医是个软萌的妹子，说话轻声细语，动作温柔，极大地减轻了林星何对治牙的恐惧。

　　挨过一段漫长痛苦的治牙时间，治疗结束。

　　"可以了。"牙医妹子示意林星何起身，柔声叮嘱道，"四天之后再来，给你做龋齿填补，这几天不要用这侧牙嚼东西……"

　　林星何捂着脸坐起来，被各种器械轮番蹂躏得比平时还老实几分，牙医说一句，他便跟着点一下头，声音软软地应着，像只被狠狠搓揉了一通的小白兔。

　　林星何认真听完注意事项，起身道："都记住了，谢谢您。"

　　牙医被乖到差点鼻子飙血。

　　林星何前脚刚走出诊室，已处于忍耐边缘的牙医妹子后脚便飞快掏出手机，疯一般地在微信群里轰炸。

　　迷子："啊啊啊，我死了！我死了啊！"

　　群成员A："学妹怎么了？"

番外 >> **相亲**

这是某医科大学口腔医学专业的同学群，群里一百来号人，要么是牙医，要么是未来的牙医。

迷子："刚才有个美少年来治牙，'真·美少年'，长得像漫画里走出来的！而且巨乖，我说有个坏的地方要钻，他说'您能不能轻一点，我特别怕疼'，'您'哎！这年头还有十几二十岁的男生会对上司之外的人用敬语的哦？！"

群成员B："哇，乖死了，萌死个人！"

群成员C："什么玩意儿，你们女的都喜欢这样的吗……"

迷子："不懂你就闭嘴好不好！真的乖死了，超配合，还一口一个谢谢您，怎么会有这么乖的男孩子？这样的乖巧是真实的吗？我昏厥！"

顾医生："……他姓林？"

乖成这样又长得好看的男孩子是不多见，顾清孟这辈子也就遇到过一个。

迷子："是姓林，你认识？这么巧的吗？"

顾医生："……"

顾清孟并不迟钝，只是思维一直没搭到那条线上，这回知道林星何是去看牙，他瞬间就把林星何那点儿小心思给摸透了。

这小东西怎么和我这么见外呢？顾清孟好气又好笑，打了几个字发过去。

顾医生："是我朋友的弟弟。"

那位牙医妹子玩笑式地高呼"求介绍"，顾清孟无奈，把手机一揣，换上常服抓起车钥匙走出诊所。

拖了将近两个月的牙医"副本"终于快刷完了，至于四天后的龋齿填补，根据林星何的经验应该是不疼的，心中一块巨石落地，林星何走起路来步伐都轻快了许多。

拐过前面的街角就能看到S大的校门，正当林星何在脑内第无数遍立志今后一定少吃甜食时，路边忽然传来一声短促的车喇叭响。

林星何回头一看——

顾清孟的车正沿着人行道慢悠悠地向前滑着，车头与他只隔了两米左右的距离。

"啊……"林星何惨遭抓包，僵立当场，两手空空，半管颜料也没有。

车窗缓缓降下，顾清孟坐在车里，冲林星何勾勾手指，英俊的脸上透着难以捉摸的神情，道："上车。"

"不、不用了，"林星何摆手摆出残影，"就这么几步就进学校了，我自己走。"

顾清孟睬都不睬他，仍是硬邦邦的两个字："上车。"

林星何抿了抿嘴唇，自觉嘴里还有不小的药味，离近了肯定会被顾清孟闻见，遂脑子一抽，拉开车门，坐到后排座去了。

顾清孟："……"

"你怎么来了？"林星何规规矩矩地坐着，若无其事状闲聊，"正好路过吗？"

顾清孟不答，只一脚油门将车子开出去，林星何见他状态不对也不敢出声，过了一会儿，车停进一条斜街。

顾清孟熄了火，拔了车钥匙下车，从另一侧坐进后排座，将车钥匙一按，嗒的一声，四扇车门全锁上了。

林星何紧张地咽了下口水，挪挪屁股，缩在车门与座椅的夹角中，

番外 >> 相亲

大脑飞速运转,想找借口逃跑。

"究竟干什么去了?"顾清孟欺身过来,按住车门,"说实话。"

林星何心脏砰砰狂跳,想着干脆招了再好好道个歉,反正治也治得差不多了,顾清孟总不可能再给他治一遍,总之没让顾清孟看见自己治牙的丑样子就算没白撒谎……

林星何正想着,顾清孟忽然绷着脸不冷不热地抛来一句:"胆子不小,居然背着我在外面……"

"什么?"林星何茫然,"我……"

顾清孟嗤地一笑,补完后半句:"居然背着我在外面看别的牙医?"

林星何呆住,脸蛋一白复又一红:"……呃,你知道了?"

"今天给你治牙的是我学妹。"顾清孟敛起阴郁神色,眼底满是笑意,捏住林星何的下巴晃了晃,道,"张嘴,检查。"

"检查什么?"林星何一扭头,嘟囔道,"不张。"

"我看一下她给你弄的怎么样,我怕她技术不过关。"顾清孟脸一板,摆出医生架子。

"唔唔唔!"不给看!林星何把嘴巴抿成一条线,左躲右闪。

"听话。"顾清孟乐了,还想再逗逗他,林星何却用手死死捂住脸,声音闷闷地道,"我不想给你看。"

顾清孟:"为什么?"

林星何耳朵通红,蹦出一个字儿:"丑。"顿了顿,又解释道,"我找别人看牙也是因为这个,我不想被你看见我……那个样,但是我怕我告诉你，你也会不高兴。"

片刻安静后，林星何认真道歉："对不起，我撒谎了。"

"不用道歉，我没在意。"顾清孟安抚，"刚才都是逗你玩儿呢。"

"心别这么重，也别想那么多，"顾清孟捏捏林星何的脸蛋，"怎么舒服自在就怎么来，不要太在意你在别人眼中是什么样子，知道吗？"

"嗯，知道了。"林星何乖巧点头。

转眼就是两个月过去。

在顾医生的"自闭治疗"进行了几个疗程后，林星何在顾清孟面前不再过分拘谨和小心翼翼了。

暑假期间，林星何父母去国外旅游，林舒窈也没空照顾弟弟，于是索性把林星何扔到顾清孟家，让顾清孟帮忙管着。

早晨，顾清孟会做一点简单的早餐，烤面包片、牛奶、煎蛋和水果，吃完，顾清孟去诊所，林星何在家里看书玩电脑；中午，林星何去诊所找顾清孟，两人一起在诊所附近吃饭，吃完午饭林星何自己回家，顾清孟继续工作；晚上，自由时间，在街上闲荡、看电影、打台球，或是一起宅在家里玩电脑，林星何把自己玩了近一年的网游推荐给顾清孟，顾清孟建了个治疗门派的新号，将治病救人理念贯彻到游戏里，有一搭没一搭地陪林星何玩着……炎热的夏日一天天溜走，两人间的相处温馨默契，林星何的性格也变得开朗了许多。

林星何父母见状调侃说要不然干脆把林星何送给顾家算了，本来安排女儿去和顾清孟相亲，结果这俩人一直不温不火，看起来根本没擦出火花，反倒是小儿子多了个朋友。

番外 >> 相亲

这天林爸爸过寿,他不喜欢折腾,就叫来些亲朋好友在家里过,厨房里锅铲发出叮叮当当的响声,烟火气十足。林舒窈与顾清孟相亲不成,在家里的待遇又降下来了,四仰八叉着呼唤厨房里的老爸再给送些水果过来,结果完全没人搭理,正欲支使弟弟,手机忽然响了。

"喀喀!"原本在沙发上四仰八叉的林舒窈咻地坐直了,左脸写着端庄右脸写着娴静,拿捏出一份温婉可人的声线接起电话,"喂?我在家呀……就是陪我爸过生日,叫他出去他不愿意,要在家……有时间的……"

林星何微微弯起眼,抓起一把瓜子磕,边磕边笑眯眯地看着他姐。
林舒窈警告地盯了弟弟一眼,边讲电话边起身溜到阳台上,关好门。
留学多年的某位"校草"最近回国定居了,前几天林舒窈在朋友圈发了一张高中同学聚会的合影,林星何一眼就认出姐姐高中时的男友。曾经的"校草"除去气质与衣品成熟了些几乎都没怎么变样,在一群开始发福又秃头的社会男士的陪衬下帅得熠熠生辉,和美艳霸气的林舒窈十分般配。

真好……林星何想着,在小板凳上转了个身,看着挂在阳台栏杆上讲电话的姐姐,一脸老爷爷式的祥和。

林舒窈在阳台上隔着玻璃门向客厅眺望,见林星何笑眯眯地看着她,恼羞成怒地捂住手机,将阳台门拉开条缝,小声招呼顾清孟道:"你带星何下楼转转,等吃饭了再上来——"

"好。"顾清孟忍笑应道。

林星何家附近有一家冰激凌店,开了十几年,起初只是一个几平米大小的隔间,里面只有一台冰激凌机,普通的冰激凌一块钱,豪华版冰激凌两块钱。

　　前些年店老板攒够了钱,将隔壁的一家小饭馆买下来,打通了,开了一家像模像样的甜品店,主营仍然是冰点,可花样儿多了许多倍。

　　两人溜溜达达,走到这家店门口。

　　"还记不记得你小时候,"顾清孟脚步一顿,"你为了让我给你买两块钱的大冰激凌,除了主动搓背还做过什么来着?"

　　林星何一窘:"你指什么?"

　　小时候的自己为了哄顾清孟给自己买两块钱的冰激凌简直可以说是无所不用其极了。

　　林星何脸一红:"哥哥,我想吃冰激凌?"

　　顾清孟:"真乖。"

　　于是去买了豪华版冰激凌。

　　老板很有情怀,当年的基本款还在,只是价格涨了不少而已。

　　"他家这个冰激凌的味道十几年了都没变过。"走在被暮光温暖的小路上,林星何愉悦地舔食着冰激凌。

　　顾清孟微微眯起眼,眺向远方的夕阳:"人也没变。"

　　仿佛仍是少年时。

　　两道浓黑的影印在暖橙色的地面上,慢慢地、慢慢地,漫步在与旧日无甚差别的小路上。